I0752072

LES MARTYRS,

OU

LE TRIOMPHE

DE LA RELIGION CHRÉTIENNE.

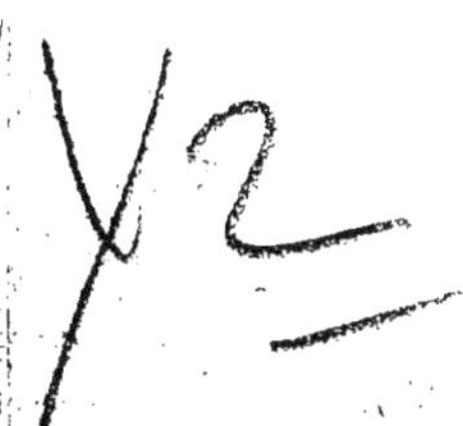

LES MARTYRS,

OU

LE TRIOMPHE

DE LA RELIGION CHRÉTIENNE;

PAR

F. A. DE CHATEAUBRIAND.

TROISIÈME ÉDITION,

PRÉCÉDÉE D'UN EXAMEN, AVEC DES REMARQUES SUR CHAQUE LIVRE, ET DES FRAGMENS DU VOYAGE DE L'AUTEUR EN GRÈCE ET À JÉRUSALEM.

TOME TROISIÈME.

PARIS,

LE NORMANT, IMPRIMEUR-LIBRAIRE.

LYON,

BALLANCHE, PÈRE ET FILS, LIBRAIRES.

1810.

SOMMAIRE DU LIVRE QUINZIÈME.

ATHÈNES. Adieux de Cymodocée, d'Eudore et de Démodocus. Cymodocée s'embarque avec Dorothé pour Joppé. Eudore s'embarque en même temps pour Ostie. La Mère du Sauveur envoie Gabriel à l'Ange des mers. Eudore arrive à Rome. Il trouve le sénat prêt à se rassembler pour prononcer sur le sort des Chrétiens. Il est choisi pour plaider leur cause. Hiéroclès arrive à Rome : les sophistes le chargent de défendre leur secte et d'accuser les Chrétiens. Symmaque, pontife de Jupiter, doit parler au sénat en faveur des anciens dieux de la patrie.

LES MARTYRS,

OU

LE TRIOMPHE

DE LA RELIGION CHRÉTIENNE.

LIVRE XV.

MONTÉ sur un coursier de Thessalie, et suivi d'un seul serviteur, le fils de Lasthénès avoit quitté Lacédémone; il marchoit vers Argos, par le chemin de la montagne. La religion et l'amour remplissoient son ame de résolutions généreuses. Dieu qui vouloit l'élever au plus haut degré de la gloire, le conduisoit à ces grands spectacles qui nous apprennent à mépriser les choses de la terre. Eudore, errant sur des sommets arides, fouloit le patrimoine du Roi des rois. Pendant trois soleils il presse les flancs de son coursier, et vient se reposer un moment dans Argos. Tous ces lieux encore remplis des noms d'Hercule, de Pélops, de Clytemnestre, d'Iphigénie, n'offroient que des débris silencieux. Il voit ensuite les portes solitaires de Mycènes et la tombe ignorée d'Agamemnon : il ne cherche à Corinthe que les monumens où l'Apôtre fit entendre sa voix. En traversant l'Isthme dépeuplé, il se rappelle ces jeux chantés par Pindare, qui participoient en quelque sorte de l'éclat et de la toute-puissance des dieux ; il cherche à Mégare les foyers de son aïeule qui recueillit les cendres de Phocion. Tout étoit désert à Eleusis ; et dans le canal de Salamine, une seule barque de pêcheur étoit attachée aux pierres d'un môle détruit. Mais lorsque suivant la Voie Sacrée, le fils de Lasthénès eut gravi le mont Pœcile, et que la plaine de l'Attique s'offrit à ses regards, il s'arrêta saisi d'admiration et de surprise : la Citadelle d'Athènes, élégamment découpée dans la forme d'un piédestal, portoit au ciel le temple de Minerve et les Propylées : la ville s'étendoit à sa base, et laissoit voir les colonnes confuses de mille autres monumens. Le mont Hymète faisoit le fond du tableau, et un bois d'oliviers servoit de ceinture à la cité de Minerve.

Eudore traverse le Céphise, qui coule dans ce bois sacré; il demande la route des jardins d'Académe : des tombeaux lui tracent le chemin de cette retraite de la philosophie. Il reconnoît les pierres funèbres de Thrasybule, de Conon, de Timothée; il salue les sépulcres de ces jeunes hommes, morts pour la patrie dans la guerre du Péloponèse : Périclès qui compara Athènes privée de sa jeunesse, à l'année dépouillée de son printemps, repose lui-même au milieu de ces fleurs moissonnées.

La statue de l'Amour annonce au fils de Lasthénès l'entrée des jardins de Platon. Adrien, en rendant à l'Académie son ancienne splendeur, n'avoit fait qu'ouvrir un asile aux songes de l'esprit humain. Quiconque étoit parvenu au grade de sophiste, sembloit avoir acquis le privilége de l'insolence et de l'erreur. Le Cynique, à peine couvert d'une petite chlamyde sale et déchirée, insultoit avec son bâton et sa besace au Platonicien enveloppé dans un large manteau de pourpre : le Stoïcien vêtu d'une longue robe noire, déclaroit la guerre à l'Epicurien couronné de fleurs. De toutes parts retentissoient les cris de l'école, que les Athéniens appeloient le chant des Cygnes et des Sirènes ; et les promenades qu'avoit immortalisées un génie divin, étoient abandonnées aux plus imposteurs, comme aux plus inutiles des hommes.

Eudore cherchoit dans ces lieux le premier officier du palais de l'Empereur : il ne se put défendre d'un mouvement de mépris lorsqu'il traversa les groupes des sophistes qui le prenoient pour un adepte ; désirant l'attirer à leurs systèmes, ils lui proposoient la sagesse dans le langage de la folie. Il pénètre enfin jusqu'à Dorothé : ce vertueux Chrétien se promenoit au fond d'une allée de platanes, que bordoit un canal limpide ; il étoit environné d'une troupe de jeunes gens déjà célèbres par leurs talens ou par leur naissance. On remarquoit auprès de lui Grégoire de Nazianze, animé d'un souffle poétique ; Jean, nouveau Démosthènes, que son éloquence prématurée avoit fait nommer bouche d'or; Basile, et Grégoire de Nysse son frère : ceux-ci montroient un penchant décidé vers la religion qu'avoient professée Justin le philosophe, et Denys l'aréopagite. Julien, au contraire, neveu de Constantin, s'attachoit à Lampridius, ennemi déclaré du culte évangélique; des habitudes bizarres et des mouvemens convulsifs décéloient dans le jeune prince une sorte de déréglement de l'esprit et du cœur.

Dorothé eut quelque peine à reconnoître Eudore : le visage du fils de Lasthénès avoit pris cette beauté mâle que donnent le métier des armes et l'exercice des vertus. Ils se retirèrent à l'écart, et Dorothé ouvrit son cœur à l'ami de Constantin.

« J'ai quitté Rome, lui dit-il, à l'arrivée de votre messager. Le mal est encore plus grand que vous ne le croyez peut-être: Galérius l'emporte, et tôt ou tard Dioclétien sera obligé d'abdiquer la pourpre. On veut perdre d'abord les Chrétiens, afin d'ôter à l'Empereur son premier appui : c'est l'ancien projet d'Hiéroclès, aujourd'hui tout-puissant auprès de César. Celui-ci répète sans cesse que le dénombrement ordonné, en découvrant une multitude effrayante d'ennemis des dieux, a révélé le danger de l'Empire; qu'il faut en venir aux mesures les plus sévères, pour réprimer une secte qui menace les autels de la patrie. Pour moi, presque tombé dans la disgrâce de Dioclétien, vous savez quel sujet me conduit en Syrie. Eudore, nos frères malheureux tournent les yeux vers vous. La gloire que vous vous êtes acquise dans les armes, et surtout votre repentir éclatant sont l'objet de l'admiration et des discours de tous les Fidèles. Le souverain Pontife vous attend; Constantin vous appelle. Ce prince, environné de délateurs, se soutient à peine à la cour; il a besoin d'un ami tel que vous, qui puisse l'aider de ses conseils, et, s'il le faut, le servir de son bras. »

Eudore raconte à son tour à Dorothé les événemens qui s'étoient passés dans la Grèce. Dorothé s'engage avec joie à conduire vers Hélène l'épouse du fils de Lasthénès. Une galère napolitaine, prête à retourner en Italie, se trouvoit au port de Phalère, non loin du vaisseau de Dorothé : Eudore la retient pour son passage. Les deux voyageurs fixent ensuite le moment du départ au troisième jour de la fête des Panathénées. Démodocus arriva pour cette époque fatale, avec la triste Cymodocée ; il alla cacher ses pleurs dans la Citadelle où le plus ancien des Prytanes, son parent et son ami, lui donna l'hospitalité.

Le fils de Lasthénès avoit été reçu par le docte Piste, évêque d'Athènes, qui brilla depuis dans ce concile de Nicée, où l'on vit trois prélats ayant le don des miracles et ressuscitant les morts, quarante évêques confesseurs ou martyrs, des prêtres savans, des philosophes même, enfin les plus grands caractères, les plus beaux génies et les hommes les plus vertueux de l'Eglise.

La veille de la double séparation du père et de la fille, de l'épouse et de l'époux, Eudore fit savoir à Cymodocée que tout étoit prêt, et que le lendemain vers le coucher du soleil, il iroit la chercher sous le portique du temple de Minerve.

Le jour fatal arrive : le fils de Lasthénès sort de sa demeure ; il passe devant l'Aréopage où le Dieu que Paul annonça n'étoit plus inconnu ; il monte à la Citadelle, et se trouve le premier au rendez-vous, sous le portique du plus beau temple de l'univers.

Jamais si brillant spectacle n'avoit frappé les regards d'Eudore. Athènes s'offroit à lui dans toutes ses pompes; le mont Hymète s'élevoit à l'orient comme revêtu d'une robe d'or; le Pentélique se courboit vers le septentrion pour aller joindre le Permetta; le mont Icare s'abaissoit au couchant, et laissoit voir derrière lui la cime sacrée du Cythéron; au midi, la mer, le Pyrée, les rivages d'Egine, les côtes d'Epidaure, et dans le lointain, la citadelle de Corinthe, terminoient le cercle entier de la patrie des arts, des héros et des dieux.

Athènes avec tous ses chefs-d'œuvre reposoit au centre de ce bassin superbe: ses marbres polis, et non pas usés par le temps, se peignoient des feux du soleil à son coucher; l'astre du jour, prêt à se plonger dans la mer, frappoit de ses derniers rayons les colonnes du temple de Minerve: il faisoit étinceler les boucliers des Perses, suspendus au fronton du portique, et sembloit animer sur la frise les admirables sculptures de Phidias.

Ajoutez à ce tableau le mouvement que la fête des Panathénées répandoit dans la ville et dans la campagne. Là, de jeunes Canéphores reportoient aux jardins de Vénus les corbeilles sacrées ; ici, le Péplus flottoit encore au mât du vaisseau qui se mouvoit par ressorts; des chœurs répétoient les chansons d'Harmodius et d'Aristogiton; les chars rouloient vers le Stade, les citoyens couroient au Lycée, au Pœcile, au Céramique; la foule se pressoit surtout au théâtre de Bacchus, placé sous la Citadelle ; et la voix des acteurs, qui représentoient une tragédie de Sophocle, montoit par intervalles jusqu'à l'oreille du fils de Lasthénès.

Cymodocée parut : à son vêtement sans tache, à son front virginal, à ses yeux d'azur, à la modestie de son maintien, les grecs l'auroient prise pour Minerve elle-même, sortant de son temple, et prête à rentrer dans l'Olympe, après avoir reçu l'encens des mortels.

Eudore, saisi d'admiration et d'amour, faisoit des efforts pour cacher son trouble, afin d'inspirer plus de courage à la fille d'Homère.

« Cymodocée, lui dit-il, comment vous

exprimer la reconnoissance et les sentimens de mon cœur? Vous consentez à quitter pour moi la Grèce, à traverser des mers, à vivre sous des cieux étrangers, loin de votre père, loin de celui que vous avez choisi pour époux. Ah, si je ne croyois vous ouvrir les cieux, et vous conduire à des félicités éternelles, pourrois-je vous demander de pareilles marques d'attachement? Pourrois-je espérer qu'un amour humain vous fît faire des choses si douloureuses? »

« Tu pourrois, repartit Cymodocée en larmes, me demander mon repos et ma vie : le bonheur de faire quelque chose pour toi, me paieroit de tous mes sacrifices. Si je t'aimois seulement comme mon époux, rien encore ne me seroit impossible. Que dois-je donc faire à présent, que ta religion m'apprend à t'aimer pour le ciel et pour Dieu même? Je ne pleure pas sur moi, mais sur les chagrins de mon père, et sur les dangers que tu vas courir. »

« O la plus belle des filles de la nouvelle Sion, répondit Eudore, ne craignez point les périls qui peuvent menacer ma tête; priez pour moi : Dieu exaucera les vœux d'une ame aussi pure. La mort même, ô Cymodocée, n'est point un mal, quand elle nous rencontre accompagnés de la vertu ! D'ailleurs des destinées tranquilles et ignorées ne nous mettent point à l'abri de ses traits : elle nous surprend dans la couche de nos aïeux, comme sur une terre étrangère. Voyez ces cigognes, qui s'élèvent en ce moment des bords de l'Ilissus; elles s'envolent tous les ans aux rives de Cyrène, elles reviennent tous les ans aux champs d'Erechthée ; mais combien de fois ont-elles retrouvé déserte la maison qu'elles avoient laissée florissante ? Combien de fois ont-elles cherché en vain le toit même où elles avoient accoutumé de bâtir leurs nids ? »

« Pardonne, dit Cymodocée, pardonne ces frayeurs à une jeune fille, élevée par des dieux moins sévères, et qui permettent les larmes aux amans près de se quitter! »

A ces mots, Cymodocée étouffant ses pleurs, se couvrit le visage de son voile. Eudore prit dans ses mains les mains de son épouse, il les pressa chastement sur ses lèvres et sur son cœur.

« Cymodocée, dit-il, bonheur et gloire

de ma vie, que la douleur ne vous fasse pas blasphémer une religion divine. Oubliez ces dieux qui ne vous offroient aucune ressource contre les tribulations du cœur. Fille d'Homère, mon Dieu est le Dieu des ames tendres, l'ami de ceux qui pleurent, le consolateur des affligés; c'est lui qui entend sous le buisson la voix du petit oiseau, et qui mesure le vent pour la brebis tondue. Loin de vouloir vous priver de vos larmes, il les bénit; il vous en tiendra compte quand il vous visitera à votre dernière heure; puisque vous les versez pour lui et pour votre époux. »

A ces dernières paroles, la voix d'Eudore s'altéra. Cymodocée se découvre le visage: elle aperçoit la noble figure du guerrier inondée des pleurs qui descendoient le long de ses joues brunies. La gravité de cette douleur chrétienne, ce combat de la religion et de la nature, donnoient au fils de Lasthénès une incomparable beauté. Par un mouvement involontaire, la fille de Démodocus alloit tomber aux genoux d'Eudore; il la retient entre ses bras, il la presse tendrement sur son cœur; tous les deux demeurent ravis dans une sainte et douce extase : tels parurent sans doute à l'entrée de la tente de Laban, Rachel et Jacob se disant un triste adieu : le fils d'Isaac étoit obligé de garder les troupeaux durant sept nouvelles années, pour obtenir son épouse.

Démodocus sortit alors des bâtimens du temple ; oubliant qu'il avoit consenti au départ de sa fille, les chagrins de son cœur s'exhalent aussitôt en plaintes amères :

« Comment, s'écrie-t-il, as-tu la barbarie d'arracher une fille à son père? Du moins, si ma Cymodocée étoit ton épouse, si vous me laissiez l'un et l'autre un aimable enfant qui pût sourire à ma douleur, et de ses mains innocentes se jouer avec mes cheveux blanchis !.. Mais loin de toi, loin de moi, sous un ciel inhospitalier, errante sur une mer où des pirates barbares..... ah, si ma fille alloit tomber entre leurs mains! S'il lui falloit servir un maître cruel, préparer son repas et son lit! Que la terre me cache dans son sein avant que j'éprouve un pareil malheur! Les Chrétiens ont-ils donc un cœur plus dur que les rochers? Leur Dieu est-il donc inexorable ? »

Cymodocée avoit volé dans les bras de

son père, et mêloit ses larmes à celles du vieillard. Eudore écoutoit les reproches de Démodocus avec une fermeté qui n'avoit rien de dur, et une affliction qui n'avoit rien de foible.

« Mon père, répondit-il, permettez que je vous donne ce nom, car votre Cymodocée est déjà mon épouse aux yeux de l'Eternel; je ne l'arrache point de force à vos embrassemens; elle est libre de suivre ou de rejeter ma religion; mon Dieu ne veut point obtenir les cœurs par contrainte: si cela doit vous coûter à tous deux trop de regrets et de pleurs, demeurez ensemble dans la Grèce. Puisse le ciel répandre sur vous ses faveurs! Pour moi, j'accomplirai ma destinée. Mais, Démodocus, si votre fille m'aime, si vous croyez que je la puisse rendre heureuse, si vous craignez pour elle les persécutions d'Hiéroclès, supportez une séparation qui, je l'espère, ne sera point de longue durée, et qui met Cymodocée à l'abri des plus grands malheurs. Démodocus, Dieu dispose de nous comme il lui plaît: notre devoir est de nous soumettre à sa volonté suprême. »

« O mon fils, repartit Démodocus, excuse ma douleur; je le sens, je suis injuste: tu ne mérites pas les reproches que je te fais ; tu sauves au contraire ma Cymodocée des persécutions d'un impie ; tu la mets sous la protection d'une princesse magnanime ; tu lui apportes de grands biens et un nom illustre. Mais comment rester seul dans la Grèce ? Oh, que ne suis-je libre de quitter les sacrifices que les peuples ont confiés à mes soins! Que n'ai-je l'âge où je parcourois les villes et les pays étrangers, pour apprendre à connoître les hommes! Comme je suivrois ma Cymodocée! Hélas, je ne te verrai donc plus danser avec les vierges sur le sommet de l'Ithome! Rose de Messénie, je te chercherai en vain dans les bois du temple! Cymodocée, je n'entendrai plus ta douce voix retentir dans les chœurs des sacrifices ; tu ne me présenteras plus l'orge nouvelle ou le couteau sacré ; je contemplerai, suspendue à l'autel, ta lyre couverte de poussière, et ses cordes brisées ; mes yeux pleins de larmes verront se dessécher aux pieds de la statue d'Homère les couronnes de fleurs qu'embellissoit ta chevelure. Hélas, j'avois compté sur toi pour me fermer les yeux ; je mourrai donc sans pouvoir te bénir, en quittant la vie ? Le lit où j'exhalerai mon dernier soupir, sera solitaire ; car, ma fille, je n'espère plus te revoir ; j'entends le vieux Nocher qui m'appelle ; à mon âge il ne faut pas compter sur les jours : lorsque la graine de la plante est mûre et séchée, elle devient légère, et le moindre vent l'emporte. »

Comme le prêtre d'Homère prononçoit ces mots, des applaudissemens font retentir le théâtre de Bacchus ; l'acteur qui représentoit Œdipe à Colonne, élève la voix, et ces paroles viennent frapper les oreilles d'Eudore, de Démodocus et de Cymodocée :

« O Thésée, unissez dans mes mains vos
» mains à celles de ma fille ! Promettez-moi
» de servir de père à ma chère Antigone ! »

« Je le promets, s'écria Eudore, appliquant à ses destinées les vers du poëte. »

« Elle est donc à toi, dit Démodocus en lui tendant les bras ! »

Eudore s'y précipite, le vieillard presse

ses deux enfans contre son cœur : ainsi l'on voit un saule creusé par les ans, dont le sein entr'ouvert porte quelques fleurs de la prairie; l'arbre étend son ombrage antique sur ces jeunes trésors, et semble n'implorer que pour eux le zéphyr et la rosée; mais bientôt un brûlant orage renverse et le saule et les fleurs, aimables enfans de la terre.

La lune parut à l'horizon; son front d'argent se couronnoit des rayons d'or du soleil, dont le disque élargi s'enfonçoit dans les flots. C'étoit l'heure qui ramène aux nautoniers le vent favorable pour sortir du port de l'Attique. Les chars et les esclaves de Démodocus l'attendoient au bas de la Citadelle, à l'entrée de la rue des Trépieds. Il fallut descendre, il fallut se soumettre à sa destinée; les chars entraînent les trois infortunés qui n'avoient plus la force de gémir. Ils ont bientôt passé la porte du Pyrée, les tombeaux d'Antiope, de Ménandre et d'Euripide; ils tournent vers le temple ruiné de Cérès, et après avoir traversé le champ d'Aristide, ils touchent au port de Phalère. Le vent venoit de se lever, les flots légèrement agités battoient le rivage, les galères déployoient leurs voiles, on entendoit le cri des matelots qui levoient l'ancre avec de grands efforts. Dorothé attendoit les passagers sur la grève, et les barques des vaisseaux étoient déjà prêtes à les recevoir. Eudore, Démodocus et Cymodocée descendent des chars arrêtés au bord des vagues. Le prêtre d'Homère ne pouvoit plus se soutenir, ses genoux se déroboient sous lui. Il disoit à sa fille d'une voix éteinte :

« Ce port me sera funeste comme au père de Thésée : je ne verrai point revenir ta voile blanche ! »

Le fils de Lasthénès et la jeune catéchumène s'inclinent devant Démodocus et lui demandent sa dernière bénédiction : un pied dans la mer et le visage tourné vers la rive, ils avoient l'air d'offrir un sacrifice expiatoire, à la manière antique. Démodocus lève les mains, et bénit ses deux enfans du fond de son cœur, mais sans pouvoir prononcer une parole. Eudore soutient Cymodocée, et lui remet un écrit pour la pieuse Hélène ; ensuite, imprimant avec respect le baiser des adieux sur le front de la vierge éplorée :

« Mon épouse, lui dit-il, devenez bientôt chrétienne ; souvenez-vous d'Eudore, et que du haut de la Tour du troupeau la fille de Jérusalem jette quelquefois un regard sur la mer qui nous sépare. »

« Mon père, dit Cymodocée d'une voix entrecoupée par les sanglots, mon tendre père, vivez pour moi, je tâcherai de vivre pour vous. O Eudore, vous reverrai-je un jour; reverrai-je mon père ? »

Alors Eudore inspiré :

« Oui, nous nous reverrons pour ne nous quitter jamais ! »

Les mariniers enlèvent Cymodocée, les esclaves entraînent Démodocus, Eudore se jette dans la barque qui le transporte à son vaisseau. La flotte sort de Phalère, les matelots couronnés de fleurs font blanchir la mer sous l'effort des rames ; ils invoquent les Néréides, et Palémon, et Thétis, et saluent en s'éloignant la tombe sacrée de Thémistocle.

Le vaisseau de Cymodocée prend sa course vers l'orient, et celui du fils de Lasthénès tourne la proue vers l'Italie.

La divine mère du Sauveur, veilloit sur les

jours de l'innocente pélerine : elle envoie Gabriel à l'Ange des mers, afin de lui commander de ne laisser souffler que la plus douce haleine des vents. Aussitôt Gabriel, après avoir détaché de ses épaules ses ailes blanches, bordées d'or, se plonge du ciel dans les flots.

Aux sources de l'océan, sous des grottes profondes, toujours retentissantes du bruit des vagues, habite l'Ange sévère qui veille aux mouvemens de l'abîme. Pour l'instruire de ses devoirs, la Sagesse le prit avec elle, lorsqu'à la naissance des temps elle se promena sous la mer. Ce fut lui qui, par l'ordre de Dieu, ouvrit au Déluge les cataractes du ciel ; c'est lui qui, dans les derniers jours du monde, doit une seconde fois rouler les flots sur le sommet des montagnes. Placé au berceau de tous les fleuves, il dirige leurs cours, enfle ou fait décroître leurs ondes ; il repousse dans la nuit des pôles, et retient sous des chaînes de glace les brouillards, les nuages et les tempêtes ; il connoît les écueils les plus cachés, les détroits les plus déserts, les terres les plus lointaines, et les découvre tour à tour au génie de l'homme ; il voit d'un regard, et les tristes régions du nord, et les brillans climats des tropiques; deux fois par jour il soulève les écluses de l'océan, et rétablissant avec sa main l'équilibre du globe, à chaque équinoxe il ramène la terre sous les feux obliques du soleil.

Gabriel pénètre dans le sein des mers : des nations entières, et des continens inconnus dorment engloutis dans le gouffre des ondes. Combien de monstres divers que ne verra jamais l'œil des mortels! Quel puissant rayon de vie jusque dans ces profondeurs ténébreuses! Mais aussi, que de débris et de naufrages! Gabriel plaint les hommes, et admire la puissance divine. Bientôt il aperçoit l'Ange des mers, attentif à quelques grandes révolutions des eaux; assis sur un trône de cristal, il tenoit à la main un frein d'or; sa chevelure verte descendoit humide sur ses épaules, et une écharpe d'azur enveloppoit ses formes divines. Gabriel le salue avec majesté.

« Esprit redoutable, lui dit-il, ô mon
» frère, le pouvoir que l'Eternel vous a con-
» fié, montre assez le haut rang que vous
» occupez dans les hiérarchies célestes! Quel
» monde nouveau! Quelle intelligence su-

» blime ! Que vous êtes heureux de connoître
» ces merveilleux secrets ! »

« Divin messager, répondit l'Ange des
» mers, quel que soit le sujet qui vous amène,
» je reçois avec joie un hôte tel que vous.
» Pour mieux admirer la puissance de notre
» maître, il faudroit l'avoir vu comme moi,
» poser les fondemens de cet empire : j'étois
» présent quand il divisa en deux parts les
» eaux de l'abîme ; je le vis assujettir les flots
» aux mouvemens des astres, et lier le des-
» tin de l'océan à celui de la lune et du so-
» leil ; il couvrit Léviathan d'une cuirasse
» de fer, et l'envoya se jouer dans ces gouf-
» fres ; il planta des forêts de corail sous les
» ondes ; il les peupla de poissons et d'oi-
» seaux ; il fit sortir des îles riantes du sein
» d'un élément furieux ; il régla le cours des
» vents ; il soumit les orages à des lois ; et
» s'arrêtant sur le rivage, il dit à la mer : « Tu
» n'iras pas plus loin, et tu briseras ici l'or-
» gueil de tes flots. » Illustre serviteur de
» Marie, hâtez-vous de m'apprendre quel
» ordre souverain vous a fait descendre dans
» ces grottes mobiles. Les temps sont-ils ac-
» complis ? Faut-il rassembler les nuages ?

» Faut-il rompre les digues de l'océan ? » Abandonnant l'univers au chaos, dois-je » remonter avec vous dans les cieux ? »

« Je vous apporte un message de paix, » dit Gabriel avec un sourire : l'homme » est toujours l'objet des complaisances de » l'Eternel ; la Croix va triompher sur la terre ; » Satan va rentrer dans l'Enfer. Marie vous » ordonne de conduire aux ports ces deux » époux que vous voyez s'éloigner des » bords de la Grèce. Ne laissez souffler sur » les ondes que la plus douce haleine des » vents. »

« Qu'il soit fait selon la volonté de l'Etoile » des mers, dit en s'inclinant respectueuse- » ment l'Ange qui gouverne les tempêtes! » Puisse Satan être bientôt renfermé dans les » lieux de son supplice : souvent il trouble » mon repos, et déchaîne malgré moi les » orages! »

En prononçant ces mots le puissant Esprit choisit les vents doux et parfumés qui caressent les rivages de l'Inde et de l'océan Pacifique ; il les dirige dans les voiles d'Eudore et de Cymodocée, et fait avancer les deux galères, par un même souffle, à deux ports opposés.

Favorisé de cette bénigne influence du ciel, Eudore touche bientôt au rivage d'Ostie. Il vole à Rome. Constantin l'embrasse avec tendresse, et lui fait le récit des malheurs de l'Eglise et des intrigues de la cour.

Le sénat étoit convoqué pour délibérer sur le sort des Fidèles. Rome reposoit dans l'attente et dans la terreur. Toutefois Dioclétien, par un dernier acte de justice, en cédant aux violences de Galérius, avoit voulu que les Chrétiens eussent un défenseur au sénat. Les prêtres les plus illustres de la capitale de l'Empire, s'occupoient dans ce moment du choix d'un orateur digne de plaider la cause de la Croix. Le concile que présidoit Marcellin, étoit assemblé à la lueur des lampes dans les catacombes : ces Pères, assis sur les tombeaux des martyrs, ressembloient à de vieux guerriers délibérant sur le champ de bataille, ou à des rois blessés en défendant leurs peuples. Il n'y avoit pas un de ces confesseurs qui ne portât sur ses membres les marques d'une glorieuse persécution : l'un avoit perdu l'usage de ses mains, l'autre ne voyoit plus la lumière des cieux ; la langue de celui-ci avoit été coupée, mais le cœur lui restoit pour louer l'Eternel ; celui-là se montroit tout mutilé par le bûcher, comme une victime à demi dévorée des feux du sacrifice. Les saints vieillards ne pouvoient s'accorder sur le choix d'un défenseur : aucun d'eux n'étoit éloquent que par ses vertus, et chacun craignoit de compromettre le sort des Fidèles. Le pontife de Rome proposa de s'en référer à la décision du ciel. On place le saint Evangile sur le sépulcre du martyr qui servoit d'autel. Les Pères se mettent en prières, et demandent à Dieu d'indiquer, par quelques versets des Ecritures, le défenseur agréable à ses yeux. Dieu qui leur avoit inspiré cette pensée, fait descendre aussitôt l'Ange chargé d'inscrire les décrets éternels dans le Livre de vie. L'Esprit céleste, enveloppé d'un nuage, marque au milieu de la Bible les décrets demandés. Les Pères se lèvent ; Marcellin ouvre la loi des Chrétiens ; il lit ces paroles des Machabées :

« Il se revêtit de la cuirasse comme un

» géant, il se couvrit de ses armes dans les
» combats, et son épée étoit la protection de
» tout le camp. »

Marcellin surpris, ferme et rouvre une seconde fois le livre prophétique; il y trouve ces mots :

« Son souvenir sera doux comme un con-
» cert de musique dans un festin délicieux.
» Il a été destiné divinement pour faire ren-
» trer le peuple dans la pénitence. »

Enfin le souverain pontife consulte une troisième fois l'oracle d'Israël ; tous les pères sont frappés de ce passage des Cantiques :

« Je me suis couvert d'un sac en jeûnant...
» J'ai pris pour mon vêtement un cilice. »

Aussitôt une voix (on ne sait quelle voix) prononça le nom d'Eudore! Les vieux martyrs, subitement éclairés, font retentir d'un Hosanna prolongé les voûtes des catacombes. Ils relisent le texte sacré. Saisis d'étonnement, ils voient avec quelle justesse tous les mots s'appliquent au fils de Lasthénès. Chacun admire les conseils du Très-Haut. Chacun reconnoît combien ce choix est saint et désirable. La renommée du jeune orateur, sa pénitence exemplaire, sa faveur à la cour, son habitude de parler devant les princes, les charges dont il a été revêtu, l'amitié dont Constantin l'honore, tout justifie l'arrêt du ciel. On se hâte de lui porter les vœux des Pères. Eudore s'humilie dans la poudre; il cherche à se soustraire à cet honneur si sublime, à ce fardeau si pesant! On lui montre les passages de l'Ecriture : il se soumet. Il se retire aussitôt parmi les tombeaux des Saints, et se prépare par des veilles, des prières et des larmes, à plaider la plus grande cause qui fut jamais portée au tribunal des humains.

Tandis qu'il ne songe qu'à remplir dignement l'effrayante mission dont il est chargé, Hiéroclès arrivoit à Rome, soutenu de toutes les Puissances de l'Enfer. Cet ennemi de Dieu avoit appris avec désespoir le mauvais succès de ses violences à Lacédémone, la fuite de Cymodocée et le départ d'Eudore pour l'Italie. Les ordres modérés qu'il reçut en même temps de Dioclétien, lui firent comprendre que ses calomnies n'avoient pas réussi complétement à la cour. Il avoit cru renverser un rival; et ce rival étoit simplement rappelé sous l'œil vigilant du chef de l'Empire. Il tremble que le fils de Lasthénès ne parvienne à le perdre dans l'esprit de Dioclétien. Afin de prévenir quelque disgrâce soudaine, il se détermine à voler auprès de Galérius qui ne cessoit de le redemander à ses conseils. L'Esprit de ténèbres console en même temps l'apostat.

« Hiéroclès, lui dit-il secrètement, tu » seras bientôt assez puissant pour atteindre » Cymodocée jusque dans les bras d'Hélène. » Cette vierge imprudente, en changeant de » religion, t'offre une espérance nouvelle. » Si tu peux déterminer les princes à persé» cuter les Chrétiens, ton rival se trouvera » d'abord enveloppé dans le massacre ; tu » vaincras ensuite la fille d'Homère par la » crainte des tourmens, ou tu la réclameras » comme une esclave chrétienne échappée à » ton pouvoir. »

Le sophiste qui prend ces conseils pour les inspirations de son cœur, s'applaudit de la profondeur de son génie : il ne sait pas qu'il n'est que l'instrument des projets de Satan contre la Croix. Plein de ces pensées, le proconsul s'étoit précipité des montagnes de l'Arcadie, comme le torrent du Styx qui tombe de ces mêmes montagnes, et qui donne la mort à tous ceux qui boivent de ses eaux. Il passe en Epire, s'embarque au promontoire d'Actium, aborde à Tarente, et ne s'arrête qu'auprès de Galérius, qui profanoit alors à Tusculum les jardins de Cicéron.

César étoit environné dans ce moment des sophistes de l'école, qui se prétendoient aussi persécutés parce qu'on méprisoit leurs opinions. Ils s'agitoient pour être consultés sur la grande question que l'on alloit débattre. Ils se disoient juges naturels de tout ce qui concerne la religion des hommes. Ils avoient supplié Dioclétien de leur donner comme aux Chrétiens un orateur au sénat. L'Empereur, importuné de leurs cris, leur avoit accordé leur demande. L'arrivée d'Hiéroclès les remplit de joie. Ils le nomment orateur des sectes philosophiques. Hiéroclès accepte un honneur qui flatte sa vanité, et lui fournit l'occasion de se rendre accusateur des

Chrétiens. L'orgueil d'une raison pervertie, et la fureur de l'amour, lui font déjà voir les Fidèles terrassés, et Cymodocée dans ses bras. Galérius, dont il corrompt l'esprit et seconde les projets, lui accorde une protection éclatante, et lui permet de s'exprimer au Capitole avec toute la licence des opinions des faux sages. Symmaque, pontife de Jupiter, doit parler en faveur des anciens dieux de la patrie.

Le jour qui alloit décider du sort de la moitié des habitans de l'Empire, le jour où les destinées du genre humain étoient menacées dans la religion de Jésus-Christ, ce jour si désiré, si craint des Anges, des Démons et des hommes, ce jour se leva. Dès la première blancheur de l'aube, les gardes prétoriennes occupèrent les avenues du Capitole. Un peuple immense étoit répandu sur le Forum, autour du temple de Jupiter-Stator, et le long du Tibre jusqu'au théâtre de Marcellus: ceux qui n'avoient pu trouver place étoient montés jusque sur les toits voisins, et sur les arcs de triomphe de Titus et de Sévère. Dioclétien sort de son palais, il s'avance au Capitole par la voie Sacrée, comme s'il alloit triompher des Marcomans et des Parthes. On avoit peine à le reconnoître : depuis quelque temps, il succomboit sous une maladie de langueur et sous le poids des ennuis que lui donnoit Galérius. En vain le vieillard avoit pris soin de colorer son visage : la pâleur de la mort perçoit à travers cet éclat emprunté, et déjà les traits du néant paroissoient sous le masque à demi tombé de la puissance humaine.

Galérius, environné de tout le faste de l'Asie, suivoit l'Empereur sur un char superbe, traîné par des tigres. Le peuple trembloit, effrayé de la taille gigantesque et de l'air furieux du nouveau Titan. Constantin s'avançoit ensuite, monté sur un cheval léger; il attiroit les vœux et les regards des soldats et des Chrétiens; les trois orateurs marchoient après les maîtres du monde. Le pontife de Jupiter, porté par le collége des prêtres, précédé des Aruspices, et suivi du corps des Vestales, saluoit la foule, qui reconnoissoit avec joie l'interprète du culte de Romulus. Hiéroclès, couvert du manteau des Stoïciens, paroissoit dans une litière; il étoit entouré de Libanius, de

Jamblique, de Porphyre, et de la troupe des sophistes : le peuple, naturellement ennemi de l'affectation et de la vaine sagesse, lui prodiguoit les railleries et les mépris. Enfin, Eudore se montroit le dernier, vêtu d'un habit de deuil : il marchoit seul, à pied, l'air grave, les yeux baissés, et sembloit porter tout le poids des douleurs de l'Eglise. Les Païens reconnoissoient avec étonnement dans ce simple appareil le guerrier dont ils avoient vu les statues triomphales ; les Fidèles s'inclinoient avec respect devant leur défenseur ; les vieillards le bénissoient, les femmes le montroient à leurs enfans, tandis qu'à tous les autels de Jésus-Christ les prêtres offroient pour lui le saint sacrifice.

Il y avoit au Capitole une salle appelée la salle Julienne. Auguste l'avoit jadis décorée d'une statue de la Victoire. Là se trouvoient la Colonne milliaire, la Poutre percée des clous sacrés, la Louve de bronze, et les armes de Romulus. Autour des murs étoient suspendus les portraits des consuls, l'équitable Publicola, le généreux Fabricius, Cincinnatus le rustique, Fabius le temporiseur, Paul-Emile, Caton, Marcellus et Cicéron père de la patrie. Ces citoyens magnanimes sembloient encore siéger au sénat avec les successeurs des Tigellin et des Séjan, comme pour montrer d'un coup d'œil les extrémités du vice et de la vertu, et pour attester les affreux changemens que le temps amène dans les empires.

Ce fut dans cette vaste salle que se réunirent les juges des Chrétiens. Dioclétien monta sur son trône; Galérius s'assit à la droite, et Constantin à la gauche de l'Empereur; les officiers du palais occupoient, chacun selon son rang, les degrés du trône. Après avoir salué la statue de la Victoire, et renouvelé devant elle le serment de fidélité, les sénateurs se rangèrent sur les bancs autour de la salle; les orateurs se placèrent au milieu d'eux. Le vestibule et la cour du Capitole étoient remplis par les grands, les soldats et le peuple. Dieu permit aux Puissances de l'abîme et aux habitans des tabernacles divins, de se mêler à cette délibération mémorable : aussitôt les Anges et les Démons se répandent dans le sénat, les premiers pour calmer, les seconds pour soulever les passions, ceux-ci pour éclairer les esprits, ceux-là pour les aveugler.

On immola d'abord un taureau blanc à Jupiter, auteur des bons conseils : pendant ce sacrifice Eudore se couvrit la tête, et secoua son manteau qu'avoient souillé quelques gouttes de l'eau lustrale. Dioclétien donne le signal, et Symmaque se lève au milieu des applaudissemens universels : nourri dans les grandes traditions de l'éloquence latine, ces paroles sortirent de sa bouche, comme on voit les flots majestueux d'un fleuve rouler lentement dans une campagne qu'ils embellissent de leur cours :

FIN DU LIVRE QUINZIÈME.

REMARQUES

SUR LE QUINZIÈME LIVRE.

Ce livre n'a pas un besoin essentiel de notes, hors sur deux points : 1°. Piste étoit en effet évêque d'Athènes à l'époque dont je parle, et il parut au concile de Nicée ; 2°. il y a plusieurs anachronismes par rapport à Julien et aux grands hommes de l'Eglise, que je représente au jardin de Platon. J'ai fait çà et là des corrections de style, supprimé quelques phrases, etc. etc. Je remplacerai les notes de ce livre par un long morceau de mon Itinéraire : il servira de commentaire au voyage d'Eudore.

REMARQUE.

(Pag. 3. Il marchoit vers Argos, par le chemin de la montagne.)

De Sparte à Argos, il y a deux chemins : l'un s'enfonce dans le vallon de Tégée ; l'autre traverse les montagnes qui bordent le golfe d'Argos. J'ai suivi le dernier, et c'est celui que j'ai fait prendre à Eudore. Avant de citer mon Itinéraire, je dois observer qu'Argos étoit déjà en ruines du temps de Pausanias. Elle étoit si pauvre sous le règne de Julien l'Apostat, qu'elle ne put contribuer aux frais et au rétablissement des jeux Isthmiques. Julien plaida sa cause contre les Corinthiens : nous avons ce singulier monument littéraire dans les ouvrages de cet empereur (*epist.* XXV). Argos, la patrie du roi des rois, devenue, dans le moyen âge, l'héritage d'une veuve vénitienne, fut vendue par cette veuve, à la république de Venise, pour deux cents ducats de rente viagère, et cinq cents une fois payés. Coronelli rapporte le contrat. Voilà ce que c'est que la gloire!

Itinéraire. — « Des ruines de Sparte, je partis » pour Argos, sans retourner à Misitra. J'avois dit » adieu à Ibrim-Bey. J'abandonnai Lacédémone » sans regret; cependant je ne pouvois me défendre » de ce sentiment de tristesse qu'on éprouve en » présence d'une grande ruine, et en quittant des » lieux qu'on ne reverra jamais. Le chemin qui » conduit de la Laconie dans l'Argolide étoit, » dans l'antiquité, ce qu'il est encore aujourd'hui, » un des plus rudes et des plus sauvages de la » Grèce. Nous traversâmes l'Eurotas à l'entrée de » la nuit, dans l'endroit où nous l'avions déjà » passé en venant de Tripolizza; puis, tournant » au levant, nous nous enfonçâmes dans des gorges » de montagnes. Nous marchions rapidement dans » des ravines, et sous des arbres qui nous obli- » geoient de nous coucher sur le cou de nos che- » vaux. Je frappai si rudement de la tête contre » une branche de ces arbres, que je fus jeté à dix » pas sans connoissance. Comme mon cheval conti- » nuoit de galoper, mes compagnons de voyage, » qui me devançoient, ne s'aperçurent pas de ma » chute : leurs cris, quand ils revinrent à moi, me » tirèrent de mon évanouissement.

» A une heure du matin, nous arrivâmes au som- » met d'une haute montagne, où nous laissâmes » reposer nos chevaux. Le froid devint si piquant » que nous fûmes obligés d'allumer un feu de » bruyères. Je ne puis assigner de nom à ce lieu peu » célèbre dans l'antiquité; mais nous devions être » vers les sources du Lœnus, dans la chaîne du » mont Eva, et peu éloignés de Prasiæ, sur le » golfe d'Argos.

» Nous arrivâmes à deux heures du matin à un » gros village appelé Saint-Pierre, assez voisin de » la mer. On n'y parloit que d'un événement tra- » gique qu'on s'empressa de nous raconter :

» Une fille de ce village ayant perdu son » père et sa mère, et se trouvant maîtresse d'une » petite fortune, fut envoyée par ses parens à Cons- » tantinople. A dix-huit ans, elle revint dans son » village. Elle étoit belle ; elle parloit le turc, l'ita- » lien et le français ; et quand il passoit des étrangers » à Saint-Pierre, elle les recevoit avec une politesse » qui fit soupçonner sa vertu. Les chefs des paysans » s'assemblèrent ; et, après avoir examiné entr'eux » la conduite de l'orpheline, ils résolurent de se » défaire d'une fille qui déshonoroit le village. Ils » se procurèrent d'abord la somme fixée pour le » meurtre d'une Chrétienne en Turquie ; ensuite » ils entrèrent pendant la nuit chez la jeune fille, » l'assommèrent ; et un homme, qui attendoit la » nouvelle de l'exécution, alla porter au Pacha le » prix du sang. Ce qui mettoit en mouvement tous » ces Grecs de Saint-Pierre, ce n'étoit pas l'atrocité » de l'action, mais l'avidité du Pacha ; car celui-ci » qui trouvoit aussi l'action toute simple, et qui » convenoit avoir reçu la somme fixée pour un » assassinat ordinaire, observoit pourtant que la » beauté, la jeunesse, la science, les voyages de » l'orpheline lui donnoient (à lui Pacha de Morée) » de justes droits à une indemnité. En conséquence, » sa seigneurie avoit envoyé le jour même deux » janissaires pour demander une nouvelle contri- » bution.

» Nous changeâmes de chevaux à Saint-Pierre, » et nous prîmes le chemin de l'ancienne Cynusie. » Vers les trois heures de l'après-midi, le guide » nous cria que nous allions être attaqués. En effet, » nous aperçûmes quelques hommes armés dans la » montagne : après nous avoir regardés long-temps, » ils nous laissèrent tranquillement passer. Nous

» entrâmes dans les monts Parthenius, et nous des-» cendîmes au bord d'une rivière dont le cours nous » conduisit jusqu'à la mer. On découvroit la cita-» delle d'Argos, Nauplia en face de nous, et les » montagnes de la Corinthie vers Mycènes.

» Du point où nous étions parvenus, il y avoit » encore trois heures de marche jusqu'à Argos; il » falloit tourner le fond du golfe, en traversant le » marais de Lerne, qui s'étendoit entre la ville et le » lieu où nous nous trouvions. La nuit vint, le » guide se trompa de route; nous nous perdîmes » dans des rizières inondées, et nous fûmes trop » heureux d'attendre le jour sur un fumier de bre-» bis, lieu le moins humide et le moins sale que » nous pûmes trouver.

» Je serois en droit de faire une querelle à Her-» cule, qui n'a pas bien tué l'hydre de Lerne, car » je gagnai dans ce lieu malsain une fièvre qui ne » me quitta tout à fait qu'en Égypte.

» J'étois, au lever de l'aurore, à Argos. Le village » qui remplace cette ville célèbre est plus propre et » plus animé que la plupart des autres villages de » la Morée. Sa position est fort belle, au fond du » golfe de Nauplia ou d'Argos, à une lieue et demie » de la mer. Il a d'un côté les montagnes de la Cy-» nurie et de l'Arcadie, et de l'autre les hauteurs de » Trézène et d'Epidaure.

» Mais, soit que mon imagination fût attristée » par le souvenir des malheurs et des fureurs des » Pélopides; soit que je fusse réellement frappé » par la vérité, les terres me parurent incultes et » désertes, les montagnes sombres et nues; sorte » de nature féconde en grands crimes et en grandes » vertus. Je visitai les restes du palais d'Agamem-» non, les débris du théâtre et d'un aqueduc ro-» main; je montai à la citadelle : je voulois voir jus-» qu'à la moindre pierre qu'avoit pu remuer la main » du roi des rois.

» Qui peut se vanter de jouir de quelque gloire

» auprès de ces familles chantées par Homère, » Eschyle, Sophocle, Euripide et Racine? Et » quand on voit pourtant, sur les lieux, combien » peu de chose reste de ces familles, on est mer- » veilleusement étonné.

. . . .

» Je laissai la forêt de Némée à ma gauche, et » j'arrivai à Corinthe par une espèce de plaine se- » mée de montagnes isolées et semblables à l'Acro- » Corinthe, avec lequel elles se confondent. Nous » aperçûmes celui-ci long-temps avant d'y arriver, » comme une masse irrégulière de granit rougeâtre, » avec une ligne de murs sur son sommet. Le village » de Corinthe est au pied de cette citadelle.

. . . .

» Nous quittâmes Corinthe à trois heures du ma- » tin. Deux chemins conduisent de cette ville à Mé- » gare : l'un traverse les monts Géraniens, par le » milieu de l'isthme; l'autre côtoie la mer Saro- » nique, le long des roches Scironiennes. On est » obligé de suivre le premier, afin de passer la » grand'garde turque placée aux frontières de la » Morée. Je m'arrêtai à l'endroit le plus étroit de » l'isthme, pour contempler les deux mers, la place » où se donnoient les jeux, et pour jeter un dernier » regard sur le Péloponèse.

» Nous entrâmes dans les monts Géraniens, plan- » tés de sapins, de lauriers et de myrtes. Perdant de » vue et retrouvant tour à tour la mer Saronique et » Corinthe, nous atteignîmes le sommet des monts. » Nous descendîmes à la grand'garde. Je montrai » mon firman du pacha de Morée : le commandant » m'invita à fumer la pipe, et à boire le café dans » sa baraque.

. . . .

» Trois heures après, nous arrivâmes à Mégare. » Je n'y demandai point l'école d'Euclide; j'aurois » mieux aimé y découvrir les os de Phocion, ou

» quelques statues de Praxitèle et de Scopas. Tandis » que je songeois que Virgile, visitant aussi la » Grèce, fut arrêté dans ce lieu par la maladie dont » il mourut, on vint me prier d'aller visiter une » malade.

» Les Grecs, ainsi que les Turcs, supposent que tous » les Francs ont des connoissances en médecine, et » des secrets particuliers. La simplicité avec laquelle » ils s'adressent à un étranger, dans leurs maladies, » a quelque chose de touchant, et rappelle les an» ciennes mœurs : c'est une noble confiance de » l'homme envers l'homme. Les sauvages en Amé» rique ont le même usage. Je crois que la religion » et l'humanité ordonnent dans ce cas au voyageur » de se prêter à ce qu'on attend de lui : un air d'as» surance, des paroles de consolation, peuvent » quelquefois rendre la vie à un mourant, et mettre » toute une famille dans la joie.

» Un Grec vint donc me chercher pour voir sa » fille. Je trouvai une pauvre créature étendue à » terre sur une natte, et ensevelie sous les hail» lons dont on l'avoit couverte. Elle dégagea son » bras, avec beaucoup de répugnance et de pu» deur, des lambeaux de la misère, et le laissa re» tomber mourant sur la couverture. Elle me pa» rut attaquée d'une fièvre putride. Je fis dégager sa » tête des petites pièces d'argent dont les paysannes » albanaises ornent leurs cheveux : le poids des » tresses et du métal concentroit la chaleur au cer» veau. Je portois avec moi du camphre pour la » peste ; je le partageai avec la malade. On l'avoit » nourrie de raisin ; j'approuvai le régime. Enfin, » nous priâmes Christos et la Panagia (la Vierge), » et je promis prompte guérison. J'étois bien loin de » l'espérer : j'ai tant vu mourir, que je n'ai là-dessus » que trop d'expérience !

» Je trouvai en sortant tout le village assemblé à » la porte. Les femmes fondirent sur moi, en » criant : *Crasi! crasi!* « du vin! du vin! » Elles

» vouloient me témoigner leur reconnoissance en » me forçant à boire. Ceci rendoit mon rôle de » médecin assez ridicule ; mais qu'importe, si j'ai » ajouté, à Mégare, une personne de plus à celles » qui peuvent me souhaiter un peu de bien dans » les différentes parties du monde où j'ai erré ? » C'est un privilége du voyageur, de laisser » après lui beaucoup de souvenirs, et de vivre dans » le cœur d'un étranger, souvent, hélas, plus long- » temps que dans la mémoire de ses amis!

» Nous couchâmes à Mégare. Nous n'en partîmes » que le lendemain à deux heures de l'après-midi. » Vers les cinq heures du soir, nous arrivâmes à » une plaine environnée de montagnes au nord, au » couchant et au midi. Un bras de mer long et » étroit (le détroit de Salamine) baigne cette plaine » au levant, et forme comme la corde de l'arc des » montagnes ; l'autre côté de ce bras de mer est » bordé par les rivages d'une île élevée (Salamine): » l'extrémité orientale de cette île s'approche d'un » des promontoires du continent ; on remarque » entre les deux pointes un étroit passage. Comme » le jour étoit sur son déclin, je résolus de m'arrêter » dans un village (Eleusis) que je voyois sur une » haute colline, laquelle terminoit au couhant près » de la mer le cercle des montagnes dont j'ai parlé.

» On distinguoit dans la plaine les restes d'un » aqueduc, et beaucoup de débris épars au milieu » du chaume d'une moisson nouvellement coupée. » Nous descendîmes de cheval au pied du monti- » cule, et nous grimpâmes à la cabane la plus voi- » sine : on nous y donna l'hospitalité.

. . . .

. . . .

» Nous partîmes d'Eleusis à la pointe du jour. » Nous tournâmes le fond du canal de Salamine, » et nous nous engageâmes dans le défilé qui passe » entre le mont Icare et le mont Corydalus, et dé- » bouche dans la plaine d'Athènes, au petit mont

» Pœcile. Je découvris tout à coup l'Acropolis, pré-» sentant dans un assemblage confus les chapiteaux » des Propylées, les colonnes du Parthénon et du » temple d'Erechthée, les embrasures d'une muraille » chargée de canons, les débris gothiques du siècle » des ducs, et les masures des Musulmans. Deux » petites collines, l'Anchesme et Lycabettus, s'éle-» voient au nord de la citadelle, et c'étoit entre les » dernières et au pied de la première qu'Athènes se » montroit à moi. Ses toits aplatis, entremêlés de » minarets, de palmiers, de ruines et de colonnes » isolées; les dômes de ses mosquées couronnés par » de gros nids de cigognes, semblables à des cor-» beilles, faisoient un effet agréable aux rayons du » soleil levant. Mais si l'on reconnoissoit encore » Athènes à quelques débris, on voyoit aussi, à » l'ensemble de l'architecture et au caractère géné-» ral des monumens, que la ville de Minerve n'é-» toit plus habitée par son peuple.

» Une enceinte de montagnes, qui se termine à » la mer, forme la plaine ou le bassin d'Athènes. » Du point où je voyois cette plaine au petit mont » Pœcile, elle paroissoit divisée en trois bandes ou » régions, courant dans une direction parallèle du » nord au midi. La première de ces régions, et la » plus voisine de moi, étoit inculte et couverte de » bruyères; la seconde offroit un terrain labouré où » l'on venoit de faire la moisson; la troisième pré-» sentoit un long bois d'oliviers qui s'étendoit un » peu circulairement depuis les sources de l'Ilissus, » en passant au pied de l'Anchesme, jusque vers le » port de Phalère. Le Céphise coule dans cette fo-» rêt, qui, par sa vieillesse, semble descendre de » l'olivier que Minerve fit sortir de la terre. L'Ilissus » a son lit desséché de l'autre côté d'Athènes, entre » le mont Hymète et la ville.

» La plaine n'est pas parfaitement unie: une pe-» tite chaîne de collines détachées du mont Hymète » en surmonte le niveau, et forme ces différentes

» hauteurs sur lesquelles Athènes plaça peu à peu » ses monumens.

» Ce n'est pas dans le premier moment d'une » émotion très-vive que l'on jouit le plus de ses » sentimens. Je m'avançois vers Athènes dans une » espèce de trouble qui m'ôtoit le pouvoir de la » réflexion. Nous traversâmes promptement les » deux premières régions, la région inculte et la » région cultivée, et nous entrâmes dans le bois » d'oliviers. Je descendis un moment dans le lit du » Céphise, qui étoit alors sans eau, parce que dans » cette saison les paysans la détournent pour arroser » leurs oliviers. En sortant du bois, nous trou- » vâmes un jardin environné de murs, et qui occupe » à peu près la place du Céramique. Nous mîmes » une demi-heure pour nous rendre à Athènes, » à travers un chaume de froment. Un mur moderne » renferme la ville. Nous en franchîmes la porte, » et nous pénétrâmes dans de petites rues cham- » pêtres, fraîches et assez propres. Chaque maison » a son jardin planté d'orangers et de figuiers. » Le peuple me parut gai et curieux, et n'avoit » point l'air avili et abattu des Moraïtes. On nous » enseigna la maison de M. Fauvel, qui demeure » près du portique d'Adrien, dans le voisinage du » Pœcile et de la rue des Trépieds. »

FIN DES REMARQUES DU LIVRE QUINZIÈME.

SOMMAIRE DU LIVRE SEIZIÈME.

HARANGUES de Symmaque, d'Hiéroclès et d'Eudore. Dioclétien consent à donner l'édit de persécution, mais il veut que l'on consulte auparavant la Sibylle de Cumes.

LIVRE XVI.

« Très-clément Empereur Dioclétien, et vous, très-heureux prince César Galérius, si jamais vos ames divines donnèrent une preuve éclatante de leur justice, c'est dans l'affaire importante qui rassemble le très-auguste sénat aux pieds de vos Eternités.

» Proscrirons-nous les adorateurs du nouveau Dieu? Laisserons-nous les Chrétiens jouir en paix du culte de leur divinité? Telle est la question que l'on propose au sénat.

» Que Jupiter, et les autres dieux vengeurs de l'humanité me préservent de faire couler jamais le sang et les larmes! Pourquoi persécuterions-nous des hommes qui remplissent tous les devoirs du citoyen? Les Chrétiens exercent des arts utiles; leurs richesses alimentent le trésor de l'Etat; ils servent avec courage dans nos armées; ils ouvrent souvent dans nos conseils des avis pleins de sens, de justesse et de prudence. D'ailleurs, ce n'est point par la violence que l'on parviendra au but désiré. L'expérience a démontré que les Chrétiens se multiplient sous le fer des bourreaux. Voulez-vous les gagner à la religion de la patrie? appelez-les au temple de la Miséricorde et non pas aux autels des Euménides.

» Mais après avoir déclaré ce qui me semble conforme à la raison, je dois, avec la même justice, manifester la crainte que m'inspirent les Chrétiens. C'est le seul reproche que l'on puisse légitimement leur faire : il est certain que nos dieux sont l'objet de leur dérision et quelquefois de leurs insultes. Que de Romains se sont déjà laissé entraîner par des raisonnemens téméraires! Ah, nous parlons d'attaquer une divinité étrangère, songeons plutôt à défendre les nôtres! Rattachons-nous à leur culte par le souvenir de tout ce qu'elles ont fait pour nous. Quand nous serons bien convaincus de la grandeur et de la bonté de nos dieux paternels, nous ne craindrons plus de voir la secte des Chrétiens s'accroître et se grossir des déserteurs de nos temples.

» C'est une vérité reconnue depuis long-temps que Rome a dû l'empire du monde à sa piété envers les Immortels. Elle a élevé des autels à tous les Génies bienfaisans, à la Petite Fortune, à l'Amour Filial, à la Paix, à la Concorde, à la Justice, à la Liberté, à la Victoire, au dieu Terme, qui, seul, ne se leva point devant Jupiter, dans l'assemblée des dieux. Cette famille divine pourroit-elle déplaire aux Chrétiens ? Quel homme oseroit refuser des hommages à de si nobles déités. Voulez-vous remonter plus haut ? Vous trouverez les noms mêmes de notre patrie, nos traditions les plus antiques liés à notre religion, et faisant partie de nos sacrifices; vous trouverez le souvenir de cet Age d'or, règne de bonheur et d'innocence, que tous les peuples envient à l'Ausonie. Y a-t-il rien de plus touchant que ce nom de Latium, donné à la campagne de Laurente, parce qu'elle fut l'asile d'un dieu persécuté ? Nos pères, en récompense de leur vertu, reçurent du ciel un cœur hospitalier, et Rome servit de refuge à tous les infortunés bannis. Que d'intéressantes aventures, que de noms illustres attachés à ces migrations des premiers temps du monde, Diomède, Philoctête, Idoménée, Nestor ! Ah, quand une forêt couvroit la montagne où s'élève ce Capitole, lorsque des chaumières occupoient la place de ces palais, que ce Tibre si fameux ne portoit encore que le nom inconnu d'Albuna, on ne demandoit point ici si le Dieu d'une obscure nation de la Judée étoit préférable aux dieux de Rome ! Pour se convaincre de la puissance de Jupiter, il suffit de considérer la foible origine de cet empire. Quatre petites sources ont formé le torrent du peuple romain : Albe, le cher pays et le premier amour des Curiaces; les guerriers latins qui s'unirent aux guerriers d'Enée; les Arcadiens d'Evandre, qui transmirent aux Cincinnatus l'amour des troupeaux et le sang des Hellènes, doux germe de l'éloquence chez les rudes nourrissons d'une louve ; enfin, les Sabins qui donnèrent des épouses aux compagnons de Romulus ; ces Sabins vêtus de peaux de brebis, conduisant leurs troupeaux avec une lance, vivant de laitage et de miel, et se consacrant à Cérès et à Hercule, l'une le génie, et l'autre le bras du laboureur.

» Ces dieux qui ont opéré tant de merveilles, ces dieux qui ont inspiré Numa, Fabricius et Caton, ces dieux qui protégent les cendres illustres de nos citoyens, ces dieux au milieu desquels brillent aujourd'hui nos Empereurs, sont-ils des divinités sans pouvoir et sans vertus?

» Dioclétien, je suppose que Rome chargée d'années apparoisse tout à coup à vos yeux sous les voûtes de ce Capitole, et qu'elle s'adresse ainsi à votre Eternité :

« Grand prince, ayez égard à cette vieil-
» lesse où ma piété envers les dieux m'a fait
» parvenir. Libre, comme je le suis, je m'en
» tiendrai toujours à la religion de mes ancê-
» tres. Cette religion a mis l'univers sous ma
» loi. Ses sacrifices ont éloigné Annibal de
» mes murailles, et les Gaulois du Capitole.
» Quoi, l'on renverseroit un jour cette statue
» de la Victoire, sans craindre de soulever
» mes légions ensevelies aux champs de
» Zama? N'aurois-je été préservée des plus
» redoutables ennemis, que pour être désho-
» norée par mes enfans dans ma vieillesse? »

» C'est ainsi, ô puissant Empereur, que

vous parle Rome suppliante. Voyez se lever de leurs tombeaux, sur le chemin d'Appius, ces républicains, vainqueurs des Volsques et des Samnites, dont nous révérons ici les images; ils montent à ce Capitole qu'ils remplirent de dépouilles opimes; ils viennent, couronnés de la branche du chêne, unir leur voix à la voix de la patrie. Ces manes sacrés n'avoient point rompu leur sommeil de fer, pour la perte de nos mœurs et de nos lois; ils ne s'étoient point réveillés au bruit des proscriptions de Marius, ou des fureurs du Triumvirat; mais la cause du ciel les arrache au cercueil, et ils viennent la plaider devant leurs fils. Romains séduits par la religion nouvelle, comment avez-vous pu changer pour un culte étranger nos belles fêtes et nos pieuses cérémonies!

» Princes, je le répète, nous ne demandons point la persécution des Chrétiens. On dit que le Dieu qu'ils adorent est un Dieu de paix et de justice : nous ne refusons point de l'admettre dans le Panthéon; car nous souhaitons, très-pieux Empereur, que les dieux de toutes les religions vous protégent; mais que l'on cesse d'insulter Jupiter. Dioclétien, Galérius, sénateurs, indulgence pour les Chrétiens, protection pour les dieux de la patrie. »

En achevant de prononcer ces mots, Symmaque salue de nouveau la statue de la Victoire, et se rassied au milieu des sénateurs. Les esprits étoient différemment agités: les uns, charmés de la dignité du discours de Symmaque, se rappeloient les jours des Hortensius et des Cicéron; les autres blâmoient la modération du pontife de Jupiter. Satan n'avoit plus d'espoir que dans Hiéroclès, et cherchoit à détruire l'effet de l'éloquence du grand-prêtre; les Anges de lumière profitoient au contraire de cette éloquence pour ramener le sénat à des sentimens plus humains. On voyoit s'agiter les casques des guerriers, les toges des sénateurs, les robes et les sceptres des Augures et des Aruspices; on entendoit un murmure confus, signe équivoque du blâme et de la louange. Dans un champ où l'ivraie et d'inutiles fleurs de pourpre et d'azur s'élèvent au milieu du froment d'or, si quelque zéphyr se glisse dans la forêt diaprée, d'abord les plus frêles épis courbent leurs têtes; bientôt le souffle croissant balance en tumulte les gerbes fécondes et les plantes stériles : tel paroissoit dans le sénat le mouvement de tant d'hommes divers.

Les courtisans regardoient curieusement Dioclétien et Galérius, afin de régler leur opinion sur celle de leurs maîtres : César donnoit des signes d'emportement; mais le visage d'Auguste étoit impassible.

Hiéroclès se lève : il s'enveloppe dans son manteau, et garde quelque temps un air sévère et pensif. Initié à toutes les ruses de l'éloquence athénienne, armé de tous les sophismes, souple, adroit, railleur, hypocrite, affectant une élocution concise et sentencieuse, parlant d'humanité en demandant le sang de l'innocent, méprisant les leçons du temps et de l'expérience, voulant à travers mille maux conduire le monde au bonheur par des systèmes, esprit faux, s'applaudissant de sa justesse : tel étoit l'orateur qui parut dans la lice pour attaquer toutes les religions, et surtout celle des Chrétiens. Galérius laissoit un libre cours aux blasphèmes de son ministre : Satan poussoit au mal l'ennemi des Fidèles; et l'espoir de perdre Eudore animoit l'amant de Cymodocée. Le Démon de la fausse sagesse, sous la figure d'un chef de l'école, nouvellement arrivé d'Alexandrie, se place auprès d'Hiéroclès : celui-ci après un moment de silence, déploie tout à coup ses bras; il rejette son manteau en arrière, pose les deux mains sur son cœur, s'incline jusqu'au pavé du Capitole en saluant Auguste et César, et prononce ce discours :

« Valérius Dioclétien, fils de Jupiter, Empereur éternel, Auguste, huit fois consul, très-clément, très-divin, très-sage; Valérius Maximianus Galérius, fils d'Hercule, fils adoptif de l'Empereur, César éternel et très-heureux, Parthique, triomphateur, amateur de la science, et vérissime philosophe; sénat très-vénérable et sacré, vous permettez donc que ma voix se fasse entendre! Troublé par cet honneur insigne, comment pourrois-je m'exprimer avec assez de force ou de grâce? Pardonnez à la foiblesse de mon éloquence, en faveur de la vérité qui me fait parler.

» La terre, dans sa fécondité première, enfanta les hommes. Les hommes, par hasard et par nécessité, s'assemblèrent pour leurs besoins communs. La propriété commença :

les violences suivirent; l'homme ne put les réprimer : il inventa les dieux.

» La religion trouvée, les tyrans en profitèrent. L'intérêt multiplia les erreurs; les passions y mêlèrent leurs songes.

» L'homme, oubliant l'origine des dieux, crut bientôt à leur existence. On prit pour le consentement unanime des peuples, ce qui n'étoit que le consentement unanime des passions. Les tyrans, en écrasant les hommes, eurent soin de faire élever des temples à la piété et à la miséricorde, afin que les infortunés crussent aussi qu'il y avoit des dieux.

» Le prêtre, d'abord trompeur, ensuite trompé, se passionna pour son idole; le jeune homme, pour les grâces divinisées de sa maîtresse; le malheureux, pour les simulacres de sa douleur : de là, le fanatisme, le plus grand des maux qui ait affligé l'espèce humaine.

» Ce monstre, portant un flambeau, parcourut les trois régions de la terre. Il brûla, par la main des Mages, les temples de Memphis et d'Athènes. Il alluma la guerre sacrée qui livra la Grèce à Philippe. Bientôt, si une secte odieuse venoit à s'étendre, de nos jours même, et malgré l'accroissement des lumières, on verroit l'univers plongé dans un abîme de malheurs!

» C'est ici, princes, que je tâcherai de peindre les maux que le fanatisme a fait aux hommes, en vous dévoilant l'origine et les progrès de la religion la plus ridicule et la plus horrible que la corruption des peuples ait engendrée.

» Que ne m'est-il permis d'ensevelir dans un profond oubli ces honteuses turpitudes! Mais je suis appelé à la défense de la vérité : il faut sauver mon Empereur, il faut éclairer le monde. Je sais que j'expose mes jours au ressentiment d'une faction dangereuse. Qu'importe : un ami de la sagesse doit fermer son cœur à toute crainte comme à toute pitié, quand il s'agit du bonheur de ses frères et des droits sacrés de l'humanité.

» Vous connoissez ce peuple que sa lèpre et ses déserts séparent du genre humain, ce peuple odieux qu'extermina le divin Titus.

» Un certain fourbe, appelé Moïse, par une suite de crimes et de prestiges grossiers, délivra ce peuple de la servitude. Il le conduisit au milieu des sables de l'Arabie; il lui promettoit au nom du dieu Jéhova, une terre où couleroit le lait et le miel.

» Après quarante années les Juifs arrivèrent à cette terre promise, dont ils égorgèrent les habitans. Ce jardin délicieux étoit la stérile Judée, petite vallée de pierres, sans blé, sans arbres, sans eaux.

» Retirés dans leur repaire, ces brigands ne se firent remarquer que par leur haine contre le genre humain: ils vivoient au milieu des adultères, des meurtres, des cruautés.

» Que pouvoit-il sortir d'une pareille race? (c'est ici le prodige) une race plus exécrable encore, les Chrétiens: ils ont surpassé, en folie, en crimes, les Juifs, leurs pères.

» Les Hébreux, que trompoient des prêtres fanatiques, attendoient dans leur impuissance et dans leur bassesse un monarque qui devoit leur soumettre le monde entier.

» Le bruit se répand un jour que la femme d'un vil artisan a donné naissance à ce roi si long-temps promis. Une partie des Juifs s'empresse de croire au prodige.

» Celui qu'ils appellent leur Christ, vit

trente ans, caché dans sa misère. Après ces trente années, il commence à dogmatiser; il s'assotie quelques pêcheurs, qu'il nomme ses Apôtres. Il parcourt les villes, il se cache au désert, il séduit des femmes foibles, une populace crédule. Sa morale est pure, dit-on; mais surpasse-t-elle celle de Socrate?

» Bientôt il est arrêté pour ses discours séditieux, et condamné à mourir sur la croix. Un jardinier dérobe son corps; ses Apôtres s'écrient que Jésus est ressuscité; ils prêchent leur maître à la foule étonnée. La superstition s'étend, les Chrétiens deviennent une secte nombreuse.

» Un culte né dans les derniers rangs du peuple, propagé par des esclaves, caché d'abord en des lieux déserts, s'est chargé peu à peu des abominations que le secret et des mœurs basses et féroces doivent naturellement engendrer: aussi, la cruauté et l'infamie font-elles la partie principale de ses mystères.

Les Chrétiens s'assemblent la nuit au milieu des morts et des sépulcres. La résurrection des cadavres est le plus absurde comme le plus doux de leur entretien. Assis à un festin abominable, après avoir juré haine aux dieux et aux hommes, après avoir renoncé à tous les plaisirs légitimes, ils boivent le sang d'un homme sacrifié, et dévorent les chairs palpitantes d'un enfant : c'est ce qu'ils appellent leur pain et leur vin sacré !

» Le repas fini, des chiens dressés aux crimes de leurs maîtres, entrent dans l'assemblée et renversent les flambeaux : alors, les Chrétiens se cherchent au milieu des ténèbres, s'unissent au hasard par d'horribles embrassemens, les pères avec les filles, les fils avec les mères, les frères avec les sœurs : le nombre et la variété des incestes fait le mérite et la vertu.

» Quoi, ce n'étoit pas assez d'avoir voulu amener les hommes au culte d'un séditieux justement puni du dernier supplice ! Ce n'étoit pas un assez grand crime d'avoir essayé d'abrutir à ce point la raison humaine, il falloit encore que les Chrétiens fissent de leur religion l'école des mœurs les plus dépravées, des forfaits les plus inouïs !

» Ce que je viens d'avancer auroit-il besoin d'autres preuves que la conduite des Chrétiens ? Partout où ils se glissent, ils font naître des troubles; ils débauchent les soldats de nos armées, ils portent la désunion dans les familles, ils séduisent des vierges crédules, ils arment le frère contre le frère, l'époux contre l'épouse. Puissans aujourd'hui, ils ont des temples, des trésors, et ils refusent de prêter serment aux empereurs, dont ils tiennent ces bienfaits; ils insultent aux sacréés images de Dioclétien, ils aiment mieux mourir que de sacrifier à ses autels. Dernièrement encore, n'ont-ils pas laissé la divine mère de Galérius offrir seule des victimes pour son fils aux Génies innocens des montagnes? Enfin, joignant le fanatisme à la dissolution, ils voudroient précipiter du Capitole la statue de la Victoire, arracher de leurs sanctuaires vos dieux paternels!

» Qu'on ne croie pas cependant que je défende ici ces dieux qui, dans l'enfance des peuples, ont pu paroître nécessaires à des législateurs habiles. Nous n'avons plus besoin de ces ressources. La raison commence son règne. Désormais on n'élèvera d'autel qu'à la vertu. Le genre humain se perfectionne chaque jour. Un temps viendra que tous les hommes, soumis à la seule pensée, se conduiront par les clartés de l'esprit. Je ne soutiens donc ni Jupiter, ni Mitra, ni Sérapis. Mais si l'on conserve encore une religion dans l'Empire, l'ancienne réclame une juste préférence. La nouvelle est un mal qu'il faut extirper par le fer et par le feu. Il faut guérir les Chrétiens eux-mêmes de leur propre folie. Eh bien, un peu de sang coulera ! Nous nous attendrirons sans doute sur le sort des criminels, mais nous admirerons, nous bénirons la loi qui frappera les victimes pour la consolation des sages et le bonheur du genre humain. »

Hiéroclès achevoit à peine son discours, que Galérius donna le signal des applaudissemens. L'œil en feu, le visage rouge de colère, César sembloit déjà prononcer l'arrêt fatal des Chrétiens. Ses courtisans levoient les mains au ciel, comme saisis d'horreur et de crainte; ses gardes frémissoient de rage, en songeant que des impies vouloient renverser l'autel de la Victoire; le peuple redisoit avec effroi les incestes nocturnes et les repas de chair humaine. Les

Sophistes qui environnoient Hiéroclès le portoient au ciel : c'étoit l'intrépide ami des princes, le véritable ami du peuple, le défenseur des principes, le soutien de la vertu, un Socrate !

Satan échauffoit les préjugés et les haines; ravi des paroles du proconsul, il se flattoit d'aller plus sûrement à son but par l'athéisme que par l'idolâtrie; secondé de toutes les Puissances de l'Enfer, il augmentoit le bruit et le tumulte, et donnoit au mouvement du Sénat quelque chose de prodigieux. Comme le sabot circule sous le fouet de l'enfant, comme le fuseau descend et remonte entre les doigts de la matrone, comme l'ébène ou l'ivoire roule sous le ciseau du tourneur, ainsi les esprits étoient agités. Dioclétien seul paroissoit immobile; on ne voyoit sur son visage ni colère, ni haine, ni amour. Les Chrétiens répandus dans l'assemblée se montroient abattus et consternés. Constantin surtout étoit plongé dans une douleur profonde; il jetoit par intervalles un regard inquiet et attendri sur Eudore.

Le fils de Lasthénès se leva sans paroître ému de la défaveur de César, des bassesses des courtisans et des clameurs de la foule. Son habit de deuil, sa noble figure, encore embellie par l'expression d'une sainte tristesse, attirèrent tous les regards. Les Anges du Seigneur formant un cercle invisible autour de lui, le couvroient de lumière, et lui donnoient une assurance divine. Du haut du ciel, les quatre Evangélistes penchés sur sa tête, lui dictoient secrètement les paroles qu'il alloit répéter. On entendoit dire de toutes parts dans le Sénat : « C'est le Chrétien ? Comment pourra-t-il répondre ? » Chacun cherchoit vainement dans ses traits, à la fois si calmes et si animés, l'expression des crimes dont Hiéroclès avoit accusé les Fidèles. Lorsque des chasseurs, croyant surprendre au bord d'un fleuve un affreux vautour, découvrent tout à coup un cygne qui nage sur l'onde, charmés ils s'arrêtent; ils contemplent l'oiseau chéri des Muses ; ils admirent la blancheur de son plumage, la fierté de son port, la grâce de ses mouvemens; ils prêtent déjà l'oreille à ses chants harmonieux. Le cygne de l'Alphée ne tarda pas à se faire entendre : Eudore s'incline devant Auguste et César ; ensuite, sans saluer la statue de la Victoire, sans faire de geste, sans chercher à séduire ou l'oreille ou les yeux, il parle en ces mots :

« Auguste, César, Pères conscrits, Peuple romain, au nom de ces hommes victimes d'une haine injuste, moi, Eudore, fils de Lasthénès, natif de Mégalopolis en Arcadie, et Chrétien, salut !

» Hiéroclès a commencé son discours par excuser la foiblesse de son éloquence; je réclame à mon tour l'indulgence du sénat. Je ne suis qu'un soldat, plus accoutumé à verser mon sang pour mes princes, qu'à demander en termes fleuris le massacre d'une foule de vieillards, de femmes et d'enfans.

» Je remercie d'abord Symmaque de la modération qu'il a montrée envers mes frères. Le respect que je dois au chef de l'Empire, me force à me taire sur le culte des idoles. J'observerai cependant que les Camille, les Scipion, les Paul-Emile, n'ont point été de grands hommes parce qu'ils suivoient le culte de Jupiter, mais parce qu'ils s'éloignoient de la morale et des exemples des divinités de l'Olympe. Dans notre religion, au contraire, on ne peut atteindre au plus haut degré de la perfection qu'en imitant nôtre Dieu. Nous plaçons aussi de simples mortels dans les éternelles demeures; mais il ne suffit pas, pour acquérir cette gloire, d'avoir porté le bandeau royal, il faut avoir pratiqué la vertu : nous abandonnons à votre ciel les Néron et les Domitien.

» Toutefois l'effet d'une religion quelconque est si salutaire à l'ame, que le pontife de Jupiter a parlé des Chrétiens avec douceur, tandis qu'un homme qui ne reconnoît point de Dieu, demande notre sang au nom de l'humanité et de la vertu. Eh quoi, Hiéroclès, c'est sous le manteau que vous portez, que vous voulez semer la désolation dans l'Empire! Magistrat romain, vous provoquez la mort de plusieurs millions de citoyens romains! Car, Pères conscrits, vous ne pouvez vous le dissimuler, nous ne sommes que d'hier, et déjà nous remplissons vos cités, vos colonies, vos camps, le palais, le sénat, le Forum : nous ne vous laissons que vos temples.

» Princes, notre accusateur est un apostat, et il se confesse athée : il sait lui-même quel titre je pourrois ajouter à ces titres. Symmaque est un homme pieux, dont l'âge, la science et les mœurs sont également respectables. Dans toute cause criminelle, on prend en considération le caractère des témoins : Symmaque nous excuse, Hiéroclès nous dénonce ; lequel des deux doit être écouté ? Auguste, César, Pères conscrits, Peuple romain, daignez me prêter une oreille attentive, je vais reprendre la suite des accusations d'Hiéroclès, et défendre la religion de Jésus-Christ. »

A ce grand nom l'orateur s'arrêta ; tous les Chrétiens s'inclinèrent, et la statue de Jupiter trembla sur son autel. Eudore reprit :

« Je ne remonterai point comme Hiéroclès jusqu'au berceau du monde pour en venir à la question du moment. Je laisse aux disciples de l'école ce vain étalage de principes odieux, de faits altérés et de déclamations puériles. Il ne s'agit ici ni de la formation du monde, ni de l'origine des sociétés : tout se borne à savoir si l'existence des Chrétiens est compatible avec la sûreté de l'Etat, si leur religion ne blesse ni les mœurs ni les lois; si elle ne s'oppose point à la soumission que l'on doit au chef de l'Empire; en un mot, si la morale et la politique n'ont rien à reprocher au culte de Jésus-Christ. Cependant, je ne puis m'empêcher de vous faire remarquer la singulière opinion d'Hiéroclès touchant les Hébreux.

» La raison politique de l'établissement de Jérusalem, au centre d'un pays stérile, étoit trop profonde pour être aperçue de l'accusateur des Chrétiens. Le législateur des Israélites vouloit en faire un peuple qui pût résister au temps, conserver le culte du vrai Dieu, au milieu de l'idolâtrie universelle, et trouver dans ses institutions une force qu'il n'avoit point par lui-même : il les enferma donc dans la montagne. Leurs lois et leur religion furent conformes à cet état d'isolement : ils n'eurent qu'un temple, qu'un sacrifice, qu'un livre. Quatre mille ans se sont écoulés et ce peuple existe encore. Hiéroclès, montrez-nous ailleurs un exemple d'une législation aussi miraculeuse dans ses effets, et nous écouterons ensuite vos railleries sur le pays des Hébreux. »

Un signe d'approbation échappé à Dioclétien interrompit le fils de Lasthénès. Insensible aux mouvemens oratoires de Symmaque, et aux déclamations d'Hiéroclès, l'Empereur fut frappé des raisons politiques présentées par le défenseur des Fidèles. Eudore s'étoit étendu sur ce sujet avec adresse, afin de toucher le génie du prince avant de parler des Chrétiens. Le parti modéré du sénat qui redoutoit Galérius, Publius, préfet de Rome, dévoué à César, mais ennemi d'Hiéroclès, les courtisans toujours attentifs aux impressions du maître, les Chrétiens dont le sort étoit encore suspendu, tous s'aperçurent des sentimens favorables de Dioclétien : ils donnèrent de grandes louanges à l'orateur. Les soldats, les centurions, les tribuns s'étoient laissés toucher à la vue de leur général obligé de défendre sa vie contre les accusations d'un rhéteur : cette noble race d'hommes revient facilement à des opinions généreuses. Tant de raison unie à tant de beauté et de jeunesse avoit intéressé la foule toujours passionnée. La douleur de Constantin s'étoit changée en allégresse ; il encourageoit son ami par ses gestes et ses regards. Les Anges de lumière, redoublant de zèle autour de l'orateur chrétien, lui donnoient à chaque moment de nouvelles grâces, et prolongeoient les sons de sa voix comme d'harmonieux échos. Lorsqu'une neige éclatante tombe de la voûte éthérée, souvent l'aquilon s'apaise; les champs muets reçoivent avec joie les flocons nombreux qui vont mettre les plantes à l'abri des glaces de l'hiver : ainsi quand le fils de Lasthénès recommença son discours, l'assemblée fit un profond silence afin de recueillir ces paroles pures qui sembloient descendre du ciel pour prévenir la désolation de la terre.

« Princes, dit-il, je n'entrerai point dans les preuves de la religion chrétienne : une longue suite de prophéties, toutes vérifiées, des miracles éclatans, des témoins sans nombre, ont depuis long-temps attesté la divinité de celui que nous appelons le Sauveur. Sa vertu sublime est reconnue de l'univers ; plusieurs Empereurs romains, sans être soumis à Jésus-Christ, l'ont honoré de leurs hommages ; des philosophes fameux ont rendu justice à la beauté de sa morale, et Hiéroclès lui-même ne la conteste pas.

» Il seroit bien étrange que ceux qui adorent un tel Dieu, fussent des monstres dignes du bûcher. Quoi, Jésus-Christ seroit un modèle de douceur, d'humanité, de chasteté, et nous penserions l'honorer par des mystères de cruautés et de débauches ! Même dans le Paganisme, célèbre-t-on la fête de Diane par les prostitutions des fêtes de Vénus ? Le Christianisme, dit-on, est sorti de la dernière classe du peuple, et de là les infamies de son culte. Reprochez donc à cette religion ce qui fait sa beauté et sa gloire. Elle est allée chercher, pour les consoler, des hommes auxquels les hommes ne pensoient point, et dont ils détournoient les regards; et vous le lui imputez à crime ! Pense-t-on qu'il n'y a de douleur que sur la pourpre, et qu'un Dieu consolateur n'est fait que pour les grands et les rois? Loin d'avoir pris la bassesse et la férocité des mœurs du peuple, notre religion a corrigé ces mœurs. Dites : est-il un homme plus patient dans ses maux qu'un vrai Chrétien, plus résigné sous un maître, plus fidèle à sa parole, plus ponctuel dans ses devoirs, plus chaste dans ses habitudes? Nous sommes si éloignés de la barbarie, que nous nous retirons de vos jeux où le sang des hommes est une partie du spectacle. Nous croyons qu'il y a peu de différence entre commettre le meurtre et le voir commettre avec plaisir. Nous avons une telle horreur d'une vie dissolue, que nous évitons vos théâtres comme une école de mauvaises mœurs et une occasion de chute... Mais en justifiant les Chrétiens sur un point, je m'aperçois que je les expose sur un autre. Nous fuyons la société, dit Hiéroclès, nous haïssons les hommes !

» S'il en est ainsi, notre châtiment est juste. Frappez nos têtes ; mais auparavant venez reprendre dans nos hôpitaux les pauvres et les infirmes que vous n'avez point secourus ; faites appeler ces femmes romaines qui ont abandonné les fruits de leur honte. Elles croient peut-être qu'ils sont tombés dans ces lieux infâmes, seul asile offert par vos dieux à l'enfance délaissée ? Qu'elles viennent reconnoître leurs nouveau-nés entre les bras de nos épouses ! Le lait d'une Chrétienne ne les a point empoisonnés : les mères selon la Grâce les rendront, avant de mourir, aux mères selon la nature.

» Quelques-uns de nos mystères, mal entendus et faussement interprétés, ont donné naissance à ces calomnies. Princes, que ne m'est-il permis de vous dévoiler ces secrets d'innocence et de pureté! Rome se lève, dit Symmaque, et vous supplie de lui laisser les divinités de ses pères. Oui, princes, Rome se lève, mais non pour réclamer des dieux impuissans : elle se lève pour vous demander Jésus-Christ qui rétablira parmi ses enfans la pudeur, la bonne foi, la probité, la modération et le règne des mœurs.

« Donnez-moi, s'écrie-t-elle, ce Dieu qui
» a déjà corrigé les vices de mes lois, ce Dieu
» qui n'autorise point l'infanticide, la prostitu-
» tion du mariage, le spectacle du meurtre
» des hommes, ce Dieu qui couvre mon sein
» des monumens de sa bienfaisance, ce Dieu
» qui conserve les lumières des lettres et des
» arts, et qui veut abolir l'esclavage sur la
» terre. Ah, si un jour je devois encore voir les
» Barbares à mes portes, ce Dieu, je le sens,
» pourroit seul me sauver, et changer ma
» vieillesse languissante en une immortelle
» jeunesse. »

» Reste donc à repousser la dernière et la plus effrayante des accusations d'Hiéroclès, si les Chrétiens pouvoient s'effrayer de perdre les biens et la vie. Nous sommes, dit notre délateur, des séditieux; nous refusons d'adorer les images de l'Empereur, et d'offrir des sacrifices aux dieux pour le Père de la patrie.

» Les Chrétiens des séditieux! Poussés à bout par leurs persécuteurs, et poursuivis comme des bêtes féroces, ils n'ont pas même fait entendre le plus léger murmure; neuf fois ils ont été massacrés, et, s'humiliant sous la main de Dieu, ils ont laissé l'univers se soulever contre les tyrans. Qu'Hiéroclès nomme un seul Fidèle engagé dans une conspiration contre son prince! Soldats chrétiens que j'aperçois ici, Sébastien, Pacôme, Victor, dites-nous où vous avez reçu les nobles blessures dont vous êtes couverts? Est-ce dans les émeutes populaires, en assiégeant le palais de vos Empereurs, ou bien en affrontant, pour la gloire de vos princes, la flèche du Parthe, l'épée du Germain et la hache du Franc? Hélas, généreux guerriers, mes compagnons, mes amis, mes frères, je ne m'inquiète point de mon sort, bien que j'aie quelque raison de regretter à présent la vie, mais je ne puis m'empêcher de m'attendrir sur votre destinée! Que n'avez-vous choisi un défenseur plus éloquent! J'aurai pu mériter une couronne civique en vous sauvant des mains des Barbares, et je ne pourrai vous dérober au fer d'un proconsul romain!

» Finissons ce discours. Dioclétien, vous trouverez chez les Chrétiens des sujets respectueux qui vous seront soumis sans bassesse, parce que le principe de leur obéissance vient du ciel. Ce sont des hommes de vérité : leur langage ne diffère point de leur conduite; ils ne reçoivent point les bienfaits d'un maître en le maudissant dans leur cœur. Demandez à de tels hommes leurs fortunes, leurs vies, leurs enfans, ils vous les donneront, parce que tout cela vous appartient. Mais voulez-vous les forcer à encenser les idoles, ils mourront! Pardonnez, princes, à cette liberté chrétienne : l'homme a aussi ses devoirs à remplir envers le Ciel. Si vous exigez de nous des marques de soumission qui blessent ces devoirs sacrés, Hiéroclès peut appeler les bourreaux : nous rendrons à César notre sang qui est à César, et à Dieu notre ame qui est à Dieu. »

Eudore reprend sa place, rejette sur son épaule sa toge à demi tombée, et se hâte de recouvrir avec une modeste rougeur les cicatrices de son sein.

Pourrai-je exprimer la diversité des sentimens que le discours du fils de Lasthénès excita dans l'assemblée? C'étoit un mélange d'admiration, de crainte, de fureur: chacun éclatoit en mouvemens de haine ou d'amour. Ceux-ci admiroient la beauté de la religion accusée, ceux-là n'y voyoient qu'un reproche fait à leurs mœurs et à leurs dieux. Les guerriers étoient émus et vivement intéressés en faveur d'Eudore:

« Que nous servira donc, disoient-ils, de verser notre sang pour la patrie, de souffrir l'esclavage chez les Barbares, de triompher des ennemis du prince, si un sophiste nous peut égorger au Capitole? »

Pour la première fois de sa vie, Dioclétien paroissoit ému: même en laissant persécuter les Fidèles, Dieu se servoit de l'éloquence chrétienne pour semer les germes de la foi dans le sénat romain. La mâle simplicité du discours d'Eudore triomphoit et des calomnies d'Hiéroclès, et des touchans souvenirs dont Symmaque avoit environné la statue de la Victoire ; tout semble annoncer que l'Empereur va prononcer une sentence favorable aux Chrétiens.

Hiéroclès alarmé vouloit paroître calme et victorieux ; mais la rage et la frayeur perçoient malgré lui dans ses regards : lorsqu'un tigre s'est précipité dans la fosse escarpée que creusa sous ses pas un berger de Libye, la bête féroce, après s'être long-temps débattue, se couche avec une apparente tranquillité au milieu de l'enceinte fatale ; mais ; à l'agitation de ses yeux et de ses lèvres sanglantes, on voit qu'elle ressent vivement la crainte et la douleur du piége où elle est tombée.

Galérius rendit bientôt l'espérance à son ministre. Ce fougueux César, accoutumé au langage déshonoré de ses flatteurs, s'indigne des accens de la vertu et de la noble assurance d'un homme de bien. Il déclare que si l'on ne punit pas les Fidèles, il quittera la cour, et se mettra à la tête des légions d'orient :

« Car ces ennemis du ciel porteroient sur moi leurs mains sacriléges. »

Hiéroclès reprenant son audace, fait observer qu'il y avoit des mystères sur lesquels on ne s'expliquoit point; qu'après tout, les factieux refusoient de sacrifier à l'Empereur, et cherchoient par une éloquence séditieuse à soulever les soldats.

Trop accoutumé à céder à la violence de Galérius, Dioclétien fut effrayé de ses menaces. Il savoit qu'en proscrivant les Chrétiens il se privoit d'un grand appui contre l'ambition de César; mais le vieillard n'avoit plus la force d'envisager sans frémir les hasards d'une guerre civile. Satan achève d'épouvanter par un prodige l'esprit superstitieux de Dioclétien. Tout à coup le bouclier de Romulus se détache de la voûte du Capitole, tombe, blesse le fils de Lasthénès, et va couvrir, en roulant, la Louve de bronze qui fut frappée de la foudre à la mort de Jules-César. Galérius s'écrie :

« Vous le voyez, ô Dioclétien, le père des Romains n'a pu supporter les blasphèmes de ce Chrétien! Imitez son exemple; écrasez les impies, et protégez au Capitole le Génie de l'Empire. »

Alors Dioclétien, malgré les remords de sa conscience et les lumières de sa politique, promet de donner un édit contre les Fidèles; mais par une dernière ressource de son génie, il voulut que les dieux prononçassent dans leur propre cause, et l'aidassent, avec Galérius, à porter le poids de l'exécration de l'avenir.

« Si la Sibylle de Cumes, dit-il, approuve la résolution que vous me faites prendre, on publiera l'édit que vous demandez. Mais en attendant la réponse de l'oracle, je veux qu'on laisse à tous les citoyens la jouissance de leurs droits et la liberté de leur culte. »

En prononçant ces derniers mots, l'Empereur quitta brusquement le Capitole. Galérius et Hiéroclès sortirent triomphans; le premier, méditant les projets les plus ambitieux; le second, mêlant à ces mêmes projets des desseins d'amour et de vengeance. Constantin, accablé de douleur, se dérobe avec Eudore à la curiosité de la foule. L'Enfer pousse un cri de joie, et les Anges du Seigneur, dans une sainte tristesse, s'envolent aux pieds de l'Eternel.

FIN DU LIVRE SEIZIÈME.

REMARQUES

SUR LE SEIZIÈME LIVRE.

La question touchant le polythéisme, la religion naturelle, et le Christianisme, est la plus grande question qu'on puisse soumettre au jugement des hommes. Elle fourniroit la matière de plusieurs volumes, et je ne pouvois y consacrer que quelques pages.

La scène est fondée sur deux faits historiques :

1°. Il est vrai que Dioclétien délibéra pendant tout un hiver, avec son conseil, sur le sort des Chrétiens ;

2°. Sous l'empire d'Honorius on voulut ôter du Capitole l'autel de la Victoire. Symmaque, pontife de Jupiter, prononça à ce sujet un discours très-beau qui nous a été conservé dans les Œuvres de saint Ambroise. Saint Ambroise répondit à Symmaque, et nous avons aussi la réponse de l'éloquent archevêque de Milan.

PREMIÈRE REMARQUE.

(Pag. 51. Je suppose que Rome chargée d'années, etc.)

Ceci est emprunté du discours du vrai Symmaque. Je ne sais si l'on a jamais remarqué que le fameux morceau de Massillon, dans son sermon du *petit nombre des Elus*, est imité du beau mouvement oratoire du prêtre des faux dieux. C'est le cas de dire, comme les Pères, qu'il est permis quelquefois de dérober l'or des Egyptiens.

IIe.

(Pag. 52. Nous ne refusons point de l'admettre dans le Panthéon, etc.)

Tibère avoit voulu mettre J. C. au rang des dieux, Adrien lui avoit élevé des temples, et Alexandre Sévère le révéroit avec les images des ames saintes.

IIIe.

(Pag. 54. Galérius laissoit un libre cours aux blasphèmes de son ministre.)

Cela seul suffiroit pour établir la vraisemblance *poétique*, et faire tomber la critique de ceux qui disent qu'Hiéroclès ne pouvoit pas parler si librement dans le sénat romain. Mais l'auteur de la brochure que j'ai citée dans l'Examen, a très-bien montré que je n'étois pas sorti des bornes de la vérité historique :

« Sous Dioclétien, dit-il, il n'y avoit guère à » Rome que le peuple qui suivît de bonne foi le » culte des idoles. Des systèmes philosophiques » plus absurdes peut-être que le polythéisme étoient » professés publiquement ; et l'on jouissoit sur ce » point de la liberté la plus absolue, pourvu qu'on » rendît un hommage extérieur aux dieux de l'em- » pire. Qui ignore que même long-temps avant » cette époque, la philosophie athée d'Epicure et » de Lucrèce étoit à la mode ? Et pour donner » un exemple plus décisif, qui ne se rappelle le dis- » cours que César prononça *en plein sénat* lors de » la conjuration de Catilina, et dans lequel, niant » les dogmes les plus importans pour le maintien de » l'ordre social, il dit en propres termes que la » mort est la fin de toutes les inquiétudes au lieu » d'être un supplice ; et qu'au-delà du tombeau, il » n'y a ni peine ni plaisir? »

IVe.

(Pag. 58. Ce jardin délicieux étoit la stérile Judée.)

Ce sont là les plaisanteries de Voltaire sur la Judée. Eudore répond à ces plaisanteries. Je n'ignore pas qu'il eût pu répliquer que la Judée étoit très-fertile; et, sans beaucoup de travail, j'aurois trouvé les preuves réunies de ce fait dans l'abbé Fleury, et surtout dans le docteur Shemd. Mais, selon moi, une simple observation peut concilier les autorités qui ont l'air de se contredire; car si plusieurs auteurs anciens parlent de la fécondité de la Judée, Strabon dit en toutes lettres qu'on n'étoit point tenté de disputer aux Juifs des rochers déserts. L'Ecriture offre sur le même sujet des passages si contradictoires, que saint Jérôme a cru que la fertilité de la Judée devoit s'entendre dans le sens spirituel. La vue des lieux résout sur-le-champ la difficulté. La Judée *proprement dite* étoit certainement un pays sec et ingrat, à l'exception de quelques vallées, telles que celles de Bethléem, d'Engaddi et de Béthanie; mais le *pays des Hébreux* étoit une terre d'abondance. La Galilée, au nord; l'Idumée et la plaine de Saron au midi; au levant, les environs de Jéricho sont des pays excellens. Jérusalem étoit bâtie sur un rocher, dans les montagnes, au centre d'un pays fertile qui la nourrissoit. Voilà la vérité. Pourquoi les législateurs des Juifs placèrent-ils, par l'ordre de Dieu, la cité sainte dans un lieu sauvage? Eudore en donne, *humainement* parlant, la raison principale.

V^e.

(Pag. 59. Les Chrétiens s'assemblent la nuit, etc.)

Les anciens Apologistes font mention de ces calomnies. On voit bien que le mystère de l'Eucharistie avoit pu faire naître la fable des repas de chair humaine ; mais on ne sait pas ce qui pouvoit avoir donné lieu à l'histoire du chien, des incestes, etc. Fleury remarque judicieusement que les Païens, accoutumés aux abominations des fêtes de Flore et de Bacchus, avoient naturellement supposé que les Chrétiens se livroient dans leurs assemblées secrètes aux mêmes crimes.

VIe.

(Pag. 60. Partout où ils se glissent, ils font naître des troubles.)

Voilà les véritables armes des sophistes. Ils combattent leurs adversaires en les dénonçant.

VIIe.

(Pag. 63. Comme le sabot circule, etc.)

Comparaison employée par Virgile et par Tibulle.

VIIIe.

(Pag. 65. Auguste, César, etc.)

Ce début est celui de l'Apologie de saint Justin le philosophe.

IXe.

(Pag. 65. Toutefois l'effet d'une religion.)

On a trouvé cela adroit. Cela n'est que juste.

X^e.

(Pag. 66. Nous ne sommes que d'hier.)

Beau mot de Tertullien : *Solare linquimus templa.*

XIe.

(Pag. 67. Tout se borne à savoir, etc.)

Eudore va droit au but, parce qu'il parle devant un prince politique, qui réduit là toute la question.

XIIe.

(Pag. 68. La raison politique de l'établissement.)

Voyez ci-dessus, note IVe.

XIIIe.

(Pag. 69. Publius, préfet de Rome.)

Ce mot sur Publius, jeté en passant, n'est pas inutile. Il amène en scène un personnage déjà nommé dans le quatrième livre, et qui va bientôt jouer un rôle important.

XIVe.

(Pag. 70. Lorsqu'une neige éclatante, etc.)

L'éloquence d'Ulysse est comparée à des flocons de neige, dans l'Iliade; mais la comparaison est d'une toute autre espèce, et présentée sous d'autres rapports.

XVe.

(Pag. 70. Une longue suite de prophéties, toutes vérifiées.)

Ce sont là les preuves qui manquent ici, et que j'avois développées. J'ai été obligé de les retrancher: *non erat his locus.*

XVIe.

(Pag. 70. Plusieurs Empereurs romains, etc.)

Voyez la note IIe de ce livre. La lettre de Pline

le jeune à Trajan en faveur des Chrétiens est bien connue ; elle fait partie des notes du Génie du Christianisme.

XVIIe.

(Pag. 72. Mais auparavant, venez reprendre dans nos hôpitaux, etc.)

Les Chrétiens avoient déjà des hôpitaux, et l'argent des Agapes servoit à secourir les pauvres. L'Église prenoit les pauvres sous sa protection : témoin l'histoire de saint Laurent, que j'ai attribuée à Marcellin. Galérius, dans ce moment même, faisait noyer les pauvres pour s'en délivrer. On reviendra là-dessus.

XVIIIe.

(Pag. 72. Elles croient peut-être qu'ils sont tombés dans ces lieux infâmes, etc.)

On mettoit les enfans trouvés dans des lieux de prostitution. Voyez l'Apologie de saint Justin.

XIXe.

(Pag. 73. Princes, que ne m'est-il permis, etc.)

Voilà précisément où Hiéroclès attendoit Eudore. Il savoit qu'un Chrétien étoit obligé de garder le secret sur ses mystères, et que ce raisonnement se présentoit à l'esprit : « Vos mystères sont des abominations. Vous le niez ; mais vous ne voulez pas expliquer ces mystères : donc vos mystères sont des crimes. » Eudore a été obligé de se défendre par des argumens *à posteriori*, ce qui donne prise à son adversaire. La seconde attaque, à laquelle Eudore ne pouvoit manquer de succomber, étoit celle qui se tiroit du sacrifice à l'empereur. Aussi Hiéroclès ne l'a pas oublié, bien sûr qu'Eudore refuseroit nettement ce sacrifice. Au fait, c'étoit là que gisoit le mal, et ce qui, en dernier résultat, servoit de prétexte pour égorger les Chrétiens.

XXe.

(Pag. 73. Ce Dieu, je le sens, pourroit seul me sauver.)

Sorte de prophétie qui remet sous les yeux un des plus grands traits de l'Histoire Ecclésiastique : saint Léon arrêtant Attila aux portes de Rome.

XXIe.

(Pag. 74. Il n'ont pas même fait entendre le plus léger murmure.)

Cette raison est sans réplique; et les Apologistes l'ont employée.

XXIIe.

(Pag. 75. Bien que j'aie quelque raison de regretter à présent la vie.)

Seul trait par lequel j'ai rappelé, dans ce livre, l'action fondée sur l'amour d'Eudore et de Cymodocée.

XXIIIe.

(Pag. 76. Dieu se servoit de l'éloquence chrétienne, etc.)

Eudore et les Anges de lumière ne peuvent pas réussir à empêcher la persécution des Chrétiens, mais ils sèment les germes de la foi dans le sénat romain, et préparent ainsi le triomphe futur de la religion. Leurs efforts ne sont donc point inutiles. J'ai développé cette doctrine dans l'Examen.

XXIVe.

(Pag. 78. Hiéroclès reprenant son audace, etc.)

Voyez la note XIXe.

XXVe.

(Pag. 78. Tout à coup le bouclier de Romulus, etc.)

Celsam subeuntibus arcem
In gradibus summi delapsus culmine templi,
Arcados Evippi spolium, cadit æneus orbis.

STAT.

XXVIe.

(Pag. 79. Si la Sybille de Cumes, etc.)

Cela est historique. Après la délibération de son conseil, Dioclétien voulut encore avoir l'avis des dieux. Il fit consulter l'oracle. La réponse fut à peu près telle qu'on la verra dans le livre suivant.

FIN DES REMARQUES DU LIVRE SEIZIÈME.

SOMMAIRE DU LIVRE DIX-SEPTIÈME.

Navigation de Cymodocée. Elle arrive à Joppé. Elle monte à Jérusalem. Hélène la reçoit comme sa fille. Semaine sainte. Réponse de la Sibylle de Cumes. Hiéroclès fait partir un centurion pour réclamer Cymodocée. Dioclétien donne l'édit de persécution.

LIVRE XVII.

EMPORTÉE par le souffle de l'Ange des mers, Cymodocée versoit des torrens de larmes. Eurymédusé qui accompagnoit la fille de Démodocus, faisoit retentir la galère de ses plaintes et de ses gémissemens :

« O terre de Cécrops, disoit-elle, terre où règnent un souffle divin et des Génies amis des hommes, faut-il donc vous quitter sans retour? Qui me donnera des ailes pour revoir des lieux si agréables à mon cœur? J'arrêterois mon vol sur le temple d'Homère, je porterois à mon cher maître des nouvelles de sa Cymodocée! Vains désirs! Nous franchissons les plaines azurées d'Amphitrite, où les Néréides font entendre leurs concerts. Est-ce le désir des richesses qui nous oblige à braver la fureur de Neptune? L'intérêt a ses douceurs. Non, c'est un dieu plus puissant : le dieu qui fit mourir Ariadne loin des foyers de Minos, sur une rive déserte, le dieu qui força Médée à visiter les tours d'Iolchos, et à suivre un héros volage. »

Le vaisseau s'avançoit vers le dernier promontoire de l'Attique. Déjà Sunium élevoit sur la pointe d'un rocher son beau temple : les colonnes de marbre blanc sembloient se balancer dans les flots avec la lumière dorée des étoiles. Cymodocée étoit assise sur la poupe ornée de fleurs, entre les statues d'ivoire de Castor et de Pollux. Sans les larmes qui couloient de ses yeux, on l'eût prise pour la sœur de ces dieux charmans, prête à descendre avec Pâris dans l'île où la fille de Tyndare célébra son hymen avant d'aborder à Troie. Le vaisseau vole à la gauche des Cyclades blanchissantes, rangées au loin sur la mer comme une troupe de cygnes; dirigeant sa course au midi, il vient chercher les rivages de l'île de Chypre. On célébroit alors la fête de la déesse d'Amathonte : l'onde molle et silencieuse baignoit le pied du temple de Dionée, bâti sur un promontoire au milieu des vagues tranquilles. De jeunes filles demi-nues dansoient dans un bois de myrtes, autour du voluptueux édifice ; de jeunes garçons qui brûloient de dénouer la ceinture des Grâces, chantoient en chœur la veillée des fêtes de Vénus. Ces paroles, apportées par le souffle des Zéphyrs, parvenoient sur la mer jusqu'au vaisseau :

« Qu'il aime demain celui qui n'a point » aimé! Qu'il aime encore demain celui qui » a aimé!

» Ame de l'univers, volupté des hommes » et des dieux, belle Vénus, c'est toi qui » donnes la vie à toute la nature! Tu parois : » les vents se taisent, les nuages se dissipent, » le printemps renaît, la terre se couvre de » fleurs, et l'océan sourit. C'est Vénus qui » place sur le sein de la jeune fille la rose » teinte du sang d'Adonis; c'est Vénus qui » force les Nymphes à errer avec l'Amour, » la nuit, sous les yeux de Diane rougissante. » Nymphes, craignez l'Amour: il a déposé » ses armes; mais il est armé quand il est nu! » Le fils de Cythérée naquit dans les champs; » il fut nourri parmi les fleurs. Philomèle a » chanté sa puissance, ne cédons point à Phi- » lomèle.

» Qu'il aime demain celui qui n'a point

» aimé! Qu'il aime encore demain celui qui
» a aimé!

» Ile heureuse, tout, sur tes bords dé-
» licieux, atteste les prodiges de l'Amour.
» Nautoniers, fatigués des périls, attachez
» l'ancre à nos ports, et ployez à jamais
» vos voiles. Dans les bosquets d'Ama-
» thonte, vous ne livrerez que de doux
» combats ; vous ne craindrez plus les pi-
» rates, hors l'ingénieux Amour qui vous
» prépare des liens de fleurs. Ce sont les
» Grâces qui filent ici les instans des mor-
» tels. Vénus, par un charme invincible,
» assoupit un jour les Parques au fond du
» Tartare : aussitôt Aglaé enlève la que-
» nouille à Lachésis, Euphrosyne le fil à
» Clotho; mais Atropos s'éveilla au moment
» où Pasithée alloit lui dérober ses ciseaux.
» Tout cède à la puissance des Grâces et de
» Vénus!

» Qu'il aime demain celui qui n'a point
» aimé; qu'il aime encore demain celui qui
» a aimé! »

Ces chants portoient le trouble dans l'ame

des nautoniers. Là proue d'airain fendoit les vagues avec un bruit harmonieux : chargée des parfums de la fleur de l'oranger et de l'encens des sacrifices, la brise enfloit doucement les voiles, et les arrondissoit comme le sein d'une jeune mère.

Une langueur dangereuse s'emparoit peu à peu de Cymodocée. Docile aux projets de Satan, Astarté, cet Esprit impur qui triomphe dans les temples d'Amathonte, combat secrètement la fille d'Homère. Emue par les chants corrupteurs, elle descend au fond du vaisseau; elle rêve à son époux; elle ne sait comment régler les mouvemens de son amour pour ne pas blesser sa religion nouvelle. Elle va consulter Dorothé : il lui conseille d'avoir recours au ciel; le couple fidèle tombe à genoux, et adresse ses vœux au Tout-Puissant. Le vent s'est élevé, les flots battent les deux flancs de la galère; c'est le seul bruit qui accompagne la prière de l'amour : passion orageuse, que le matelot nourrit au milieu de la solitude des mers, comme le pâtre dans la profondeur des bois.

Dorothé et la fille de Démodocus étoient encore troublés par les souvenirs d'Amathonte, lorsqu'ils découvrirent le sommet du Carmel. Peu à peu la plaine de la Palestine sort de l'onde, et se dessine le long de la mer; les montagnes de la Judée se montrent derrière cette plaine. Le vaisseau vint en silence, au milieu de la nuit, jeter l'ancre dans le port de Joppé; plus sacré que le vaisseau d'Hiram chargé des cèdres du Temple, il portoit le temple vivant de Jésus-Christ, et l'innocence préférable au bois parfumé. Les passagers chrétiens descendent au rivage; ils se prosternent et baisent avec transport la terre où s'accomplit leur salut. Dorothé et la jeune catéchumène se réunissent à une troupe de pélerins qui devoient partir au point du jour pour Jérusalem.

L'aube avoit à peine blanchi les cieux, que l'on entendit la voix de l'Arabe, conducteur de la troupe : il entonnoit le chant du départ de la caravane. Aussitôt les pélerins s'apprêtent, les dromadaires fléchissent les genoux, et reçoivent sur leurs dos voûtés les pesans fardeaux; les ânes robustes, les cavales légères, portent les voyageurs. Cymodocée, qui attiroit tous les regards, étoit assise avec sa nourrice sur un chameau orné de tapis, de plumes et de banderoles: Rebecca montra moins de pudeur, quand elle se voila la tête en apercevant Isaac qui venoit au-devant d'elle; Rachel parut moins belle aux yeux de Jacob, lorsqu'elle quitta ses pères, emportant ses dieux domestiques. Dorothé et ses serviteurs marchoient aux côtés de la fille de Démodocus, et veilloient aux pas de son chameau.

On quitte les murs de Joppé, qu'embellissent des bois de lentisques, et de grenadiers semblables à des rosiers chargés de pommes rouges; on traverse la plaine de Saron, qui, dans l'Ecriture, partage avec le Carmel et le Liban l'honneur d'être l'image de la beauté : elle étoit couverte de ces fleurs dont Salomon, dans toute sa pompe royale, ne pouvoit égaler la magnificence. Bientôt on pénètre dans les montagnes de Judée, par le hameau qui vit naître l'heureux coupable à qui Jésus-Christ promit le ciel sur la Croix. Les pieux voyageurs vous saluèrent aussi, berceau de Jérémie, vous qui respirez encore la tristesse du prophète des douleurs! Ils franchissent le torrent qui fournit au berger de Bethléem les pierres dont il frappa le

Philistin ; ils s'enfoncent dans un désert où des figuiers sauvages clair-semés, étaloient au vent brûlant du midi leurs feuilles noircies. La terre, qui jusque-là avoit conservé quelque verdure, se dépouille ; les flancs des monts s'élargissent et prennent à la fois un air plus grand et plus stérile ; peu à peu la végétation se retire et meurt ; les mousses même disparoissent ; une teinte rouge et ardente succède à la pâleur des rochers. Parvenus à un col élevé, tout à coup les pélerins découvrent un vieux mur surmonté de la cime de quelques édifices nouveaux. Le guide s'écrie : « Jérusalem ! » et la troupe, soudain arrêtée par un mouvement involontaire, répète : « Jérusalem ! Jérusalem ! »

A l'instant, les Chrétiens se précipitent de leurs cavales ou de leurs chameaux. Ceux-ci se prosternent trois fois ; ceux-là se frappent le sein en poussant des sanglots ; les uns apostrophent la ville sacrée dans le langage le plus pathétique ; les autres restent muets d'étonnement, le regard attaché sur Jérusalem. Mille souvenirs accablent à la fois le cœur et l'esprit : souvenirs qui n'embrassent rien moins que la durée du monde! O Muse de Sion, toi seule pourrois peindre ce Désert qui respire la divinité de Jéhova, et la grandeur des prophètes !

Entre la vallée du Jourdain et les plaines de l'Idumée, s'étend une chaîne de montagnes, qui commence aux champs fertiles de la Galilée, et va se perdre dans les sables de l'Yémen. Au centre de ces montagnes se trouve un bassin aride, fermé de toutes parts par des sommets jaunes et rocailleux; ces sommets ne s'entr'ouvrent qu'au levant, pour laisser voir le gouffre de la mer Morte et les montagnes lointaines de l'Arabie. Au milieu de ce paysage de pierres, sur un terrain inégal et penchant, dans l'enceinte d'un mur jadis ébranlé sous les coups du bélier, et fortifié par des tours qui tombent, on aperçoit de vastes débris; des cyprès épars, des buissons d'aloès et de nopals, quelques masures arabes, pareilles à des sépulcres blanchis, recouvrent cet amas de ruines : c'est la triste Jérusalem.

Au premier aspect de cette région désolée, un grand ennui saisit le cœur. Mais lorsque passant de solitude en solitude, l'espace s'étend sans bornes devant vous, peu à peu l'ennui se dissipe ; le voyageur éprouve une terreur secrète, qui, loin d'abaisser l'ame, donne du courage et élève le génie. Des aspects extraordinaires décèlent de toutes parts une terre travaillée par des miracles : le soleil brûlant, l'aigle impétueux, l'humble hysope, le cèdre superbe, le figuier stérile, toute la poésie, tous les tableaux de l'Ecriture sont là. Chaque nom renferme un mystère, chaque grotte déclare l'avenir, chaque sommet retentit des accens d'un prophète. Dieu même a parlé sur ces bords : les torrens desséchés, les rochers fendus, les tombeaux entr'ouverts attestent le prodige ; le Désert paroît encore muet de terreur, et l'on diroit qu'il n'a osé rompre le silence depuis qu'il a entendu la voix de l'Eternel.

La pieuse Hélène a porté ses pas à cette terre sacrée : elle veut arracher le tombeau de Jésus-Christ aux profanations de l'idolâtrie ; elle veut renfermer dans de majestueux édifices tant de lieux consacrés par les paroles et les douleurs du fils de Dieu. Elle appelle de toutes les parties du monde les Chrétiens à son secours ; ils descendent en troupe aux rivages de la Syrie : les pieds nus, les yeux baignés de pleurs, ils s'avancent, en chantant des cantiques, vers la montagne où s'opéra le salut des hommes. Dorothé conduit aussi à ce sanctuaire la catéchumène que la mère de Constantin doit instruire et protéger.

La caravane entre par la porte du château, qui vit depuis s'élever la Tour des Pisans, et l'Hospice des braves Chevaliers du Temple. Le bruit se répand aussitôt que le premier officier de la maison de l'Empereur est arrivé avec une cathéchumène plus belle que Mariane, et qui semble aussi malheureuse. Hélène fait appeler Dorothé. Elle frémit au récit des maux qui menacent l'Eglise : elle reçoit l'épouse du défenseur des Chrétiens, avec la noblesse d'une impératrice, la bonté d'une mère et le zèle d'une sainte.

« Esther, lui dit-elle, j'aime à retrouver dans vos traits une jeune femme que j'ai vue souvent en songe, assise à la droite de la divine Marie. Vous n'avez point connu de mère, je vous en servirai. Remerciez Dieu, ma fille, de vous avoir conduite au tombeau de Jésus-Christ. Ici les plus hautes vérités de la foi semblent s'abaisser et devenir sensibles aux cœurs les plus simples. »

A ces touchantes paroles Cymodocée verse des pleurs d'attendrissement et de respect. Comme on voit une vigne qu'un violent orage a détachée de l'ormeau qui la soutenoit dans les airs : ses tendres rameaux couvrent la terre ; mais si on lui présente un autre appui, elle embrasse aussitôt l'arbre secourable, et présente de nouveau aux rayons du soleil son feuillage délicat : ainsi la fille de Démodocus, séparée de son père, s'attache étroitement à la mère de l'ami d'Eudore.

Cependant Hélène fait partir des messagers qui vont porter aux sept églises d'Asie l'annonce de la persécution prochaine ; elle daigne en même temps montrer elle-même à l'épouse d'Eudore et à Dorothé les immenses travaux qui doivent faire renaître la cité de Salomon. Le bois consacré à Vénus, sur le mont Calvaire, étoit abattu ; la vraie Croix étoit retrouvée. Un homme, que la présence de cette Croix miraculeuse avoit arraché au cercueil, racontoit les choses d'une autre vie, dans cette Jérusalem tant de fois instruite par les morts des secrets du tombeau.

Au pied de la montagne de Sion, qui porte à son sommet le monument en ruines de David, s'élève une colline à jamais célèbre, sous le nom du Calvaire. Au bas de cette colline sacrée, Hélène avoit fait enfermer le sépulcre de Jésus-Christ dans une basilique circulaire de marbre et de porphyre. Eclairé par un dôme de bois de cèdre, placé au centre de l'église, et revêtu d'un catafalque de marbre blanc, le saint tombeau servoit d'autel dans les grandes solennités. Une obscurité favorable au recueillement de l'ame, régnoit au sanctuaire, dans les galeries et les chapelles de l'édifice. Des cantiques s'y faisoient entendre à toutes les heures du jour et de la nuit. On ne sait d'où partent ces concerts; on respire l'odeur de l'encens sans apercevoir la main qui le brûle : seulement on voit passer dans l'ombre, et s'enfoncer dans les détours du temple, le pontife qui va célébrer les redoutables mystères, aux lieux mêmes où ils se sont accomplis.

Cymodocée contemple en silence les merveilles chrétiennes : fille de la Grèce, elle admire les chefs-d'œuvre des arts créés par la puissance de la foi, au milieu des déserts. Les portes du nouvel édifice attirent surtout ses regards. Elles étoient de bronze, et rouloient sur des gonds d'argent et d'or. Un solitaire des rives du Jourdain, animé de l'esprit prophétique, avoit donné le dessin de ces portes à deux célèbres sculpteurs de Laodicée. On voyoit la ville sainte tombée au pouvoir d'un peuple infidèle, assiégée par des héros chrétiens : on les reconnoissoit à la croix qui brilloit sur leurs habits. Le vêtement et les armes de ces héros étoient étrangers; mais les soldats romains croyoient retrouver quelques traits des Francs et des Gaulois parmi ces guerriers à venir. Sur leur front éclatoient l'audace, l'esprit d'entreprise et d'aventure, avec une noblesse, une franchise, un honneur, ignorés des Ajax et des Achille. Ici le camp paroissoit ému à la vue d'une femme séduisante, qui sembloit implorer le secours d'une troupe de jeunes princes; là, cette même enchanteresse enlevoit un héros sur les nuages, et le transportoit dans des jardins délicieux;

plus loin, une assemblée d'Esprits de ténèbres étoit convoquée dans les salles brûlantes de l'Enfer : le rauque son de la trompette du Tartare appelle les habitans des ombres éternelles ; les noires cavernes en sont ébranlées, et le bruit, d'abîme en abîme, roule et retombe. Avec quel attendrissement Cymodocée aperçut une femme mourante sous l'armure d'un guerrier ! Le Chrétien qui lui perça le sein va tout en pleurs puiser de l'eau dans son casque, et revient donner une vie éternelle à la beauté qu'il priva d'un jour passager. Enfin la cité sainte est attaquée de toutes parts, et l'étendard de la Croix flotte sur les murs de Jérusalem. L'artiste divin avoit aussi représenté parmi tant de merveilles le poëte qui devoit un jour les chanter : il paroissoit écouter au milieu d'un camp le cri de la religion, de l'honneur et de l'amour ; et plein d'un noble enthousiasme, il écrivoit ses vers sur un bouclier.

Cependant le temps, qui fuit sans cesse, avoit ramené la veille du jour douloureux où Jésus-Christ expira sur la Croix. Cymodocée, avec une troupe de vierges choisies, accompagne Hélène au tombeau du Sauveur. La nuit étoit au milieu de son cours; le saint Sépulcre étoit rempli de Fidèles, et pourtant un profond silence régnoit dans ce lieu sacré. Le chandelier à sept branches brûloit devant l'autel; quelques lampes éclairoient à peine le reste de l'édifice; toutes les images des Martyrs et des Anges étoient voilées; le sacrifice étoit suspendu, et l'hostie déposée dans le saint tombeau. Hélène se place au milieu de la foule: elle avoit quitté son diadème; elle ne vouloit pas ceindre son front d'une couronne de diamans, dans ces lieux où le Rédempteur avoit porté une couronne d'épines. L'habileté de Cymodocée dans l'art des chants étoit déjà connue de ses compagnes. Elles avoient invité la fille d'Homère à soupirer les plaintes de Jérémie. Hélène l'encourage d'un regard. Cymodocée s'avance au pied de l'autel: elle étoit vêtue d'une robe de bysse aurore, attachée par une ceinture de soie, et bordée de grenades d'or, à la manière des filles juives; ses cheveux, son cou et ses bras étoient chargés, pour un moment, de croissans, de bandelettes de cinq couleurs, de bracelets, de pendans d'oreilles et de colliers : telle parut aux yeux des Israélites Michol, épouse promise à David pour prix de sa victoire sur les Philistins ; tel un palmier de Syrie orne sa tête de ses fruits enchaînés comme des cristaux de corail à des filets d'ambre. Cymodocée élevant une voix pure, fait entendre ces Lamentations :

« Comment la Ville, autrefois pleine » de peuple, est-elle assise dans la solitude? » Comment l'or est-il obscurci? Comment les » pierres du sanctuaire ont-elles été dis- » persées ? La Maîtresse des nations est » veuve ; la Reine des provinces est sujette au » tribut. Les rues de Sion pleurent, les portes » sont détruites, les prêtres gémissent, les » vierges sont désolées. O race de Juda, » vous avez été traitée comme un vase d'ar- » gile ! Jérusalem, Jérusalem, dans un mo- » ment tu vis tomber l'orgueil de tes tours, » et tes ennemis plantèrent leurs tentes à » l'endroit même où le Juste pleurant sur » toi avoit prédit ta ruine ! »

Ainsi chantoit Cymodocée sur un mode

pathétique, transmis aux Chrétiens par la religion des Hébreux. De temps en temps des trompettes d'airain mêloient leur gémissement aux plaintes de Jérémie. Quelle éloquence dans ces leçons, redites sur les ruines de Jérusalem, près du Temple dont il ne restoit pas pierre sur pierre, et à la veille d'une persécution ! La voix émue d'une jeune fille séparée de son père, et tremblante pour les jours de son époux, ajoutoit un charme à ces cantiques. Les prières continuent jusqu'au lever de l'aurore : alors se prépare la procession solennelle qui doit parcourir la Voie douloureuse.

La vraie Croix, portée par quatre évêques, confesseurs et martyrs, marche à la tête du troupeau. Allongé sur deux files, un nombreux clergé, en silence et en habits de deuil, suit le signe de la Rédemption des hommes. Viennent ensuite le chœur des vierges et des veuves, les catéchumènes qui doivent entrer dans le sein de l'Eglise, les pécheurs qui vont être réconciliés. L'évêque de Jérusalem, la tête découverte, une corde au cou en signe d'expiation, termine la pompe. Hélène marche derrière lui, appuyée sur l'épouse du défenseur des Chrétiens; la troupe innombrable des Fidèles, l'orphelin, l'aveugle, le boiteux, accompagnent, pleins d'espérance, cette Croix qui guérit l'infirme et console l'affligé.

On sort par la porte de Bethléem, et tournant au levant, le long de la piscine de Bethsabée, on descend vers le puits de Néphi pour remonter à la fontaine de Siloé. A l'aspect de la vallée de Josaphat remplie de tombeaux, de cette vallée où la trompette de l'Ange du jugement doit rassembler les morts, une sainte terreur saisit l'ame des Fidèles. La pompe religieuse passe au pied du mont Moria, et traverse le torrent de Cédron qui rouloit une eau fangeuse et rougie; elle laisse à droite les sépulcres de Josaphat et d'Absalon, et vient prier au jardin des Oliviers, à l'endroit même que le fils de l'homme arrosa d'une sueur de sang. A chaque station, un prêtre explique au peuple, ou le miracle, ou la parole, ou l'action dont ce lieu sacré fut témoin. La porte des Palmes s'ouvre, et la procession rentre dans Jérusalem. Au travers des décombres entassés, elle parvient aux ruines du palais du Prétoire, près de l'enceinte du Temple : c'est là que commence le chemin du Calvaire. Le prêtre qui doit parler à la foule, ne peut lire l'Evangile, à cause des pleurs qui tombent de ses yeux ; à peine on entend sa voix altérée :

« Mes frères, s'écrie-t-il, là s'élevoit la » prison où il fut couronné d'épines ! De ce » portique en ruines, Pilate le montra aux » Juifs, en leur disant : « Voilà l'homme ! »

A ces paroles, les Chrétiens éclatent en sanglots. On marche vers le Calvaire : le prêtre décrit de nouveau la Voie douloureuse :

« Là fut la maison du Riche ; là Jésus-» Christ tomba sous sa Croix ; plus loin » l'Homme-Dieu dit aux femmes : « Ne » pleurez pas sur moi, mais sur vous et sur » vos fils. »

On arrive au sommet du Calvaire ; on y plante le signe du salut des hommes : à l'instant le soleil se couvre de ténèbres, la terre tremble, le voile du nouveau temple se déchire. Immortels témoins de la Passion du Sauveur, vous vous rassemblâtes autour de la vraie Croix : on vit descendre du ciel Marie mère de pitié, Madeleine pénitente, Pierre qui pleura son péché, Jean qui n'abandonna pas son maître, l'Esprit redoutable qui présenta le calice amer au Rédempteur du monde, et l'Ange de la mort encore épouvanté du coup qu'il porta au Fils de l'Eternel.

Bien différent fut le jour de triomphe qui suivit ce jour de deuil! Les images des saints sont dévoilées, le feu nouveau est béni devant l'autel, l'antique Alleluia de Jacob ébranle les voûtes de l'église :

« O fils, ô filles de Sion, le roi des cieux, » le roi de gloire va sortir du tombeau! Quel » est cet Ange, vêtu de blanc, assis à l'en- » trée du Sépulcre? Apôtre, accourez! » Heureux ceux qui croiront sans avoir vu. »

Le peuple répète en chœur cet hymne des bénédictions et des louanges.

Mais rien n'égale la félicité des catéchumènes, qui, dans ce jour solennel, passent au rang des Elus. Tous, vêtus de blanc et couronnés de fleurs, reçoivent sur le front l'eau pure qui les rend à l'innocence des premiers jours du monde. Cymodocée contemploit avec envie la félicité de ces nouveaux Chrétiens; mais la fille d'Homère n'étoit point encore assez instruite des vérités de la foi. Cependant elle touchoit à l'heureux moment de son baptême; elle ne devoit plus acheter que par une dernière épreuve le bonheur de partager la religion de son époux.

Tandis que, sous la protection d'Hélène, elle se croit à l'abri de tous les dangers, déjà s'avance vers Jérusalem le centurion qui poursuit la colombe fugitive. L'Aruspice qui devoit consulter la Sibylle de Cumes sur le sort des Chrétiens, avoit quitté Rome; il étoit accompagné d'un satellite d'Hiéroclès, chargé secrètement, au nom de Galérius, de se rendre l'oracle favorable: aussitôt que la prêtresse auroit prononcé l'arrêt fatal, le ministre du proconsul avoit ordre de s'embarquer pour la Syrie, de saisir Cymodocée dans la ville sainte, de réclamer cette nouvelle Virginie, au tribunal d'un nouvel Appius, comme une esclave chrétienne échappée à son maître.

Le Prince des ténèbres, poursuivant ses desseins, avoit volé de Rome à Cumes, afin d'inspirer à la Sibylle l'oracle trompeur qui devoit perdre les Fidèles. Il découvre avec complaisance le lac Averne, environné d'une sombre forêt. C'est par une ouverture voisine de ces lieux, que souvent les Démons s'élancent du sein des ombres : du fond de ce soupirail empesté ils se plaisent à répandre chez les peuples mille fables obscures touchant les vastes demeures de la nuit et du silence. Mais ces Anges criminels trahissent malgré eux le secret de leurs douleurs : car ils placent sur le chemin de leur empire les Remords couchés sur un lit de fer, la Discorde aux crins de couleuvres, rattachés par des bandelettes sanglantes, les vains Songes suspendus aux branches d'un orme antique, le Travail, les Chagrins, l'Epouvante, la Mort et les Joies coupables du cœur.

L'Eternel, qui voit Satan s'avancer vers

l'antre de la Sibylle, s'oppose à l'entier accomplissement des projets de l'Enfer. Si Dieu, dans la profondeur de ses conseils, souffre que son Eglise soit persécutée, il ne permet pas que les Démons puissent s'en attribuer la coupable gloire; même en châtiant les Chrétiens il songe à humilier les Esprits rebelles. Il veut que les faux oracles se taisent, et que les idoles s'avouant vaincues, reconnoissent enfin le triomphe de la Croix.

Un Ange, chargé des ordres du Très-Haut, descend aussitôt sur la colline où Dédale, après avoir franchi les cieux, consacra, dit la fable, ses ailes au Génie de la lumière. Le messager céleste pénètre dans le temple de la Sibylle. L'Aruspice, envoyé par Dioclétien, offroit dans ce moment même un sacrifice. Quatre taureaux tombent égorgés en l'honneur d'Hécate; on immole une brebis noire à la Nuit, mère des Euménides; le feu est allumé sur les autels de Pluton; les victimes entières sont précipitées dans la flamme, et des flots d'huile inondent leurs entrailles brûlantes. On invoque le Chaos, le Styx, le Phlégéton, les Parques, les Furies, divinités infernales : on leur dévoue la tête des Chrétiens. A peine l'odieux sacrifice est consommé, que la Sibylle, hors d'elle-même, s'écrie :

« Il est temps de consulter l'Oracle ! Le » Dieu ! Voilà le Dieu ! »

Tandis qu'elle parle à l'entrée du sanctuaire, Satan agite tout à coup la prêtresse des idoles. Les traits de la Sibylle s'altèrent, son visage change de couleur, ses cheveux se hérissent, sa poitrine se soulève, sa taille s'agrandit, sa voix n'a plus rien d'une mortelle. Assise sur le trépied, elle lutte encore contre l'inspiration du Prince des ténèbres.

« Puissant Apollon, s'écrie l'Aruspice, » dieu de Sminthe et de Délos, vous que » le Destin a choisi pour dévoiler l'avenir » aux mortels, daignez m'apprendre quel » sera le sort des Chrétiens ! Le pieux Em» pereur doit-il faire disparoître de la terre » les sacriléges ennemis des dieux ? »

A ces mots, la prêtresse se lève trois fois

avec violence; trois fois une force surnaturelle la rasseoit sur le trépied: les cent portes du sanctuaire s'ouvrent pour laisser passer les paroles prophétiques. O prodige! la Sibylle reste muette. En vain, fatiguée par le Démon, elle cherche à rompre le silence; elle ne rend que des sons confus et inarticulés. L'Ange du Seigneur s'est dévoilé aux yeux de la prêtresse: la bouche entr'ouverte, les yeux égarés, les cheveux épars, elle le montre de la main aux spectateurs; ils ne voient point l'apparition céleste, mais ils sont saisis d'épouvante. Domptée par l'Esprit de l'abîme, et faisant un dernier effort, la Sibylle veut ordonner la proscription des Chrétiens, et elle ne prononce que ces mots:

« Les justes qui sont sur la terre m'em-
» pêchent de parler. »

Satan, vaincu par cet oracle, s'envole plein de honte et de douleur, sans perdre toutefois l'espérance et sans abandonner ses projets. Ce qu'il n'a pu faire lui-même, il le fera par les passions des hommes. L'Aruspice confie la réponse des dieux à un cavalier Numide, plus léger que les vents; Dioclétien la reçoit; le conseil s'assemble.

« Ces prétendus justes, s'écrie Hiéroclès, ce sont les Chrétiens. L'oracle les désigne, par dérision, sous le nom qu'ils se donnent eux-mêmes. Auguste, ce sont donc les Chrétiens qui font taire la voix du ciel! Tant ces monstres sont en horreur aux dieux et aux hommes! »

Dioclétien, secrètement troublé par l'antique Serpent, est frappé de l'explication d'Hiéroclès. Il ne voit plus ce que l'oracle a de favorable aux Fidèles. La superstition étouffe la sagesse: il craint de favoriser des hommes dévoués aux Furies. Cependant il hésite encore. Alors un bruit se répand dans le conseil, que les Chrétiens ont mis le feu au palais. Galérius, par l'avis d'Hiéroclès, avoit préparé cet incendie, afin de triompher des incertitudes de l'Empereur. Aussitôt César affectant un air consterné :

« Il est bien temps de délibérer, quand des scélérats vont vous faire périr au milieu des flammes! »

A ces mots tout le conseil, ou séduit ou

trompé, demande la mort des impies, et l'Empereur, effrayé lui-même, ordonne de publier l'édit de persécution.

FIN DU LIVRE DIX-SEPTIÈME.

REMARQUES

SUR LE DIX-SEPTIÈME LIVRE.

PREMIÈRE REMARQUE.

(Pag. 91. Terre où règnent un souffle divin et des Génies amis des hommes.)

PLATON, *in Republ.*

IIe.

(Pag. 91. Qui me donnera des ailes, etc.)

Οἰκείων δ' ὑπὲρ θαλάμων
Πτέρυγας ἐν νώτοις ἁμοῖς
Λήξαιμι θοάζουσα,
Χοροῖς δὲ σταίην ὅθι καὶ
Παρθένος εὐδοκίμων γάμων
Παρὰ πόδ' εἱλίσσουσα φίλας
Ματρὸς ἡλίκων θιάσους,
Ἐς ἁμίλλας χαρίτων
Χαίτας ἁβροπλούτοιο
Ἐς ἔριν ὀρνυμένα, πολυποίκιλα
Φάρεα καὶ πλοκά-
μους περιβαλλομένα,
Γένυσιν ἐσκίαζον.

EURIP. in Iph. Taur.

Ἢ ῥοθίοις εἰλατίνοις
Δικρότοισι κώπαις

Ἔπλευσαν ἐπὶ πόντια κύματα.
Νάϊον ὄχημα
Λινοπόροις αὔραις,
Φιλόπλωτον ἅμιλλαν
Αὔξοντες μελάθροισιν;
. . . .
. . . .
Παράλιον αἰγιαλὸν
Ἐπ' Ἀμφιτρίτας ῥοθίῳ
Δραμόντες; ὅπου πεντήκοντα κορᾶν
Τᾶν Νηρῄδων χοροὶ
Μέλπουσιν, etc.

EURIP. in Iph. Taur.

IIIe.

(Pag. 92. Déjà Sunium.)

En sortant d'Athènes, je me rendis à un village nommé Keratria, situé au pied du mont Laurium, où les Athéniens avoient leurs mines d'argent. Nous allumâmes des feux sur la montagne, pour appeler un bateau de l'île de Zéa, autrefois Ceos, patrie de Simonide. Ce fut inutilement. La fièvre que j'avois prise dans le marais de Lerne redoubla, et je passai huit jours dans le village de Keratria, ne sachant si je pourrois aller plus loin. M. Fauvel m'avoit donné pour me conduire un Grec qui, me voyant ainsi arrêté, retourna à Athènes, loua une barque au Pirée, et vint me prendre sur la côte dans une anse, à trois lieues de Keratria. Nous arrivâmes au coucher du soleil au cap Sunium. Je me fis mettre à terre, et je passai la nuit assis au pied des colonnes du temple. Le spectacle étoit tel que je le peins ici. Le plus beau ciel, la plus belle mer, un air embaumé, les îles de l'Archipel sous les yeux, des ruines enchantées autour de moi, le souvenir de Platon, etc. Ce sont là de ces choses que le voyageur ne trouve que dans la Grèce.

IVe.

(Pag. 92. Prête à descendre avec Pâris, etc.)
Voyez l'Iliade.

V^e^.

(Pag. 93. La veillée des fêtes de Vénus, etc.)
Consultez ce que j'ai dit dans l'Examen au sujet de cet hymne, et de la méprise des critiques sur la nature de mes imitations. Ce n'est point du tout ici le *Pervigilium Veneris* attribué à Catulle.

VIe.

(Pag. 93. Qu'il aime demain, etc.)

Cras amet qui nunquam amavit; quique amavit, cras amet.

PERVIGIL.

VIIe.

(Pag. 93. Ame de l'univers, etc.)

Hominum divûmque voluptas
Alma Venus.
Te, Dea, te fugiunt venti, te nubila cœli,
Adventumque tuum . . . .
Tibi rident æquora ponti.

LUCRET.

VIIIe.

(Pag. 93. C'est Vénus qui place sur le sein de la jeune fille, etc.)

Ipsa jussit mane ut udæ
Virgines nubant rosæ,
Fusæ aprugno de cruore,
Atque amoris osculis.
. . . .
Totus est armatus idem
Quando nudus est Amor.

PERVIGIL.

IXe.

(Pag. 93. Le fils de Cythérée naquit dans les champs, etc.)

Ipse Amor puer Diones
Rure natus dicitur
. . . .
Ipse florum delicatis
Educavit osculis.

PERVIGIL.

Omnis natura animantum
Te sequitur cupidè, quocumque inducere pergis, etc.

LUCRET.

Aviattum resonant avibus virgulta canoris,
Et Venerem certis rèpetunt armenta diebus. etc.

VIRG. Georg.

Xe.

(Pag. 94. Ile heureuse, etc.)

Cette strophe entière est de moi : j'ai inventé la fiction des Grâces qui dérobent le fuseau aux Parques ; on ne s'en est pas aperçu : tant on connoît bien aujourd'hui l'antiquité !

XIe.

(Pag. 96. Se réunissent à une troupe de pélerins, etc.)

Il n'y a point ici d'anachronisme. Les pélerinages à Jérusalem remontent jusqu'aux premiers siècles de l'Eglise. Saint Jérôme, qui nous a laissé, après Eusèbe, la description des lieux saints, dit que, de son temps, il venoit à Jérusalem des pélerins de toutes les parties du monde. Une autre circonstance heureuse, c'est que j'aie pu et que j'aie dû peindre, dans les Martyrs, Jérusalem en ruines, telle que je l'ai vue. A l'époque de la persécution de Dioclétien, le nom même de Jérusalem étoit si totalement oublié, qu'un martyr ayant répondu à un gouverneur romain qu'il étoit de Jérusalem, celui-ci crut que le martyr parloit de quelque ville factieuse bâtie secrètement par les Chrétiens. Jérusalem s'appeloit alors Ælia, du nom d'Aurélien, qui avoit rétabli quelques maisons sur les immenses ruines entassées par Titus. Enfin, il n'y a point de contradiction quand je représente de beaux édifices s'élevant à la voix d'Hélène au milieu des débris : d'un côté, le désert et le silence ; de l'autre, la population et le bruit. Selon l'histoire, la pieuse mère de Constantin fit bâtir ces grands monumens à Jérusalem, parce qu'elle fut saisie de douleur à la vue du *délaissement et de la pauvreté des lieux saints.* On voit encore aujourd'hui à Jérusalem, des églises très-riches, une grande foule à quelques époques de l'année, et partout ailleurs, et dans tout autre temps, la désolation et la mort. Au reste, comme Cymodocée suit exactement, et avec beaucoup de détail mon Itinéraire, je n'ai presque rien à ajouter au texte; je ne ferois que me répéter.

XIIe.

(Pag. 98. Le guide, s'écrie : Jérusalem!)

Il faut voir comment les chroniqueurs contemporains ont parlé de l'arrivée des Croisés à Jérusalem :

O bone Jesu, ut castra tua viderunt, hujus terrenæ Jerusalem *muros, quantos exitus aquarum oculi eorum deduxerunt! Et mox terræ procumbentia sonitu oris et nutu inclinati corporis sanctum sepulchrum tuum salutaverunt; et te qui in eo jacuisti, ut sedentem in dextera Patris, ut venturum judicem omnium, adoraverunt.* Bob., *Monach.* libr. IX.

Ubi verò ad locum ventum est, undè ipsam turritam Jerusalem *possent admirari, quis quàm multas ediderint lachrimas dignè recenseat? Quis affectus illos convenienter exprimat? Extorquebat gaudium suspiria, et singultus generabat immensa lætitia. Omnes visa* Jerusalem *substiterunt, et adoraverunt; et flexo poplite terram sanctam deosculati sunt: omnes nudis pedibus ambularunt, nisi metus hostilis eos armatos incedere debere præciperet. Ibant, et flebant; et qui orandi gratiâ convenerant, pugnaturi prius pro peris arma deferebant. Fleverunt igitur super illam, super quam et Christus illorum fleverat: et mirum in modum, super quam flebant, feria tertia, octavo idus junii, obsederunt. Obsederunt, inquam, non tanquam novercam privigni; sed quasi matrem filii.* BALDRIC., *Hist. Jerosol.* libr. IV.

Le Tasse a imité ce passage, ainsi que moi :

Ecco apparir Gerusalem si vede;
Ecco additar Gerusalem si scorge;
Ecco da mille voci unitamente
Gerusalemme salutar si sente, etc. etc.

Les strophes qui suivent sont admirables :

Al gran piacer che quella prima vista
Dolcemente spirò nell' altrui petto,
Alta contrizion successe, etc.

Mais je suis fâché qu'il ait manqué le *non tanquam novercam privigni, sed quasi matrem filii.* Moi qui n'ai peint qu'une caravane paisible, je n'ai pu faire usage de ce beau trait.

XIIIe.

(Pag. 99. Entre la vallée du Jourdain, etc.)

Quelques lecteurs se rappelleront peut-être d'avoir vu une partie de cette description dans un article du *Mercure*.

XIVe.

(Pag. 102. Le bois consacré à Vénus.)

Eusèbe, dans la Vie de Constantin, dit que c'étoit un temple, et qu'il fût démoli par ordre de ce prince.

XVe.

(Pag. 102. La vraie Croix étoit retrouvée.)

Sainte Hélène, comme on sait, retrouva la vraie Croix au bas du Calvaire. On a bâti dans cet endroit une espèce d'église souterraine qui se réunit à l'église du Saint-Sépulcre et à celle du Calvaire.

XVIe.

(Pag. 103. Hélène avoit fait enfermer le Sépulcre, etc.)

C'est la description exacte de l'église du Saint-Sépulcre, telle qu'elle existoit lorsque je l'ai vue. Eusèbe nous a laissé de longs détails sur l'église que Constantin, ou plutôt sa mère, fit bâtir sur le saint tombeau; mais j'ai mieux aimé peindre ce que j'avois examiné de mes propres yeux. Je ne puis m'empêcher de remarquer que j'ai été une espèce de prophète en racontant l'incendie de l'église du Saint-Sépulcre dans les Martyrs. Les papiers publics nous ont appris que cette église avoit été détruite de fond en comble par un semblable accident, à l'exception du tombeau de J. C. Plusieurs personnes m'ont fait l'honneur de m'écrire, pour me demander ce que je pensois de ce miracle. Tout ce que je puis dire, c'est que la description de l'église, telle qu'on l'a donnée dans les journaux, est d'une grande fidélité. Le Saint-Sépulcre, environné d'un catafalque de marbre blanc, a pu, à la rigueur, résister à l'action du feu; mais il est pourtant très-extraordinaire qu'il n'ait pas été écrasé par la chûte de la coupole embrasée, et qu'en même temps la chapelle des Arméniens, adossée au catafalque, ait été brûlée. Si un pareil malheur étoit arrivé il y a un siècle, la chrétienté se seroit réunie pour faire rebâtir l'église; mais aujourd'hui j'ai bien peur que le tombeau de J. C. ne reste exposé aux injures de l'air. A moins toutefois que de pauvres esclaves schismatiques, des Grecs, des Coptes et des Arméniens, ne se cotisent, à la honte des nations catholiques, pour réparer un tel malheur.

XVIIe.

(Pag. 104. On voyoit la ville sainte, etc.)

C'est la Jérusalem délivrée, gravée sur les portes de l'église du Saint-Sépulcre. J'ai ramené dans ce morceau le souvenir de la patrie, et j'ai essayé de traduire les fameux vers :

Chiama gli abitator dell' ombre eterne
Il rauco suon della Tartarea tromba, etc.

« Le bruit, d'abîme en abîme, roule et retombe. » *Romor rimbomba.*

XVIIIe.

(Pag. 106. Elle étoit vêtue d'une robe de bysse, etc.)

Il est souvent parlé du bysse dans l'Écriture. C'étoit une étoffe légère, de couleur jaune. Les grenades d'or, les bandelettes de cinq couleurs, les croissans, etc., sont des parures marquées dans les prophètes. Je ne pouvois, au surplus, manquer de peindre la Semaine-Sainte à Jérusalem. La sévérité, la grandeur de cette fête chrétienne, forment contraste avec la dissolution des fêtes d'Amathonte. Il y a bien loin du chameau de l'Arabe, des souvenirs de Rachel et de Jacob, des Lamentations de Jérémie aux cérémonies des Druïdes, aux chants de Teutatès, aux tragédies de Sophocle à Athènes, et aux danses de l'île de Chypre. Mais tel est, si je ne me trompe, l'avantage de mon sujet, de pouvoir faire passer sous les yeux du lecteur le spectacle choisi de ce qu'il y a de plus curieux, de plus agréable et de plus grand dans l'antiquité ?

XIXe.

(Pag. 107. Comment la Ville autrefois pleine de peuple, etc.)

Quomodo sedet sola civitas plena populo........ Quomodo obscuratum est aurum, mutatus est color optimus. Dispersi sunt lapides sanctuarii.......... Facta est quasi vidua Domina gentium.......... Viæ Sion lugent..... Omnes portæ ejus destructæ. Sacerdotes ejus gementes : virgines ejus squalidæ (JÉREM., *Lament.*). Certes, ce cantique de Jérémie n'a à redouter aucune comparaison des plus beaux morceaux d'Homère et de Virgile.

XXe.

(Pag. 107. Et tes ennemis plantèrent leurs tentes, etc.)

Seul trait qui ne soit pas de Jérémie. J'ai profité de la belle remarque de Baronius. Il observe que Titus établit une partie de son camp sur le mont des Oliviers, à l'endroit même où J. C. pleura sur la cité coupable, et prédit sa ruine. J'ajouterai que la première attaque sérieuse des Romains eut lieu de ce côté.

XXIe.

(Pag. 107. Sur un mode pathétique, transmis aux Chrétiens, etc.)

J'ai dit, dans le Génie du Christianisme, que le chant des Lamentations de Jérémie me paroissoit hébreu d'origine.

XXIIe.

(Pag. 108. La voie douloureuse.)

J'ai parcouru trois fois la *Via dolorosa*, pour en conserver scrupuleusement la mémoire. Il n'y a pas un coin de Jérusalem que je ne connoisse comme les rues de Paris. Je réponds de la vérité de tout ce tableau.

XXIIIe.

(Pag. 109. On sort par la porte de Bethléem, etc.)

Je faisois tous les matins, en sortant du couvent de Saint-Sauveur, la route tracée dans cette page. J'ai constamment achevé le tour de Jérusalem à pied, dans cinq quarts d'heures, en passant sous le temple, et revenant par la grotte de Jérémie. C'est auprès de cette grotte que se trouve le beau tombeau d'une reine du nom d'Hélène, dont parlent Pausanias et presque tous les voyageurs aux Saints-Lieux. Quant au torrent de Cédron, il roule ordinairement vers Pâques une eau rougie par les sables de la montagne des Oliviers et du mont Moria. Lorsque j'ai vu ce torrent, il étoit à sec. Il y a encore neuf à dix gros oliviers dans le jardin de ce nom. Ce jardin appartient au couvent de Saint-Sauveur. On sait que l'olivier est presque immortel, parce qu'il renaît de sa souche. On peut donc très-bien croire, comme on l'affirme à Jérusalem, que ces oliviers sont du temps de J. C.

XXIVe.

(Pag. 110. Plus loin, l'Homme-Dieu dit aux femmes, etc.)

La tradition, à Jérusalem, a conservé beaucoup de circonstances de la Passion qui ne sont point dans l'Evangile. On montre, par exemple, l'endroit où Marie rencontra Jésus chargé de la Croix. Chassée par les gardes, elle prit une autre route, et se retrouva plus loin sur les pas du Sauveur. La foi ne s'oppose point à ces traditions, qui montrent à quel point cette merveilleuse et sublime histoire s'est gravée dans la mémoire des hommes. Dix-huit siècles écoulés, des persécutions sans fin, des révolutions éternelles, des ruines entassées et toujours croissantes, n'ont pu effacer ou cacher la trace de cette divine mère qui pleuroit sur son fils.

XXVe.

(Pag. 111. O fils, ô filles de Sion.)

Encore un simple chant de l'Eglise, rappelé au milieu des beautés des plus grands poëtes. Forme-t-il une si grande disparate? Et n'est-il pas simple, noble et poétique?

XXVIe.

(Pag. 112. Déjà s'avance vers Jérusalem, etc.)

J'ai déjà fait observer que l'action faisoit un pas à chaque livre. On ne peut donc pas se plaindre des descriptions, puisqu'elles n'interrompent jamais la narration.

XXVIIe.

(Pag. 113. Il découvre avec complaisance le lac Averne, etc.)

Nous voici revenus à Virgile; et après avoir entendu le prophète du vrai Dieu, nous allons voir la prophétesse du Démon.

XXVIIIe.

(Pag. 113. Les Remords couchés sur un lit de fer, etc.)

Vestibulum ante ipsum, primisque in faucibus Orci,
Luctus et ultrices posuêre cubilia Curæ;
Pallentesque habitant Morbi, tristisque Senectus,
Et Metus, et malesuada Fames, et turpis Egestas,
Terribiles visu formæ; Letumque, Laborque;
Tum consanguineus Leti Sopor, et mala mentis
Gaudia, mortiferumque adverso in limine Bellum,
Ferreique Eumenidum thalami, et Discordia demens,
Vipereum crinem vittis innexa cruentis.

VIRG. ÆN. VI. v. 273.

J'ai pris à Malherbe la rude et naïve traduction de ce dernier vers :

La Discorde aux crins de couleuvres.

XXIXe.

(Pag. 114. Consacra.... ses ailes.)

Redditus his primum terris, tibi, Phœbe, sacravit
Remigium alarum.

ÆN. VI. v. 18.

XXXe.

(Pag. 114. Quatre taureaux, etc.)

Quatuor hic primùm nigrantes terga juvencos
Constituit. . . . .
Voce vocans Hecaten cœloque ereboque potentem.
. . . . Ipse atri velleris agnam
Æneas matri Eumenidum, magnæque sorori
Ense ferit. . . . .
Tum stygio regi nocturnas inchoat aras,

ÆN. VI. v. 243 et seq.

XXXIe.

(Pag. 115. Il est temps, etc.)

Poscere fata
Tempus, ait : Deus, ecce Deus.

ÆN. VI. v. 45.

XXXIIe.

(Pag. 115. Les traits de la Sibylle s'altèrent, etc.)

. . . . *Cui talia fanti*
Ante fores, subitò non vultus, non color unus,
Non comptæ mansère comæ ; sed pectus anhelum,
Et rabie fera corda tument, majorque videri,
Nec mortale sonans.

ÆN. VI. v. 46.

XXXIIIe.

(Pag. 115. La prêtresse se lève trois fois, etc.)

On voit comme j'ai changé la scène de Virgile: c'est ici une Sibylle muette, au lieu d'une Sibylle qui déclare l'oracle.

FIN DES REMARQUES DU LIVRE DIX-SEPTIÈME.

SOMMAIRE DU LIVRE DIX-HUITIÈME.

Joie de l'Enfer. Galérius conseillé par Hiéroclès force Dioclétien à abdiquer. Préparation des Chrétiens au martyre. Constantin, aidé par Eudore, s'échappe de Rome et fuit vers Constance. Eudore est jeté dans les cachots. Hiéroclès, premier ministre de Galérius. Persécution générale. Le Démon de la tyrannie porte à Jérusalem la nouvelle de la persécution. Le centurion envoyé par Hiéroclès met le feu aux lieux saints. Dorothé sauve Cymodocée. Rencontre de Jérôme dans la grotte de Bethléem.

LIVRE XVIII.

Depuis le jour où Satan vit la première femme porter à sa bouche le fruit de mort, il n'avoit pas ressenti une telle joie.

« Enfer, s'écrioit-il, ouvrez vos abîmes » pour recevoir les ames que le Christ vous » avoit arrachées ! Le Christ est vaincu, » son empire est détruit, l'homme m'appar- » tient sans retour ! »

Ainsi parloit le prince des ténèbres : sa voix pénètre dans le gouffre des douleurs. Les réprouvés crurent entendre de nouveau la sentence fatale, et poussèrent des cris affreux au milieu des flammes. Tout ce qui restoit de Démons au fond de la nuit éternelle, accourut sur la terre. L'air fut obscurci de cet essaim d'Esprits immondes. Le Chérubin qui dirige le cours du soleil, recula d'horreur, et couvrit son front d'un nuage sanglant ; des voix lamentables sortirent du sein des forêts ; sur les autels des faux dieux, les idoles laissèrent échapper un effroyable sourire; les méchans de toutes les parties du globe, sentirent au même moment un nouvel attrait vers le mal, et enfantèrent des projets de révolutions.

Hiéroclès surtout est emporté par une ardeur irrésistible ; il veut mettre la dernière main à son ouvrage. Tandis que Dioclétien règne encore, l'apostat ne peut jouir d'une autorité absolue. Le sophiste saisit donc le moment favorable ; et s'adressant à Galérius dont il connoît les passions :

« Prince, voulez-vous régner, vous n'avez pas un instant à perdre. Auguste vient de se priver de l'appui des Chrétiens. En exterminant ces factieux vous serez à couvert de la haine qu'entraîne quelquefois une mesure sévère, puisque l'édit est donné sous le nom de l'Empereur. Dioclétien est effrayé de la résolution qu'il a prise, profitez de ce moment de crainte, représentez au vieillard qu'il est temps pour lui de goûter le repos, et de laisser à un héros plus jeune le soin d'exécuter des ordres d'où dépend le salut de l'Empire. Vous nommerez des Césars de votre choix; vous ferez régner la sagesse : le présent vous devra son bonheur ; et les siècles futurs retentiront de vos vertus..»

Galérius approuva le zèle d'Hiéroclès : il appela le lâche conseiller, son digne ami, son fidèle ministre. Tous les favoris de César applaudirent, même Publius qui, rival de la faveur de l'apostat, ne cherchoit que le moyen de le perdre ; mais, en habile courtisan, il se garda bien de s'opposer à un crime qui flattoit l'ambition de Galérius. Préfet de Rome, il se chargea de gagner les Prétoriens et les légions campées au Champ-de-Mars.

Galérius se rend au palais des Thermes. Dioclétien étoit enfermé seul dans le lieu le plus reculé de sa vaste demeure. A l'instant où l'Empereur avoit prononcé l'arrêt des Chrétiens, Dieu avoit prononcé l'arrêt de l'Empereur : le règne avoit fini avec la justice. Rongé de remords et d'inquiétudes, Auguste se sentoit abandonné du ciel, et des pensées amères occupoient son ame : tout à coup on annonce Galérius. Dioclétien le salue du nom de César.

« Toujours César, s'écrie le prince avec violence ! Ne serai-je jamais que César ! »

En même-temps il ferme les portes, et s'adressant à l'Empereur :

« Auguste, on vient d'afficher votre édit dans Rome, et les Chrétiens ont eu l'insolence de le déchirer. Je prévois que cette race impie causera bien des maux à votre vieillesse; souffrez que je punisse vos ennemis, et déchargez-vous sur moi du fardeau de l'Empire : votre âge, vos longs travaux, votre santé chancelante, tout vous fait une loi de chercher le repos. »

Dioclétien, sans paroître surpris, répliqua :

« C'est vous qui plongez ma vieillesse dans ces malheurs; sans vous j'aurois laissé après moi l'Empire tranquille. Irai-je, après vingt années de gloire, languir dans l'obscurité? »

« Eh bien, dit Galérius en fureur, si vous ne voulez pas renoncer à l'Empire, c'est à moi de me consulter. Depuis quinze ans je combats les Barbares sur des frontières sauvages, tandis que les autres Césars règnent en paix sur des provinces fertiles : je suis las du dernier rang. »

« Songez-vous, répondit le vieillard,

que vous êtes dans mon palais ? Gardien de troupeaux, tout foible que je suis, je puis encore vous faire rentrer dans votre néant ; mais j'ai trop d'expérience pour être étonné de l'ingratitude, et je suis trop las de gouverner les hommes pour vous disputer ce triste honneur. Infortuné Galérius, savez-vous ce que vous demandez ? Depuis vingt ans que je tiens les rênes de l'Empire, un sommeil paisible n'a point encore fermé mes yeux ; je n'ai vu autour de moi que bassesses, intrigues, mensonges, trahisons; je n'emporterai du trône que le vide des grandeurs et un profond mépris pour la race humaine. »

« Je saurai bien, dit Galérius, me mettre à couvert de l'intrigue, de la bassesse, du mensonge et de la trahison : je rétablirai les Frumentaires que vous avez si imprudemment supprimés ; je donnerai des fêtes à la foule ; et maître du monde, je laisserai, par des choses éclatantes, une longue opinion de ma grandeur. »

« Ainsi, repartit Dioclétien avec mépris, vous ferez bien rire le peuple romain ? »

« Eh bien, dit le farouche César, si le peuple romain ne veut pas rire, je le ferai pleurer! Il faudra ou servir ma gloire, ou mourir. J'inspirerai la tereur pour me sauver du mépris. »

« Le moyen n'est pas aussi sûr que vous le pensez, répliqua Dioclétien. Si l'humanité ne vous arrête pas, que votre propre sûreté vous touche: un règne violent ne sauroit être long. Je ne prétends pas que vous soyez exposé à une chute soudaine; mais il y a dans les principes des choses un certain degré de mal que la nature ne peut passer. On voit bientôt, quelle qu'en soit la cause, disparoître les élémens de ce mal. De tous les mauvais princes, Tibère seul a paru longtemps au timon de l'Etat; mais Tibère ne fut violent que dans les dernières années de sa vie. »

« Tous ces discours sont inutiles, s'écria Galérius fatigué: je ne demande pas des leçons, mais l'Empire. Vous dites que le pouvoir souverain n'a plus d'attraits à vos yeux: laissez-le donc passer aux mains de votre gendre? »

« Ce titre, repartit Dioclétien, ne peut vous servir auprès de moi. Avez-vous fait le bonheur de ma fille? Infidèle à son amour, persécuteur de la religion qu'elle aime, vous n'attendez peut-être que ma retraite pour exiler Valérie sur quelque rivage désert. Et voilà comme vous m'avez payé de mes bienfaits! Mais je serai vengé : je vous laisse ce pouvoir que vous voulez m'arracher au bord de ma tombe. Je ne cède point à vos menaces, mais j'obéis à une voix du ciel, qui me dit que le temps des grandeurs est passé. Je vous le donne ce lambeau de pourpre qui n'est plus pour moi qu'un linceul funèbre: avec lui je vous fais le présent de tous les soucis du trône. Gouvernez un monde qui se dissout, où mille principes de mort germent de tous les côtés; guérissez des mœurs corrompues; accordez des religions qui se combattent; faites disparoître un esprit de sophisme qui ronge jusqu'aux entrailles de la société; repoussez dans leurs forêts des Barbares, qui tôt ou tard dévoreront l'Empire romain. Je pars : je vous verrai de mon jardin de Salone devenir l'exécration de l'univers. Vous-même, fils ingrat, vous ne mourrez point sans être la victime de l'ingratitude de vos fils. Régnez donc ; hâtez la fin de cet Etat dont j'ai retardé la chute de quelques instans. Vous êtes de la race de ces princes qui paroissent sur la terre à l'époque des grandes révolutions, lorsque les familles et les royaumes se perdent par la volonté des dieux. »

Ainsi le sort de l'Empire se décidoit dans le palais de Dioclétien : les Chrétiens délibéroient entre eux sur les tribulations de l'Église. Eudore étoit l'ame de tous leurs conseils. L'édit publié au son des trompettes ordonnoit de brûler les Livres Saints et d'abattre les églises ; il déclaroit les Chrétiens infâmes; il les privoit des droits de citoyen ; il défendoit aux magistrats de recevoir leurs plaintes pour cause de mauvais traitemens, de vol, de rapt et d'adultère ; il autorisoit toute sorte de personnes à les dénoncer ; soumettoit aux tortures, et condamnoit à la mort quiconque refusoit de sacrifier aux dieux.

Cet édit sanguinaire, dicté par Hiéroclès, laissoit un libre cours aux crimes du disciple des sages, et menaçoit les Fidèles d'une entière destruction. Chacun, selon son caractère, se préparoit à fuir ou à combattre.

Ceux qui craignoient de succomber dans les tourmens s'exiloient chez les Barbares; plusieurs se retiroient dans les bois et les lieux déserts; on voyoit les Fidèles s'embrasser dans les rues, et se dire un tendre adieu en se félicitant de souffrir pour Jésus-Christ. De vénérables confesseurs, échappés aux persécutions précédentes, se mêloient à la foule, pour encourager la foiblesse ou modérer l'ardeur du zèle. Les femmes, les enfans, les jeunes hommes entouroient les vieillards qui rappeloient les exemples donnés par les plus fameux martyrs: Laurent de l'Eglise romaine, exposé sur des charbons ardens; Vincent de Saragosse, s'entretenant dans la prison avec les Anges; Eulalie de Mérida, Pélagie d'Antioche, dont la mère et les sœurs se noyèrent en se tenant embrassées; Félicité et Perpétue combattant dans l'amphithéâtre de Carthage; Théodote et les sept vierges d'Ancyre; les deux jeunes époux ensevelis dans des tombes différentes, et qui se trouvèrent réunis dans le même cercueil. Ainsi parloient les vieillards:

et les évêques cachoient les Livres Saints; et les prêtres renfermoient le Viatique dans des boîtes à double fond; on rouvroit les catacombes les plus solitaires et les plus ignorées, afin de remplacer les églises dont on alloit être privé; on nommoit les diacres qui devoient se déguiser pour porter des secours aux martyrs au fond des mines, dans les prisons et sur le chevalet; on apprêtoit le lin et le baume comme à la veille d'un grand combat; on payoit ses dettes; on se réconcilioit avec ses ennemis. Toutes ces choses se faisoient sans bruit, sans ostentation, sans tumulte; l'Eglise se préparoit à souffrir avec simplicité : comme la fille de Jephté, elle ne demandoit à son père qu'un moment pour pleurer son sacrifice sur la montagne.

Les soldats chrétiens répandus dans les légions viennent avertir Eudore qu'un nouveau complot est près d'éclater; que l'on fait au nom de Galérius des largesses à l'armée; que les troupes doivent s'assembler le lendemain au Champ-de-Mars, et que l'on parle de l'abdication de l'Empereur.

Le fils de Lasthénès se fait mieux instruire;

ensuite il vole à Tibur, demeure accoutumée de Constantin. Ce prince habitoit, loin des piéges de la cour, une petite retraite au-dessus de la cascade de l'Anio, tout auprès des temples de Vesta et de la Sibylle. Les maisons d'Horace et de Properce se montroient abandonnées sur les bords du fleuve, parmi des bois d'oliviers devenus sauvages. Le riant Tibur, qui tant de fois inspira la Muse latine, n'offroit plus que des monumens de plaisir détruits, et des tombeaux de tous les siècles. En vain l'on cherchoit sur les coteaux de Lucrétile le souvenir du poëte voluptueux qui renfermoit dans un espace étroit ses longues espérances, et consacroit du vin et des fleurs au Génie qui nous rappelle la brièveté de nos jours.

Tout à coup, au milieu de la nuit, on annonce à Constantin l'arrivée d'Eudore; le prince se lève, prend son ami par la main, et le conduit sur une terrasse qui, circulant au pied du temple de Vesta, dominoit la chute de l'Anio. Le ciel étoit couvert de nuages, l'obscurité profonde; le vent gémissoit dans les colonnes du temple; une voix triste s'élevoit dans l'air; on croyoit entendre par intervalles le mugissement de l'antre de la Sibylle, ou ces paroles funèbres que les Chrétiens psalmodient pour les morts.

« Fils de César, dit Eudore, non-seulement on va massacrer les Chrétiens, mais Dioclétien remet le sceptre à Galérius. C'est demain, au Champ-de-Mars, en présence des légions que se passera cette grande scène. Vous ne serez point appelé au partage de la puissance; vos crimes sont : votre gloire, celle de votre père, et votre penchant pour une religion divine. Daïa, ce pâtre, fils de la sœur de Galérius, et Sévère, le soldat, tels sont les César que l'on réserve au peuple romain. Dioclétien désiroit vous nommer, mais vous avez été rejeté avec menace. Prince, cher espoir de l'Eglise et du monde, il faut céder à l'orage. Galérius vous craint et il en veut à vos jours. Demain, aussitôt que votre sort sera connu, vous fuirez vers votre père, tout sera préparé pour votre départ. Vous aurez soin, à chaque Mansion, de faire mutiler les chevaux derrière vous, afin qu'on ne puisse vous poursuivre. Vous attendrez auprès de Constance le moment de sauver les Chrétiens et l'Empire; et, quand il en sera temps, ces Gaulois qui ont déjà vu de près le Capitole vous en ouvriront le chemin. »

Constantin reste un moment en silence : mille pensées violentes s'élèvent dans son cœur. Indigné des outrages qu'on lui prépare, animé de l'espoir de venger le sang des justes, peut-être touché de l'éclat d'un trône qui tente toujours les grandes ames, il ne se peut résoudre à la fuite ; son respect, sa reconnoissance pour Dioclétien arrêtoient seuls son ardeur ; la nouvelle de l'abdication de ce prince a brisé tous les liens qui retenoient le fils de Constance : il veut aller soulever les légions au Champ-de-Mars ; il ne respire que la vengeance et les combats : tel, dans les déserts de l'Arabie, on voit un coursier attaché au milieu d'un sable brûlant ; pour trouver un peu d'ombre contre les ardeurs du soleil, il baisse et cache sa tête entre ses jambes rapides ; ses crins descendent épars ; il laisse tomber de son œil sauvage un regard oblique sur son maître : mais ses pieds sont-ils dégagés des entraves, il écume, il frémit, il dévore la terre ; la trompette sonne, il dit : « Allons ! »

Eudore calme les transports guerriers de Constantin.

« Les légions sont vendues, lui dit-il, tous vos pas sont surveillés, et vous tenteriez une entreprise qui précipiteroit l'Empire dans des maux incalculables. Fils de Constance, vous régnerez un jour sur le monde, et les hommes vous devront leur bonheur. Mais Dieu retient encore entre ses mains votre couronne, et il veut éprouver son Eglise. »

« Eh bien, dit le jeune prince avec une touchante vivacité, vous m'accompagnerez dans les Gaules, et nous marcherons ensemble à Rome, à la tête de ces soldats tant de fois témoins de votre valeur. »

« Prince, répond Eudore d'une voix émue, nos obligations ne sont pas les mêmes : vous vous devez à la terre pour le ciel ; je me dois au ciel pour la terre. Votre devoir est de partir, le mien de rester. La jalousie que j'ai inspirée à Hiéroclès a sans doute précipité le sort des Chrétiens : ma fortune, mes conseils, ma vie, leur appartiennent ; je ne puis quitter un champ de bataille où j'ai appelé l'ennemi ; mon épouse et son père réclament aussi ma présence en orient.

Enfin, s'il faut des exemples de fermeté à mes frères, Dieu m'accordera peut-être les vertus qui me manquent. »

Dans ce moment une flamme surnaturelle vient éclairer au bord de l'Anio, les tombes de Symphorose et de ses sept enfans martyrs.

« Voyez, s'écrie Eudore en montrant à Constantin le monument sacré, voyez quelle force Dieu peut inspirer, quand il lui plaît, à des femmes et à des enfans ! Combien ces cendres me paroissent plus illustres que la dépouille des Romains fameux qui reposent ici. Prince, ne me ravissez point la gloire d'une semblable destinée ; permettez-moi seulement de vous jurer par le tombeau de ces Saints une fidélité qui n'aura de terme que mes jours. »

A ces mots le fils de Lasthénès voulut s'incliner avec respect sur la main qui devoit porter le sceptre du monde ; mais Constantin se jette au cou d'Eudore et presse long-temps dans ses bras un ami si noble et si magnanime.

Le prince demande son char ; il y monte avec Eudore ; ils roulent, à travers les ombres, le long des portiques déserts du temple d'Hercule. L'Anio retentissoit dans les débris du palais de Mécènes. Le descendant de Philopœmen et l'héritier de César réfléchissoient en silence sur le destin des hommes et des Empires. Là, s'étendoit cette forêt d'Albunée où les rois du Latium consultoient des dieux champêtres; là, vivoient les peuples agrestes du mont Soracte et des vallons d'Ustique; là, fut le berceau de ces Sabines qui, courant échevelées entre les armées de Tatius et de Romulus, disoient aux uns: « Vous êtes nos fils et nos époux; » et aux autres: « Vous êtes nos frères et nos pères. » Le chantre de Lalagée et le ministre d'Auguste les remplacèrent sur ces bords que devoit venir fouler à son tour la reine descendue du trône de Palmyre. Le char passe rapidement la villa de Brutus, les jardins d'Adrien, et s'arrête à la tombe de la famille Plautia. Eudore se sépara de Constantin au pied de cette tour funèbre, et rentra dans Rome par un sentier désert, afin de préparer la fuite du prince. Constantin, dévorant mal ses soucis, et cachant à peine sa colère, prit le chemin du palais des Thermes.

L'attaque de Galérius avoit été si brusque,

et la résolution de Dioclétien si prompte, que le fils de Constance, occupé tout entier du sort des Chrétiens, s'étoit laissé surprendre par son ennemi. Il savoit bien que depuis long-temps César cherchoit à forcer Auguste à quitter l'Empire; mais, ou trompé ou trahi, il avoit cru cette catastrophe encore assez éloignée. Il voulut pénétrer chez Dioclétien; déjà tout étoit changé avec la fortune. Un officier de Galérius refusa l'entrée du palais au jeune prince, en lui disant d'une voix menaçante :

« L'Empereur vous ordonne de vous rendre au camp des légions. »

A l'extrémité du Champ-de-Mars, au pied du tombeau d'Octave, s'élevoit un tribunal de gazon surmonté d'une colonne qui portoit une statue de Jupiter. C'étoit à ce tribunal que Dioclétien devoit paroître au lever de l'aurore, pour abdiquer la pourpre au milieu des soldats sous les armes. Depuis le jour où Sylla se dépouilla de la dictature jamais plus grand spectacle n'avoit frappé les regards des Romains. La curiosité, la crainte, l'espoir, avoient conduit au Champ-de-Mars une foule immense. Toutes les passions émues à l'approche du règne nouveau, attendoient l'issue de cette scène extraordinaire. Quels seront les Auguste? Quels seront les César? Les courtisans dressoient au hasard des autels aux dieux inconnus; ils auroient craint de blesser, même en pensée, le pouvoir qui n'existoit pas encore. Ils adoroient le néant d'où la servitude alloit sortir; ils s'épuisoient à deviner quelle seroit la passion du prince à venir, afin de se pourvoir promptement de la bassesse qui seroit le plus en faveur sous ce règne. Tandis que les méchans pensoient à montrer leurs vices, les bons songeoient à cacher leurs vertus. Le peuple seul, avec une indifférence stupide, venoit voir des soldats étrangers lui nommer des maîtres, aux mêmes lieux où ce peuple libre donnoit jadis son suffrage pour l'élection de ses magistrats.

Dioclétien parut bientôt au tribunal. Les légions firent silence, et l'Empereur prenant la parole :

« Soldats, mon âge m'oblige de remettre le pouvoir souverain à Galérius, et de créer de nouveaux César. »

A ces mots tous les yeux se tournent vers Constantin qui venoit d'arriver. Mais tout à coup Dioclétien proclame César, Daïa et Sévère. On demeure interdit; on se demande quel est ce Daïa, et si Constantin a changé de nom. Alors Galérius repoussant de la main le fils de Constance, saisit Daïa par le bras, et le présente aux légions. L'Empereur se dépouille de son manteau de pourpre, et le jette sur les épaules du jeune pâtre. Il donne en même temps à Galérius son poignard, symbole de la puissance absolue sur la vie des citoyens.

Dioclétien, redevenu Dioclès, descend de son tribunal, monte sur son char, traverse Rome sans proférer un mot, sans regarder son palais, sans tourner la tête; et, prenant le chemin de Salone sa patrie, il laisse l'univers entre l'admiration du règne qui finit, et la terreur du règne qui commence.

Tandis que les soldats saluoient le nouvel Auguste et le nouveau César, Eudore se glisse dans la foule, et parvient jusqu'à Constantin. Ce prince flottoit encore indécis entre l'étonnement, l'indignation et la douleur.

« Fils de Constance, lui dit Eudore à voix basse, que faites vous? Vous connoissez votre sort; le tribun des Prétoriens a déjà l'ordre de vous arrêter : suivez moi, ou vous êtes perdu. »

Il entraîne l'héritier de l'Empire; ils arrivent hors des portes de Rome, en un lieu désert où Constantin bâtit depuis la basilique de Sainte-Croix.

Là, quelques serviteurs fidèles attendoient le prince fugitif; il veut encore, en fondant en larmes, engager Eudore à se sauver avec lui; mais le martyr en espérance demeure inflexible, et supplie le fils d'Hélène de s'éloigner. Déjà l'on entendoit le bruit des soldats qui cherchoient Constantin. Eudore adresse cette prière à l'Eternel :

« Grand Dieu, si tu réserves ce prince
» pour régner sur ton peuple, force ce nou-
» veau David à se cacher devant Saül, et
» daigne lui montrer le chemin du désert
» de Zéila ! »

Aussitôt le tonnerre gronde sous un ciel serein, la foudre frappe les remparts de

Rome, un Ange trace une voie lumineuse dans l'occident.

Constantin obéit aux ordres du ciel : il embrasse son ami, et s'élance sur son coursier. Il fuit ; Eudore lui crie :

« Souvenez-vous de moi quand je ne serai plus ! Prince, servez de protecteur et de père à Cymodocée ! »

Vœux inutiles ! Constantin disparoît. Eudore abandonné, sans protecteur, reste seul chargé de la colère du nouvel Empereur, de la haine d'un rival, devenu premier ministre, de la destinée des Fidèles, et, pour ainsi dire, de tout le poids de la persécution. Dès le soir même, dénoncé comme Chrétien par un esclave d'Hiéroclès, il est plongé dans les cachots.

Satan, Astarté, l'Esprit de la fausse sagesse, poussent tous trois un cri de triomphe dans les airs, et livrent le monde au Démon de l'homicide.

Lorsque cet Ange furieux, quittant le séjour des douleurs, contriste la terre par sa présence, il fait sa résidence ordinaire non loin de Carthage, dans les ruines d'un temple où l'on brûloit jadis en son honneur des victimes humaines. Des hydres aux regards funestes, des dragons semblables à celui que combattit l'armée entière de Caton, des monstres inconnus tels que l'Afrique en engendre chaque année, les Fléaux de l'Egypte, les Vents empoisonnés, les Maladies, les Guerres civiles, les Lois injustes qui dépeuplent la terre, la Tyrannie qui la ravage, rampent aux pieds du Démon de l'Homicide. Il se réveille au cri de Satan; il s'envole du milieu des débris, en laissant après lui un long tourbillon de poussière; il franchit la mer; il arrive en Italie. Enveloppé dans un nuage ardent, il s'arrête au-dessus de Rome. D'une main il élève une torche, et de l'autre un glaive: tel autrefois il donna le signal du carnage, lorsque le premier Hérode fit massacrer les enfans d'Israël.

Ah, si la Muse sainte soutenoit mon génie, si elle m'accordoit un moment le chant du cygne ou la langue dorée du poëte, qu'il me seroit aisé de redire dans un touchant langage les malheurs de la persécution! Je me souviendrois de ma patrie: en peignant les maux des Romains, je peindrois les maux des Français. Salut épouse de Jésus-Christ, Eglise affligée, mais triomphante! Et nous aussi, nous vous avons vue sur l'échafaud et dans les catacombes. Mais c'est en vain qu'on vous tourmente, les portes de l'Enfer ne prévaudront point contre vous ; dans vos plus grandes douleurs, vous apercevez toujours sur la montagne les pieds de celui qui vient vous annoncer la paix ; vous n'avez pas besoin de la lumière du soleil, parce que c'est la lumière de Dieu qui vous éclaire : c'est pourquoi vous brillez dans les cachots. La beauté du Basan et du Carmel s'efface, les fleurs du Liban se flétrissent ; vous seule restez toujours belle!

La persécution s'étend dans un moment des bords du Tibre aux extrémités de l'Empire. De toutes parts, on entend les églises s'écrouler sous les mains des soldats ; les magistrats, dispersés dans les temples et dans les tribunaux, forcent la multitude à sacrifier ; quiconque refuse d'adorer les dieux est jugé et livré aux bourreaux ; les prisons regorgent de victimes ; les chemins sont couverts de troupeaux d'hommes mutilés, qu'on envoie mourir au fond des mines ou dans les travaux publics. Les fouets, les chevalets, les ongles de fer, la croix, les bêtes féroces, déchirent les tendres enfans avec leurs mères; ici l'on suspend par le pied des femmes nues à des poteaux, et on les laisse expirer dans ce supplice honteux et cruel; là on attache les membres du martyr à deux arbres rapprochés de force : les arbres, en se redressant, emportent les lambeaux de la victime. Chaque province a son supplice particulier : le feu lent en Mésopotamie, la roue dans le Pont, la hache en Arabie, le plomb fondu en Cappadoce. Souvent, au milieu des tourmens, on apaise la soif du confesseur, et on lui jette de l'eau au visage, dans la crainte que l'ardeur de la fièvre ne hâte sa mort. Quelquefois, fatigué de brûler séparément les Fidèles, on les précipite en foule dans le bûcher : leurs os sont réduits en poudre, et jetés au vent avec leurs cendres.

Galérius trouvoit ses délices dans ces tourmens; il fait venir à grands frais des ours d'une taille prodigieuse, et aussi féroces que lui. Ces bêtes ont chacune un nom terrible. Pendant ses repas, le successeur du sage

Dioclétien, leur fait jeter des hommes à dévorer. Le gouvernement de ce monstre avare et débauché, en répandant le trouble dans les provinces, augmente encore l'activité de la persécution. Les villes sont soumises à des juges militaires, sans connoissances et sans lettres, qui ne savent que donner la mort. Des commissaires font les recherches les plus rigoureuses sur les biens et les propriétés des sujets; on mesure les terres, on compte les vignes et les arbres; on tient registre des troupeaux. Tous les citoyens de l'Empire sont obligés de s'inscrire dans le livre du Cens, devenu un livre de proscription. De crainte qu'on ne dérobe quelque partie de sa fortune à l'avidité de l'Empereur, on force, par la violence des supplices, les enfans à déposer contre leurs pères, les esclaves contre leurs maîtres, les femmes contre leurs maris. Souvent les bourreaux contraignent des malheureux à s'accuser eux-mêmes et à s'attribuer des richesses qu'ils n'ont pas. Ni la caducité, ni la maladie ne sont une excuse pour se dispenser de se rendre aux ordres de l'exacteur; on fait comparoître la douleur même et l'infirmité; afin d'envelopper tout le monde dans des lois tyranniques, on ajoute des années à l'enfance, on en retranche à la vieillesse : la mort d'un homme n'ôte rien au trésor de Galérius, et l'Empereur partage la proie avec le tombeau : cet homme, rayé du nombre des humains, n'est point effacé du rôle du Cens, et il continue de payer pour avoir eu le malheur de vivre. Les pauvres, de qui l'on ne pouvoit rien exiger, sembloient seuls à l'abri des violences par leur propre misère ; mais ils ne sont point à l'abri de la pitié dérisoire du tyran : Galérius les fait entasser dans des barques et jeter ensuite au fond de la mer, afin de les guérir de leurs maux.

Il ne manquoit aux Chrétiens qu'un genre d'outrages, et Hiéroclès ne voulut pas le leur épargner. Au milieu des prêtres égorgés, sur le corps de Jésus-Christ percé de coups, le disciple des sages publia généreusement deux livres de blasphèmes contre le Dieu qu'il avoit lui-même adoré, et qui fut le Dieu de sa mère : tant l'orgueil de l'impie est à la fois lâche et féroce! Infatigable dans sa haine et dans son amour, l'apostat attendoit avec impatience le moment où la fille d'Homère viendroit orner son triomphe. Il suspendoit exprès le supplice de son rival, afin que l'espoir de sauver la vie de ce rival aimé fût une tentation pour la vierge de Messénie.

« J'emploierai, disoit-il en lui-même avec un mélange de honte, de désespoir et de joie, j'emploierai ce dernier moyen de vaincre la résistance d'une insolente beauté ; je la verrai tomber dans mes bras pour racheter les jours d'Eudore ; comblant ensuite ma double vengeance, je lui montrerai mon rival entre les mains des bourreaux, et ce Chrétien apprendra en mourant que son épouse est déshonorée. »

Enivré de son pouvoir, Hiéroclès ne peut gouverner ses passions. Cet impie qui renioit l'Eternel, par une contradiction déplorable, croyoit au Génie du mal et à tous les secrets de la magie.

Il y avoit à Rome un Hébreu, déserteur de la foi de ses pères : il vivoit parmi les sépulcres, et la voix du peuple l'accusoit d'entretenir un commerce secret avec l'Enfer. Cet homme faisoit sa demeure accoutumée dans les souterrains du palais en ruines de

Néron, Hiéroclès charge un de ses confidens d'aller trouver au milieu de la nuit l'infâme Israélite. L'esclave, instruit de ce qu'il doit demander, part, et à travers les décombres descend au fond du souterrain. Il aperçoit un vieillard, couvert de lambeaux, réchauffant ses mains glacées à un feu d'ossemens humains.

« Vieillard, dit l'esclave tremblant d'épouvante, peux-tu transporter dans un moment de Jérusalem à Rome une Chrétienne échappée au pouvoir d'Hiéroclès? Reçois cet or, et parle sans crainte. »

L'éclat de l'or et le nom de Jérusalem arrachent un sourire affreux à l'Israélite.

« Mon fils, dit-il, je connois ton maître : il n'y a rien que je ne tente pour le satisfaire; je vais interroger l'abîme. »

Il dit, et creuse la terre; il découvre l'urne sanglante qui renfermoit les restes de Néron; des plaintes s'échappoient de cette urne. Le magicien répand sur un autel de fer les cendres du premier persécuteur des Chrétiens. Trois fois il se tourne vers l'orient, trois fois il frappe dans ses mains, trois fois il ouvre la Bible profanée. Il prononce des mots mystérieux ; et du sein des ombres, il évoque le Démon des tyrans. Dieu permet à l'Enfer de répondre ; le feu qui brûloit la dépouille des morts s'éteint, la terre tremble, la frayeur pénètre jusqu'aux os de l'esclave, le poil de sa chair se hérisse ; un Esprit se présente devant lui ; il voit quelqu'un dont il ne connoît pas le visage ; il entend une voix foible comme un petit souffle.

« Pourquoi, dit l'Hébreu, as-tu tardé si long-temps à venir ? Dis-moi : peux-tu transporter de Jérusalem à Rome une Chrétienne échappée à son maître ? »

« Je ne le puis, répondit l'Esprit de té-
» nèbres : Marie défend cette Chrétienne
» contre ma puissance ; mais, si tu le veux,
» je porterai dans un instant en Syrie l'édit
» de la persécution et les ordres d'Hié-
» roclès. »

L'esclave accepte la proposition de l'Enfer, et se hâte d'aller rendre compte de son message à l'impatient Hiéroclès. Transformé en messager rapide, l'Esprit de ténèbres descend à Jérusalem chez le centurion qui devoit réclamer Cymodocée. Il le presse au nom du ministre de Galérius de remplir promptement sa mission, et il remet l'édit fatal au gouverneur de la cité de David: aussitôt les portes des Saints Lieux sont fermées, et les soldats dispersent les Fidèles. En vain l'épouse de Constance veut protéger les Chrétiens; Constantin fugitif, Galérius triomphant, changent en un moment la fortune d'Hélène : pour les souverains, la prospérité est mère de l'obéissance; le malheur des rois délie les sujets du serment de fidélité.

C'étoit l'heure où le sommeil fermoit les yeux des mortels; l'oiseau reposoit dans son nid, et le troupeau dans la vallée; les travaux étoient suspendus; à peine la mère de famille tournoit encore ses fuseaux près des feux assoupis de son humble foyer: Cymodocée, après avoir long-temps prié pour son époux et pour son père, s'étoit endormie. Démodocus lui apparoît au milieu d'un songe. Sa barbe étoit négligée, de larges pleurs tomboient de ses yeux; il agitoit lentement son sceptre augural, et de profonds soupirs échappoient de sa poitrine. Cymodocée croyoit lui adresser ces paroles :

« O mon père, comment as-tu si long-temps abandonné ta fille ! Où est Eudore ? Vient-il réclamer la foi jurée ? Pourquoi ces pleurs qui baignent ton visage ? Ne veux-tu pas presser ta Cymodocée sur ton cœur ? »

Le fantôme :

« Fuis, ma fille, fuis ! Les flammes t'environnent. Hiéroclès te poursuit. Les Dieux que tu as abandonnés, te livrent à sa puissance. Ton nouveau Dieu triomphera ; mais que de larmes il fera verser à ton père ! »

Le spectre s'évanouit, et emporte le flambeau que Cymodocée reçut à l'autel le jour de son union avec Eudore : Cymodocée se réveille. La lueur d'un incendie rougissoit les murs de son appartement et les voiles de son lit. Elle se lève ; elle aperçoit l'église du Saint-Sépulcre embrasée. Les flammes, parmi des tourbillons de fumée, montoient jusqu'au ciel, et réfléchissoient une lumière sanglante sur les ruines de Jérusalem et les montagnes de la Judée.

Depuis que la nouvelle de la persécution s'étoit répandue en Syrie, Cymodocée n'avoit plus quitté la princesse Hélène ; renfermée dans un oratoire avec les autres femmes chrétiennes, elle soupiroit les malheurs de la nouvelle Sion. Le ministre d'Hiéroclès, désespérant de rencontrer la jeune catéchumène, et n'osant, par un reste de respect, violer l'asile de l'épouse d'un César, avoit mis le feu au Saint-Sépulcre. Le palais d'Hélène touchoit à l'édifice sacré; le centurion espéroit forcer ainsi Cymodocée à sortir de son inviolable asile, et il l'attendoit avec des soldats pour la saisir au milieu du tumulte.

Dorothé avoit démêlé ces complots; il s'ouvre un passage à travers les murs croulans et les poutres embrasées qui tombent de toutes parts; il pénètre dans le palais d'Hélène. Déjà les galeries étoient désertes; seulement quelques femmes éperdues étoient rassemblées dans une cour intérieure, autour d'un autel des rois de Juda. Il rencontre Cymodocée, qui cherchoit vainement sa nourrice : elle ne devoit plus la revoir. Eurymédusc, votre sort est resté inconnu!

« Fuyons, dit Dorothé à la fille de Démodocus, Hélène même ne vous pourroit sauver; vos ennemis vous arracheroient de ses bras; je connois une porte secrète et un souterrain qui nous conduira hors des murs de Jérusalem : la Providence fera le reste. »

A l'extrémité du palais, du côté de la montagne de Sion, s'ouvroit une porte cachée qui conduisoit au Calvaire : c'étoit par là qu'Hélène se déroboit aux hommages des peuples, lorsqu'elle alloit prier au pied de la Croix. Dorothé, suivi de Cymodocée, entr'ouvre doucement cette porte ; il avance la tête et n'aperçoit rien au dehors. Il prend la main de Cymodocée : ils sortent du palais ; tantôt ils se glissent lentement au travers des ruines ; tantôt ils précipitent leurs pas dans des lieux moins embarrassés ; quelquefois ils entendent marcher sur leurs traces, et ils se cachent parmi des débris ; quelquefois ils sont arrêtés par l'éclat des armes d'un soldat qui rôde au milieu des ténèbres. Le bruit de l'incendie et les clameurs confuses de la foule s'élèvent au loin derrière eux ; ils franchissent la vallée déserte qui sépare la colline du Calvaire de la montagne de Sion.

Dans les flancs de cette montagne, s'ouvroit une route inconnue ; l'entrée en étoit fermée par des buissons d'aloès et des racines d'oliviers sauvages. Dorothé écarte ces obstacles, et pénètre dans le souterrain : il frappe les veines d'un caillou, allume une branche de cyprès, et à la clarté de cette torche, il s'enfonce sous des voûtes ténébreuses avec Cymodocée. David avoit jadis pleuré son péché dans ces lieux : de toutes parts on voyoit sur les murs des vers écrits de la main du monarque pénitent, lorsqu'il versa ses larmes immortelles. Sa tombe occupoit le milieu du souterrain, et portoit encore gravées sur sa base une houlette, une harpe et une couronne. La terreur du présent, les souvenirs du passé, cette montagne dont le sommet vit le sacrifice d'Abraham, et dont les flancs gardent le cercueil du roi prophète, tout agitoit les cœurs des deux Chrétiens : ils sortent bientôt de ces détours, et se trouvent au milieu des montagnes, dans le chemin de Bethléem; ils traversent les champs silencieux de Rama où Rachel ne voulut point être consolée, et viennent se reposer au berceau du Messie.

Bethléem étoit entièrement désert : les Chrétiens avoient été dispersés. Cymodocée et son guide entrent dans la Crèche : ils admirent cette grotte où le Roi des cieux voulut naître, où les Anges, les Bergers et les Mages le vinrent adorer, où toute la terre doit un jour apporter ses hommages. Des offrandes, laissées dans ce lieu par les pasteurs de la Judée, nourrirent abondamment les deux infortunés. Cymodocée versoit des larmes de tendresse. Les miracles du berceau de Jésus parloient à son cœur.

« C'est donc là, disoit-elle, que l'enfant divin a souri à sa divine mère! O Marie, protégez Cymodocée! Comme vous elle est fugitive à Bethléem! »

La fille de Démodocus remercioit ensuite le généreux Dorothé, qui s'exposoit pour elle à tant de fatigues et de périls.

« Je suis un vieux Chrétien, répondoit l'homme éprouvé : les tribulations font ma joie. »

Dorothé se prosternoit devant la crèche. « Père des miséricordes, disoit-il, prenez pitié de nous, et souvenez-vous que votre fils offrit en ce lieu ses premiers pleurs pour le salut des hommes! »

Le soleil approche de la fin de son cours. Dorothé sort avec la fille de Démodocus, dans l'espoir de rencontrer quelque berger ; il aperçoit un homme qui descendoit de la montagne d'Engaddi : une ceinture de jonc étoit nouée autour de ses reins ; sa barbe et ses cheveux croissoient en désordre ; ses épaules étoient chargées d'une corbeille pleine de sable, qu'il portoit péniblement à l'entrée d'une grotte. Aussitôt qu'il découvre les voyageurs, il jette son fardeau, et fixant sur eux des regards indignés :

« Délices de Rome, s'écrie-t-il, venez-vous me troubler jusque dans le désert? Evanouissez-vous! Armé de la pénitence, je découvre vos piéges, et je me ris de vos efforts. »

Il dit, et, comme l'aigle marin qui plonge au fond des eaux, il s'élance dans la grotte. Dorothé reconnoît un Chrétien ; il s'avance, et parle à travers l'ouverture du rocher :

« Nous sommes des Chrétiens fugitifs : daignez nous donner l'hospitalité. »

« Non, non, s'écrie le solitaire, cette femme est trop belle pour être une simple fille des hommes.

« Cette femme, reprit Dorothé, est une catéchumène, qui fait l'apprentissage des pleurs que Jésus-Christ demande à ses servantes. Elle est grecque, elle se nomme Cymodocée; elle est fiancée à Eudore, défenseur des Chrétiens, dont le nom sera peut-être parvenu jusqu'à vous; je suis Dorothé, premier officier du palais de Dioclétien. »

Le solitaire s'élance hors de la grotte comme un athlète qui, le front ceint d'une couronne d'olivier, paroît tout à coup aux jeux d'Olympie.

« Entrez dans ma grotte, s'écrie-t-il, épouse de mon ami! »

Le solitaire se nomme. Cymodocée reconnoît cet ami d'Eudore, qui s'entretenoit avec lui au tombeau de Scipion. Dorothé qui avoit connu Jérôme à la cour, contemple avec étonnement cet anachorète, exténué de veilles et d'austérités, jadis brillant disciple d'Epicure. Il le suit au fond de son antre : on n'y voyoit que la Bible, une tête de mort et quelques feuilles éparses de la traduction des Livres Saints. Bientôt tout est éclairci entre les deux Chrétiens et la jeune pélerine. Mille souvenirs les attendrissent, mille histoires touchantes font couler leurs pleurs : ainsi des ruisseaux, descendus de diverses montagnes, mêlent leurs eaux dans une même vallée.

« Mes erreurs, dit Jérôme, ont amené ma pénitence, et désormais je ne sortirai plus de Bethléem. Le berceau du Sauveur sera ma tombe. »

L'anachorète demande ensuite à Dorothé ce qu'il veut faire.

« J'irai, répond Dorothé, chercher quelques amis à Joppé.... »

« Quoi, dit Jérôme en l'interrompant, vous êtes malheureux, et vous comptez sur des amis ! Un Moabite descend de ses rochers pour aller à Jéricho. C'étoit au printemps; l'air étoit frais et serein. Le Moabite n'étoit point altéré : il trouve des torrens pleins d'eau à chaque pas. Il revient chez lui dans la saison des orages, sous les feux dévorans de l'été : la soif consume le Moabite; il cherche quelques gouttes de cette eau qu'il avoit vue dans les montagnes : tous les torrens sont desséchés ! »

Jérôme demeure quelque temps en silence, ensuite il s'écrie :

« O grande destinée ! Eudore, tu es donc

le défenseur des Chrétiens! O mon ami, que pourrois-je faire pour toi? »

Tout à coup le solitaire se lève, frappé d'une lumière surnaturelle :

« Qu'est-ce que ces craintes, s'écrie-t-il? Femme, tu aimes, et tu fuis! Ton époux, peut-être dans ce moment, confesse la foi, et tu n'es pas là pour lui disputer la gloire du bûcher! Crois-tu que quand il sera monté au rang des martyrs, il te veuille recevoir sans couronne? Roi, il ne pourra prendre qu'une reine à ses côtés! Fais ton devoir, marche à Rome, va réclamer ton époux, va cueillir la palme qui doit orner ta pompe nuptiale... Mais, que dis-je, tu n'es pas encore au nombre des brebis choisies! »

Le solitaire s'interrompt de nouveau; il hésite, et bientôt il s'écrie :

« Tu seras chrétienne; ma main versera sur ton front l'eau salutaire. Le Jourdain est près d'ici, viens recevoir dans ses eaux la force qui te manque : tes jours sont exposés, il te faut mettre à l'abri de la mort. Oui, tu es assez instruite. La persécution est la doctrine : quiconque pleure pour Jésus-Christ, n'a plus rien à savoir. »

Ainsi parle Jérôme avec l'autorité d'un docteur et d'un prêtre. La douce et timide Cymodocée répond :

« Seigneur, qu'il soit fait selon votre parole. Donnez-moi le baptême : je ne serai point une reine auprès de mon époux, je ne serai que sa servante. Si je regrette quelque chose dans la vie, ce sera de ne plus aller sur le mont Ithome voir les troupeaux avec mon père, de ne pouvoir nourrir l'auteur de mes jours dans sa vieillesse, comme il me nourrit dans mon enfance. »

Cymodocée rougit, et pleura en parlant de la sorte. On reconnoissoit dans son langage les accens confus de son ancienne religion et de sa religion nouvelle : ainsi, dans le calme d'une nuit pure, deux harpes suspendues aux souffles d'Eole, mêlent leurs plaintes fugitives ; ainsi frémissent ensemble deux lyres, dont l'une laisse échapper les tons graves du mode dorien, et l'autre les accords voluptueux de la molle Ionie ; ainsi, dans les savanes de la Floride, deux cigognes argentées agitant de concert leurs ailes sonores, font entendre un doux bruit au haut du ciel ; assis au bord de la forêt, l'Indien prête l'oreille aux sons répandus dans les airs, et croit reconnoître dans cette harmonie la voix des ames de ses pères.

FIN DU LIVRE DIX-HUITIÈME.

REMARQUES

SUR LE DIX-HUITIÈME LIVRE.

PREMIÈRE REMARQUE.

(Pag. 134. Auguste vient de se priver, etc.)

Ce projet d'Hiéroclès, mis en avant dès le début de l'ouvrage, pour favoriser l'ambition de Galérius, a été constamment rappelé et poursuivi : le voilà exécuté ; on en va voir les suites.

IIe.

(Pag. 134. Représentez au vieillard, etc.)

C'est en effet le motif apparent que Galérius employa pour engager Dioclétien à abdiquer. Je suppose ici que c'est Hiéroclès qui inspire Galérius.

IIIe.

(Pag. 135. Publius qui, rival de la faveur de l'apostat, etc.)

Publius commence à revenir plus souvent en scène ; il ne tardera pas à jouer un rôle important pour la punition d'Hiéroclès.

IVe.

(Pag. 135. Tout à coup on annonce Galérius.)

Je n'ai pas suivi fidèlement l'histoire, pour l'entrevue de Galérius et de Dioclétien. Dans cette fameuse discussion Dioclétien se montre pusillanime; il pleure, il ne veut pas abdiquer, il supplie, il cède par peur. Alors Dioclétien cesse d'avoir le caractère propre à l'épopée, car il est avili aux yeux du lecteur. Ainsi, au lieu de m'attacher scrupuleusement à la vérité, je n'ai fait obéir Dioclétien qu'à la volonté du ciel, et à une voix fatale qui s'élève au fond de sa conscience. Cette idée est, je pense, plus conforme à la nature de mon ouvrage ; mais j'avoue que j'ai eu quelque peine à faire le persécuteur des Chrétiens plus grand que l'histoire ne le représente.

Ve.

(Pag. 135. Toujours César.)

Galérius, selon l'histoire, fit cette exclamation en recevant une lettre de Dioclétien, avec la suscription : *Cæsari.*

VIe.

(Pag. 136. Et les Chrétiens ont eu l'insolence, etc.)

En effet, un Chrétien arracha l'édit de persécution, affiché à Nicomédie, et souffrit le martyre pour cette action. Tous les évêques, en louant son courage, blâmèrent l'indiscrétion de son zèle.

VIIe.

(Pag. 137. Je rétablirai les Frumentaires.)

Sorte de délateurs ou d'espions publics que Dioclétien avoit supprimés.

VIIIe.

(Pag. 137. Ainsi, repartit Dioclétien, etc.)

On disoit à Dioclétien que Carinus avoit donné

de belles fêtes au peuple : il fit la réponse que l'on voit ici.

IXe.

(Pag. 139. Vous ne mourrez point sans être la victime, etc.)

Maximin Daïa et Maxence, l'un neveu, et l'autre gendre de Galérius, se révoltèrent contre lui.

X^e.

(Pag. 140. L'édit publié, etc.)

Il étoit tel qu'on le rapporte dans le texte. Voyez Lactance et Eusèbe.

XIe.

(Pag. 141. Laurent de l'Eglise romaine, etc.)

On a déjà parlé de saint Laurent. Saint Vincent étoit de Saragosse. Après avoir subi plusieurs tourmens, il fut replongé dans les cachots, où les Anges vinrent l'entretenir et guérir ses plaies. Il fut ensuite décapité. Eulalie, vierge et martyre, de Mérida en Portugal : lorsqu'elle rendit le dernier soupir, on vit une colombe blanche sortir de sa bouche. Pélagie d'Antioche étoit d'une grande beauté, ainsi que sa mère et ses sœurs. Arrêtées par les soldats, et craignant qu'on n'attentât à leur pudeur, elles se retirèrent à l'écart, sous quelque prétexte, et se jetèrent dans l'Oronte, où elles se noyèrent en se tenant embrassées. On attribue ce martyre volontaire à une inspiration particulière du Saint-Esprit. Félicité et Perpétue ont déjà été nommées dans le livre du Ciel; elles reparoîtront à la fin de l'ouvrage. Quant à Théodore et aux sept Vierges d'Ancyre, la tragédie de Corneille les a fait connoître à ceux qui ne lisent point la Vie de nos Saints. L'histoire charmante des deux jeunes époux qui se trouvèrent dans le même tombeau, est postérieure à l'époque de mon action; j'ai cru pouvoir la rappeler. On la trouve dans Sidoine Apollinaire.

XIIe.

(Pag. 142. Les prêtres renfermoient le Viatique, etc.)

On voit encore quelques-unes de ces boîtes au Musée Clémentin, à Rome, avec les instrumens qui servoient à tourmenter les martyrs : les poids pour les pieds, les ongles de fer, les martinets, etc.

XIIIe.

(Pag. 142. On nommoit les diacres, etc.)

Ces préparations à la persécution sont conformes à la vérité historique. La charité de l'Eglise a toujours surabondé où les maux surabondent; la grâce de Jésus-Christ défie toutes les douleurs humaines.

XIVe.

(Pag. 143. Ce prince habitoit, etc.)

Il n'y a guère de lieux célèbres dans la Grèce et dans l'Italie qui ne soient peints dans les Martyrs. Je renvoie pour Tivoli à ma lettre à M. de Fontanes, déjà citée dans ces notes.

XVe.

(Pag. 144. Vous ne serez point appelé au partage, etc.)

Eudore s'étoit *fait mieux instruire*, et sans doute il avoit appris la résolution de Dioclétien par des voies certaines : le palais de l'empereur étoit rempli de Chrétiens ; Valérie et Prisca même, fille et femme de Dioclétien, étoient Chrétiennes.

XVIe.

(Pag. 144. Vous aurez soin, à chaque Mansion, de faire mutiler, etc.)

J'ai dit, dans une note sur la carte de Peuttinger (liv. VI), que les Mansions étoient les relais des postes. Lorsque Constantin s'échappa de la cour de Galérius, il fit couper les jarrets des chevaux qu'il laissoit derrière lui, afin de n'être pas poursuivi.

XVIIe.

(Pag. 145. Tel, dans les déserts de l'Arabie, etc.)

J'ai mis ici en comparaison la description du cheval arabe que l'on a vue dans un article du Mercure, où je donnois un extrait de mon Itinéraire. Le dernier trait : « Il écume, etc. » est du passage de Job sur le cheval.

XVIIIe.

(Pag. 147. Les tombes de Symphorose, etc.)

On sait qu'Horace vécut, et mourut peut-être, à Tibur ; mais peu de personnes savent que ce riant Tibur fut immortalisé par les cendres d'une martyre chrétienne. Symphorose, de Tibur, avoit sept enfans. Sous le règne d'Adrien elle refusa, ainsi que ses sept fils, de sacrifier aux faux dieux. Ces nouveaux Machabées subirent le martyre ; ils furent enterrés au bord de l'Anio, près du temple d'Hercule.

XIXe.

(Pag. 149. S'élevoit un tribunal de gazon, etc.)

L'appareil de cette scène est tel dans l'histoire; mais la scène est placée à Nicomédie.

XXe.

(Pag. 152. Force ce nouveau David, etc.)

David, contraint de se retirer devant Saül, se cacha dans le désert de Zeila. *Ecriture.*

XXIe.

(Pag. 153. Constantin disparoît.)

L'ordre des temps n'est pas tout à fait suivi: Constantin ne s'échappa de la cour de Galérius que longtemps après l'abdication de Dioclétien.

XXIIe.

(Pag. 154. Des dragons semblables, etc.)

Si l'on en croit Plutarque et Lucain, Caton d'Utique trouva sur les bords de la Bagrada, en Afrique, un serpent si monstrueux, que l'on fut obligé d'employer pour le tuer des machines de guerre.

XXIIIe.

(Pag. 154. Des monstres inconnus, etc.)

Les anciens disoient que l'Afrique enfantoit tous les ans un monstre nouveau.

XXIVe.

(Pag. 155. La persécution s'étend dans un moment, etc.)

Tout ce qui suit dans le texte est un abrégé exact

et fidèle des passages que je vais citer. La vérité est ici bien au-dessus de la fiction. Je me servirai des traductions connues, afin que tous les lecteurs puissent voir que je n'ai pas inventé un seul mot.

Extrait d'Eusèbe. — « Un grand nombre (de » Chrétiens) furent condamnés à mourir, les uns » par le feu, et les autres par le fer. On dit que cet » arrêt n'eut pas été sitôt prononcé, qu'on vit une » quantité incroyable d'hommes et de femmes se » jeter dans le bûcher avec une joie et une prompti- » tude non pareille. Il y eut aussi une multitude » presqu'innombrable de Chrétiens qui furent liés » dans les barques, et jetés au fond de la mer........ » Les prisons, qui ne servoient autrefois qu'à ren- » fermer ceux qui avoient commis des meurtres, ou » violé la sainteté des tombeaux, furent remplies » d'une multitude incroyable de personnes inno- » centes, d'évêques, de prêtres, de diacres, de lec- » teurs, d'exorcistes; de sorte qu'il n'y restoit plus » de place où l'on pût mettre les coupables............ » Quelqu'un put-il voir sans admiration la constance » invincible avec laquelle ces généreux défenseurs » de la religion chrétienne souffrirent les coups de » fouet, la rage des bêtes accoutumées à sucer le » sang humain; l'impétuosité des léopards, des » ours, des sangliers et des taureaux, que les Païens » irritoient contr'eux avec des fers chauds?........... » Une quantité presqu'innombrable d'hommes, de » femmes et d'enfans, méprisèrent cette vie mortelle » pour la défense de la doctrine du Sauveur. Les » uns furent brûlés vifs, et les autres jetés dans la » mer, après avoir été déchirés avec des ongles de » fer, et avoir souffert toutes sortes d'autres sup- » plices. D'autres présentèrent avec joie leur tête » aux bourreaux, pour être coupée; quelques-uns » moururent au milieu des tourmens; quelques-uns » furent consumés par la faim; quelques-uns furent » attachés en croix, soit en la posture où l'on y at- » tache d'ordinaire les criminels, ou la tête en bas,

» et percés avec des clous, et y demeurèrent jusqu'à » ce qu'ils mourussent de faim......... Les historiens » n'ont point de paroles qui puissent exprimer la » violence des douleurs et la cruauté des supplices » que les martyrs souffrirent dans la Thébaïde. Quel- » ques-uns furent déchirés jusqu'à la mort par tout » le corps avec des têts de pots cassés, au lieu d'on- » gles de fer. Des femmes furent attachées par un » pied, élevées en l'air avec des machines, la tête » en bas, et exposées alors avec autant d'inhumanité » que d'infamie. Des hommes furent attachés par les » jambes à des branches d'arbres que l'on avoit » courbées avec des machines, et écartelés lorsque » ces branches étant lâchées reprirent leur situation » naturelle. Ces violences-là furent exercées l'espace » de plusieurs années, durant lesquelles on faisoit » mourir chaque jour, par divers supplices, tantôt » dix personnes, tant hommes que femmes ou en- » fans, tantôt vingt, tantôt trente, tantôt soixante, » et quelquefois même jusqu'à cent. Etant sur les » lieux, j'en ai vu exécuter à mort un grand nombre » dans un même jour, dont les uns avoient la tête » tranchée, les autres étoient brûlés vifs. La pointe » des épées étoit émoussée à force de tuer, et les » bourreaux, las de tourmenter les martyrs, se re- » levoient tour à tour. J'ai été témoin de la géné- » reuse ardeur et de la noble impatience de ces » fidèles............ Il n'y a point de discours qui soit » capable d'exprimer la générosité et la constance » qu'ils ont fait paroître au milieu des supplices. » Comme il n'y avoit personne à qui il ne fût per- » mis de les outrager, les uns les battoient avec des » bâtons, les autres avec des baguettes, les autres » avec des fouets, les autres avec des lanières de » cuir, et les autres avec des cordes, chacun choi- » sissant, selon ce qu'il avoit de malice, un instru- » ment particulier pour les tourmenter. On en atta- » cha quelques-uns à des colonnes, les mains liées » derrière le dos, et ensuite on leur étendit les mem-

» bres avec des machines. On les déchira après cela » avec des ongles de fer, non-seulement par les cô- » tés, comme l'on a accoutumé de déchirer ceux qui » ont commis un meurtre, mais aussi par le ventre, » par les cuisses et par le visage. On en suspendoit » quelques-uns par la main, au haut d'une galerie, » de sorte que la violence avec laquelle leurs nerfs » étoient bandés leur étoit plus sensible qu'aucun » autre supplice n'auroit pu être. On les attachoit » quelquefois à des colonnes, vis-à-vis les uns des » autres, sans que leurs pieds touchassent à terre; » tellement que la pesanteur de leur corps serroit » extrêmement les liens par où ils étoient attachés. » Ils étoient dans cette posture contrainte, non- » seulement pendant que le juge leur parloit ou » qu'il les interrogeoit, mais presque durant tout » le jour.

» .... Les uns eurent les membres coupés » avec des haches, comme en Arabie; les autres » eurent les cuisses coupées, comme en Cappadoce; » les autres furent pendus par les pieds, et étouffés » à petit feu, comme en Mésopotamie; les autres » eurent le nez, les oreilles, les mains et les autres » parties du corps coupées, comme en Mésopo- » tamie. » Voyez Eusèbe, chap. VI, VII, VIII, IX, X et XII, liv. VIII.

Extrait de Lactance, de la Mort des Persécuteurs. « Parlerai-je des jeux et des divertissemens de » Galère? Il avoit fait venir de toutes parts des ours » d'une grandeur prodigieuse, et d'une férocité pa- » reille à la sienne. Lorsqu'il vouloit s'amuser, il » faisoit apporter quelques-uns de ces animaux, qui » avoient chacun leur nom, et leur donnoit des » hommes plutôt à engloutir qu'à dévorer; et » quand il voyoit déchirer les membres de ces mal- » heureux, il se mettoit à rire. Sa table étoit tou- » jours abreuvée de sang humain. Le feu étoit le » supplice de ceux qui n'étoient pas constitués en » dignité. Non-seulement il y avoit condamné les

» Chrétiens, il avoit de plus ordonné qu'ils seroient » brûlés lentement. Lorsqu'ils étoient au poteau, » on leur mettoit un feu modéré sous la plante des » pieds, et on l'y laissoit jusqu'à ce qu'elle fût détachée des os. On appliquoit ensuite des torches ar» dentes sur tous leurs membres, afin qu'il n'y eût » aucune partie de leurs corps qui n'eût son sup» plice particulier. Durant cette effroyable torture, » on jetoit de l'eau sur le visage, et on leur en faisoit » boire, de peur que l'ardeur de la fièvre ne hâtât » leur mort, qui pourtant ne pouvoit être différée » long-temps ; car, quand le feu avoit consumé » toute leur chair, il pénétroit jusqu'au fond de » leurs entrailles. Alors on les jetoit dans un grand » brasier pour achever de brûler ce qui restoit en» core de leurs corps. Enfin, on réduisoit leurs os » en poudre, et on les jetoit dans la rivière ou dans » la mer.

» Mais le cens qu'on exigea des provinces et des » villes causa une désolation générale (1). Les com» mis, répandus partout, faisoient les recherches » les plus rigoureuses ; c'étoit l'image affreuse de la » guerre et de la captivité. On mesuroit les terres, » on comptoit les vignes et les arbres, on tenoit re» gistre des animaux de toute espèce, on prenoit les » noms de chaque individu : on ne faisoit nulle dis» tinction des bourgeois et des paysans. Chacun » accouroit avec ses enfans et ses esclaves ; on en» tendoit résonner les coups de fouet ; on forçoit, » par la violence des supplices, les enfans à déposer » contre leurs pères, les esclaves contre leurs maî» tres, les femmes contre leurs maris. Si les preuves » manquoient, on donnoit la question aux pères, » aux maris, aux maîtres, pour les faire déposer » contre eux-mêmes ; et quand la douleur avoit arra-

(1) Le cens étoit une imposition sur les personnes, sur les bêtes, sur les terres labourables, sur les vignes et les arbres fruitiers.

» ché quelque aveu de leurs bouches, cet aveu étoit » réputé contenir la vérité. Ni l'âge, ni la maladie, » ne servoient d'excuse : on faisoit apporter les in- » firmes et les malades; on fixoit l'âge de tout le » monde ; on donnoit des années aux enfans, on en » ôtoit aux vieillards : ce n'étoit partout que gémis- » semens, que larmes. Le joug que le droit de la » guerre avoit fait imposer aux peuples vaincus par » les Romains, Galère voulut l'imposer aux Ro- » mains mêmes; peut-être fût-ce parce que Trajan » avoit puni par l'imposition du cens les révoltes » fréquentes des Daces, dont Galère étoit descendu. » On payoit de plus une taxe par tête, et la liberté » de respirer s'achetoit à prix d'argent. Mais on ne » se fioit pas toujours aux mêmes commissaires; on » en envoyoit d'autres, dans l'espérance qu'ils fe- » roient de nouvelles découvertes. Au reste, qu'ils » en eussent fait ou non, ils doubloient toujours les » taxes, pour montrer qu'on avoit eu raison de les » employer. Cependant les animaux périssoient, » les hommes mouroient : le fisc n'y perdoit rien, » on payoit pour ce qui ne vivoit plus; ensorte » qu'on ne pouvoit ni mourir ni vivre gratuitement. » Les mendians étoient les seuls que le malheur de » leur condition mît à l'abri de ces violences; ce » monstre parut en avoir pitié et vouloir remédier » à leur misère : il les faisoit embarquer, avec ordre, » quand ils seroient en pleine mer, de les y jeter. » Voilà le bel expédient qu'il imagina pour bannir » la pauvreté de son empire; et, de peur que sous » prétexte de pauvreté quelqu'un ne s'exemptât du » cens, il eut la barbarie de faire périr une infinité » de misérables. »

XXVe.

(Pag. 158. Le disciple des sages publia, etc.)

Voyez la Préface, à l'article d'Hiéroclès.

XXVIe.

(Pag. 159. J'emploierai, disoit-il en lui-même, etc.)

Je ne me suis point complu à inventer des crimes inconnus, pour les prêter à Hiéroclès. J'en suis fâché pour la nature humaine; mais Hiéroclès ne dit et ne fait rien qui n'ait été dit et fait, même de nos jours. Au reste, ce moyen affreux que veut employer Hiéroclès lui fait différer le supplice d'Eudore : sans cela, il n'eût pas été naturel que le fils de Lasthénès fût resté si long-temps dans les cachots avant d'être jugé.

XXVIIe.

(Pag. 359. Cet impie qui renioit l'Eternel.)

Ceci est bien humiliant pour l'orgueil humain ; mais c'est une vérité dont on n'a que trop d'exemples, et je l'ai déjà remarqué dans le Génie du Christianisme.

XXVIIIe.

(Pag. 159. Il y avoit à Rome un Hébreu, etc.)

Cette machine est justifiée par l'usage que tous les poëtes chrétiens ont fait de la magie. Ainsi Armide enlève Renaud ; ainsi le Démon du fanatisme arme Clément d'un poignard. Il ne s'agit ici que de porter une nouvelle : Hiéroclès ne voit point lui-même l'Hébreu; il l'envoie consulter par un esclave superstitieux et timide; rien ne choque donc la vraisemblance des mœurs dans la peinture de la scène : et quant à la scène elle-même, elle est du ressort de mon sujet ; elle sert à avancer l'action, et à lier les personnages de Rome à ceux de Jérusalem.

XXIXe.

(Pag. 160. Il découvre l'urne sanglante.)

Hiéroclès est le ministre d'un tyran, persécuteur des Chrétiens; il est donc naturel qu'on évoque le Démon de la tyrannie, et que l'évocation se fasse par les cendres du plus célèbre des tyrans, et du premier persécuteur des Chrétiens.

Selon une tradition populaire qui court à Rome, il y avoit autrefois à la *Porta del Popolo* un grand arbre sur lequel venoit constamment se percher un corbeau. On creusa la terre au pied de cet arbre, et l'on trouva une urne avec une inscription qui disoit que cette urne renfermoit les cendres de Néron. On jeta les cendres au vent, et l'on bâtit, sur le lieu où l'on avoit trouvé l'urne, l'église connue aujourd'hui sous le nom de Sainte-Marie du Peuple. Le monument appelé le Tombeau de Néron, que l'on voit à deux lieues de Rôme, sur la route de la Toscane, n'est point le tombeau de Néron.

XXXe.

(Pag. 161. La frayeur pénètre jusqu'aux os.)

Pavor tenuit me et tremor, et omnia ossa mea perterrita sunt.

Et cum spiritus, me præsente, transiret, inhorruerunt pili carnis meæ.

Stetit quidam cujus non agnoscebam vultum..... et vocem quasi auræ lenis audivi. Job, cap. IV.

XXXIe.

(Pag. 162. C'étoit l'heure où le sommeil fermoit les yeux, etc.)

Tempus erat quo prima quies mortalibus ægris
Incipit.

Æn. II.

XXXIIe.

(Pag. 162. Sa barbe étoit négligée.)

In somnis ecce ante oculos mœstissimus Hector
Visus adesse mihi, largosque effundere fletus.
. . . .
Squalentem barbam. . . . .
Sed graviter gemitus imo de pectore ducens.

ÆN. I. 270 et seq.

XXXIIIe.

(Pag. 163. Fuis, ma fille, etc.)

Heu fuge. . . . . . . *eripe flammis.*

ÆN. II. 289.

XXXIVe.

(Pag. 164. Déjà les galeries étoient désertes.)

Apparent domus intus, et atria longa patescunt.
. . . .
Ædibus in mediis, nudoque sub ætheris axe
Ingens ara fuit, etc.

ÆN. II. 483.

XXXVe.

(Pag. 164. Euryméduse, votre sort, etc.)

Ce personnage disparoît avant la fin de l'action; il s'évanouit comme Creüse; il étoit de peu d'importance. Il entroit dans mon plan de montrer Cymodocée isolée, tandis qu'Eudore est environné des compagnons de sa gloire; autrement les scènes de la prison de Cymodocée et celles des cachots d'Eudore eussent été semblables.

XXXVIe.

(Pag. 168. Il aperçoit un homme, etc.)

Tout le monde connoît la retraite de saint Jérôme dans la grotte de Bethléem ; tout le monde a vu les tableaux du Dominiquin, d'Augustin Carache ; tout le monde sait que saint Jérôme se plaint, dans ses lettres, d'etre tourmenté au milieu de sa solitude par les souvenirs de Rome. Ce grand personnage que l'on a quitté au tombeau de Scipion, et que l'on retrouve à Bethléem pour donner le baptême à Cymodocée, a du moins l'avantage de ne rappeler que des lieux célèbres, de grands noms et d'illustres souvenirs.

XXXVIIe.

(Pag. 172. On reconnoissoit dans son langage les accens confus, etc.)

Voyez l'Examen, au sujet du caractère de Cymodocée.

FIN DES REMARQUES DU LIVRE DIX-HUITIÈME.

SOMMAIRE DU LIVRE DIX-NEUVIÈME.

Retour de Démodocus au temple d'Homère. Sa douleur. Il apprend la nouvelle de la persécution. Il part pour Rome où il croit qu'Hiéroclès a fait conduire Cymodocée. Cymodocée est baptisée dans le Jourdain par Jérôme. Elle arrive à Ptolémaïs et s'embarque pour la Grèce. Une tempête suscitée par les ordres de Dieu, fait aborder Cymodocée en Italie.

LIVRE XIX.

Qui pourra jamais dire l'amertume des chagrins paternels !

Après la séparation fatale, les esclaves avoient reconduit Démodocus à la citadelle d'Athènes. Il passa la nuit sous le portique du temple de Minerve, afin de découvrir aux premiers rayons du jour la galère de Cymodocée. Lorsque l'étoile du matin parut sur le mont Hymète, les larmes du vieillard coulèrent avec une nouvelle abondance.

« Oh, ma fille, s'écria-t-il, quand reviendras-tu de l'orient, ainsi que cet astre, pour réjouir ton père ? »

L'aurore éclaira bientôt les flots solitaires où l'on cherchoit en vain quelque voile; mais on apercevoit encore sur les vagues aplanies la trace blanchissante des vaisseaux que l'on ne voyoit plus. Déjà le soleil sortant de l'onde doroit et brunissoit à la fois la face de la mer. Des nues sereines étoient arrêtées çà et là dans l'azur du ciel de l'Attique ; quelques-unes teintes de rose flottoient autour de l'astre du jour, comme l'écharpe des Heures. Ce spectacle ne fit qu'irriter la douleur du prêtre d'Homère. Il pousse des sanglots : depuis que sa fille étoit au monde, c'est la première fois qu'il voit loin d'elle se lever le soleil. Démodocus refuse tous les soins de son hôte qui, témoin d'une pareille douleur, s'applaudissoit d'avoir vécu jusqu'alors sans enfans et sans épouse : ainsi, le berger, au fond d'une vallée, écoute en frémissant le bruit du canon lointain ; il plaint les victimes tombées sur le champ de bataille, et bénit ses rochers et sa cabane.

Dès le jour suivant, Démodocus voulut quitter Athènes, et retourner en Messénie. Sa douleur ne lui permit pas de suivre longtemps les chemins qu'il avoit parcourus avec Cymodocée. A Corinthe, il prit la route d'Olympie; mais il ne put supporter la joie et l'éclat des fêtes qu'on célébroit alors au bord de l'Alphée. Lorsqu'après avoir franchi les montagnes de l'Elide, il aperçut les sommets de l'Ithome, il tomba sans mouvement entre les bras de ses esclaves. Bientôt on le rappelle à la vie; bientôt pâle et tremblant, il arrive au temple d'Homère. Déjà le seuil des portes étoit jonché de feuilles flétries, l'herbe croissoit dans tous les sentiers : tant les pas de l'homme s'effacent promptement sur la terre! Démodocus entre au sanctuaire de son aïeul. La lampe étoit éteinte. On voyoit sur l'autel les cendres du dernier sacrifice que le père de Cymodocée avoit offert aux dieux pour sa fille. Démodocus se prosterne devant l'image du Poëte :

« O toi, dit-il, qui es maintenant toute ma famille, chantre des douleurs de Priam, pleure aujourd'hui les maux du dernier rejeton de ta race! »

En ce moment une des cordes de la lyre de Cymodocée se rompit, et rendit un son qui fit tressaillir le vieillard. Il relève la tête; il aperçoit la lyre suspendue à l'autel :

« C'en est fait, s'écrie-t-il, ma fille va mourir! les Parques m'annoncent son destin en brisant la corde de sa lyre. »

A ce cri les esclaves accourent au temple et entraînent malgré lui Démodocus.

Chaque jour augmentoit ses ennuis; mille

souvenirs déchiroient son cœur. C'étoit ici qu'il instruisoit sa fille dans l'art des chants; c'étoit là qu'il se promenoit avec elle. Rien n'est cruel comme la vue des lieux que nous avons habités au temps du bonheur, lorsque nous avons perdu ce qui faisoit le charme de notre vie. Les citoyens de Messène furent touchés des chagrins de Démodocus. Ils lui permirent d'interrompre des fonctions sacrées qu'il n'exerçoit qu'au milieu des larmes. Ses jours dépérissoient; il marchoit à grands pas vers le tombeau; les lettres de sa fille, égarées dans l'orient, ne parvenoient point jusqu'à lui. La famille de Lasthénès ne pouvoit donner ses soins au vieillard : elle étoit persécutée, et la mère d'Eudore venoit de mourir. Que de victimes le prêtre d'Homère immole à des dieux sourds à sa voix! Que d'hécatombes promises, si Neptune ramène Cymodocée aux rives du Pamisus! Le jour s'éteint, le jour renaît et retrouve Démodocus la main dans le sang, interrogeant les entrailles des taureaux et des génisses. Il s'adresse à tous les temples; il va consulter les Aruspices jusqu'au sommet du Ténare. Tantôt il revêt une robe de deuil, et frappe aux portes d'airain du sanctuaire des Furies ; il présente aux Fatales Sœurs des dons expiatoires, comme si ses malheurs étoient des crimes! Tantôt il se couronne de fleurs ; il affecte un air riant avec des yeux baignés de larmes, afin de se rendre propice quelque divinité ennemie des pleurs. S'il est des rites depuis long-temps abandonnés, des cérémonies pratiquées aux siècles d'Inachus et de Nestor, Démodocus les renouvelle ; il feuillette les livres sibyllins ; il ne prononce que des mots réputés heureux ; il s'abstient de certaines nourritures ; il évite la rencontre de certains objets ; il est attentif aux vents, aux oiseaux, aux nuages ; il n'est point assez d'oracles pour son amour paternel ! Ah, déplorable vieillard, écoute les sons de cette trompette qui retentit au sommet de l'Ithome : ils t'apprendront la destinée de ta fille !

Le commandant de Messène parcouroit les campagnes avec une suite nombreuse, proclamant Galérius empereur, et publiant l'édit de persécution. Démodocus ne sait s'il a bien entendu ; il court à Messène : tout lui confirme son malheur. Un vaisseau, venu d'orient au port de Coronée, raconte en même temps que la fille d'Homère, enlevée de Jérusalem, a été conduite à Hiéroclès. Que fera Démodocus? L'excès de l'adversité lui donne des forces : il se décide à voler à Rome, à se jeter aux pieds de Galérius, à réclamer Cymodocée. Avant de quitter le temple du demi-dieu, il consacre aux pieds de la statue d'Homère une petite galère d'ivoire, et un vase à recueillir des larmes : offrande et symbole de son inquiétude et de sa douleur! Ensuite il vend ses Pénates, la pourpre de son lit, le voile nuptial d'Epicharis, destiné à Cymodocée ; il emporte avec lui sa fortune entière pour racheter l'enfant de son amour. Soins inutiles! Le ciel ne vouloit point céder sa conquête, et tous les trésors de la terre n'auroient pu payer la couronne de la nouvelle Chrétienne.

Cymodocée n'appartenoit plus au monde. En recevant les eaux du baptême, elle alloit prendre son rang parmi les Esprits célestes. Déjà elle avoit quitté la grotte de Bethléem avec Dorothé. Elle marchoit, au lever du jour, par des lieux âpres et stériles. Jérôme, vêtu comme saint Jean dans le désert, montroit le chemin à la catéchumène. Bientôt ils arrivent au dernier rang des montagnes de Judée, qui bordent les eaux de la mer Morte et la vallée du Jourdain.

Deux hautes chaînes de montagnes s'étendant du nord au midi, sans détours, sans sinuosités, s'offrent aux yeux des trois voyageurs. Du côté de la Judée ces montagnes sont des monceaux de craie et de sable qui imitent la forme de faisceaux d'armes, de drapeaux ployés, ou des tentes d'un camp assis au bord d'une plaine. Du côté de l'Arabie ce sont de noirs rochers perpendiculaires qui versent à la mer Morte des torrens de soufre et de bitume. Le plus petit oiseau du ciel n'y trouveroit pas un brin d'herbe pour se nourrir; tout y annonce la patrie d'un peuple réprouvé; tout semble y respirer l'horreur de l'inceste d'où sortirent Ammon et Moab.

La vallée comprise entre ces deux chaînes de montagnes présente un sol semblable au fond d'une mer depuis long-temps retirée: des plages de sel, une vase desséchée, des sables mouvans et comme sillonnés par les flots. Çà et là des arbustes chétifs croissent péniblement sur cette terre privée de vie;

leurs feuilles sont couvertes du sel qui les a nourries, et leur écorce a le goût et l'odeur de la fumée ; au lieu de villages on aperçoit les ruines de quelques tours. Au milieu de la vallée passe un fleuve décoloré ; il se traîne à regret vers le lac empesté qui l'engloutit. On ne distingue point son cours au milieu de l'arène, mais il est bordé de saules et de roseaux où se cache l'Arabe qui attend la dépouille du voyageur et du pélerin.

« Vous voyez, dit Jérôme à ses deux hôtes étonnés, des lieux fameux par les bénédictions et les malédictions du ciel : ce fleuve est le Jourdain; ce lac est la mer Morte ; elle vous paroît brillante, mais les villes coupables qu'elle cache dans son sein ont empoisonné ses flots. Ses abîmes sont solitaires et sans aucun être vivant ; jamais vaisseau n'a pressé ses ondes ; ses grèves sont sans oiseaux, sans arbres, sans verdure ; son eau, d'une amertume affreuse, est si pesante que les vents les plus impétueux peuvent à peine la soulever. Ici le ciel est embrasé des feux qui consumèrent Gomorrhe. Cymodocée, ce ne sont pas là les rives du Pamisus, et les vallons du Taygète.

Vous êtes sur le chemin d'Hébron, dans des lieux où retentit la voix de Josué lorsqu'il arrêta le soleil. Vous foulez une terre encore fumante de la colère de Jéhova, et que consolèrent ensuite les paroles miséricordieuses de Jésus-Christ. Jeune catéchumène, c'est par cette solitude sacrée que vous allez chercher celui que vous aimez; les souvenirs de ce désert grand et triste se mêleront à votre amour pour le fortifier et le rendre plus grave : l'aspect de ces bords désolés est également propre à nourrir ou à éteindre les passions. Fille innocente, les vôtres sont légitimes, et vous n'êtes point obligée, comme Jérôme, de les étouffer sous des fardeaux de sable brûlant ! »

En parlant ainsi ils descendoient dans la vallée du Jourdain. Cymodocée, tourmentée d'une soif dévorante, cueille sur un arbrisseau un fruit semblable à un citron doré; mais, lorsqu'elle le porte à sa bouche, elle le trouve rempli d'une cendre amère et calcinée.

« C'est l'image des plaisirs du monde, s'écrie le solitaire. »

Et il continue son chemin en secouant la poussière de ses pieds.

Cependant les pélerins s'avançoient vers un bois de tamarin et d'arbres de baume, qui croissoit au milieu d'une arène blanche et fine; tout à coup Jérôme s'arrête et montre à Dorothé, presque sous ses pas, quelque chose en mouvement dans l'immobilité du désert : c'étoit un fleuve jaune, profondément encaissé, qui rouloit avec lenteur une onde épaissie. L'anachorète salue le Jourdain et s'écrie :

« Ne perdons pas un moment, fille trop heureuse! Venez puiser la vie à l'endroit même où les Israélites passèrent le fleuve en sortant du désert, et où Jésus-Christ voulut recevoir le baptême de la main du Précurseur. Ce fut de la cime de ce mont Abarim, que Moïse découvrit pour vous la terre promise; ce fut au sommet de cette montagne opposée que Jésus-Christ pria pour vous pendant quarante jours. A la vue des murs en ruines de Jéricho, faisons tomber la barrière de ténèbres qui environne votre ame, afin que le Dieu vivant puisse y pénétrer. »

Aussitôt Jérôme descend dans le fleuve Cymodocée y descend après lui. Dorothé, unique témoin de cette scène, se met à genoux sur la rive. Il sert de père spirituel à Cymodocée, et lui confirme le nom d'Esther. Les flots se divisent autour de la chaste catéchumène, comme ils se partagèrent au même lieu autour de l'Arche sainte. Les plis de sa robe virginale, entraînés par le courant, s'enflent au loin derrière elle ; elle incline sa tête devant Jérôme, et, d'une voix qui charme les roseaux du Jourdain, elle renonce à Satan, à ses pompes et à ses œuvres. L'anachorète puisant l'eau régénératrice avec une coquille du fleuve, la verse, au nom du Père, du Fils et du Saint-Esprit, sur le front de la fille d'Homère. Ses cheveux dénoués tombent des deux côtés de sa tête sous le poids de l'onde rapide qui suit et déroule leurs anneaux : ainsi, la douce pluie du printemps humecte des jasmins fleuris, et glisse le long de leurs tiges parfumées. Oh, qu'il étoit attendrissant ce baptême furtif dans les eaux du Jourdain ! Combien elle étoit touchante cette vierge qui, cachée au fond d'un désert, déroboit, pour ainsi dire, le Ciel ! Seule, la Souveraine Beauté parut plus belle en ce lieu, lorsque les nuées s'entr'ouvrant, l'Esprit de Dieu descendit sur

Jésus-Christ, en forme de colombe, et que l'on entendit une voix qui disoit :

« Celui-ci est mon fils bien-aimé. »

Cymodocée sort des ondes pleine de foi et de courage contre les maux de la vie : la nouvelle Chrétienne portant Jésus-Christ dans son cœur, ressembloit à une femme qui, devenue mère, trouve tout à coup pour son fils des forces qu'elle n'avoit pas pour elle-même.

En ce moment, une troupe d'Arabes se montra non loin du fleuve. Jérôme, d'abord effrayé, reconnut bientôt une tribu chrétienne, dont il avoit été l'apôtre. Cette petite Eglise, où Dieu étoit adoré sous une tente, comme aux jours de Jacob, n'avoit point échappé à la persécution. Les soldats romains lui avoient enlevé ses cavales et ses troupeaux : les chameaux seuls lui étoient restés. Le chef les avoit appelés de loin, en s'enfuyant dans la montagne, et ils s'étoient empressés de le suivre : ces fidèles serviteurs avoient porté à leurs maîtres le tribut d'un lait abondant, comme s'ils avoient deviné que ces maîtres n'avoient plus d'autre nourriture.

Jérôme vit dans cette rencontre la main de la Providence.

« Ces Arabes, dit-il à Dorothé, vous conduiront chez nos frères de Ptolémaïs où vous trouverez facilement un vaisseau pour l'Italie. »

« Gazelle au doux regard et aux pieds légers, vierge plus agréable qu'une source limpide, dit le chef des Arabes à Cymodocée, ne crains rien : je te conduirai partout où tu le désireras, si Jérôme, notre père, l'ordonne. »

Le jour étant trop avancé pour se mettre en marche, on s'arrête au bord du fleuve; on égorge un agneau qu'on fait rôtir tout entier ; on le sert sur un plateau de bois d'aloès ; chacun déchire une partie de la victime ; on boit un peu de ce lait que le chameau puise dans un sable aride, et qui conserve le goût de la datte savoureuse. La nuit vient. On s'assied autour d'un bûcher. Attachés à des piquets, les chameaux forment un second cercle en dehors des descendans d'Ismaël. Le père de la tribu raconte les maux qu'on faisoit souffrir aux Chrétiens. A la lueur du feu, on voyoit ses gestes expressifs, sa barbe noire, ses dents blanches, les diverses formes qu'il donnoit à son vêtement dans l'action de son récit. Ses compagnons l'écoutoient avec une attention profonde : tous penchés en avant, le visage sur la flamme, tantôt ils poussoient un cri d'admiration, tantôt ils répétoient avec emphase les paroles de leur chef; quelques têtes de chameau s'avançoient au-dessus de la troupe, et se dessinoient dans l'ombre. Cymodocée contemploit en silence cette scène des pasteurs de l'orient; elle admiroit cette religion qui civilisoit des hordes sauvages, et les portoit à secourir la foiblesse et l'innocence, tandis que les faux dieux ramenoient les Romains à la barbarie, et étouffoient dans leurs cœurs la justice et la pitié.

Au premier rayon de l'aurore toute la troupe rassemblée offrit au bord du Jourdain ses prières à l'Eternel. Le dos d'un chameau, paré d'un tapis, fut l'autel où l'on plaça les signes sacrés de cette Eglise errante. Jérôme remit à Dorothé des lettres pour les principaux Fidèles de Ptolémaïs. Il exhorta Cymodocée à la patience et au courage, en se félicitant d'envoyer une épouse chrétienne à son ami.

« Allez, lui dit-il, fille de Jacob, autrefois fille d'Homère! Reine de l'orient, vous sortez du désert brillante de clarté. Bravez les persécutions des hommes. La nouvelle Jérusalem ne pleure point assise sous le palmier, comme la Judée captive de Titus; mais victorieuse et triomphante, elle cueille sur ce même palmier l'immortel symbole de sa gloire! »

En achevant ces mots, Jérôme prend congé de ses hôtes, et retourne à la grotte de Bethléem.

La tribu arabe conduisit les deux fugitifs, par des montagnes inaccessibles, jusqu'aux portes de Ptolémaïs. La souveraine des Anges qui ne cessoit de veiller sur Cymodocée, l'avoit soutenue miraculeusement au milieu de ces fatigues. Afin de la dérober aux yeux des Païens, elle l'enveloppa d'un nuage, ainsi que Dorothé. Tous deux entrèrent dans Ptolémaïs sous ce voile. L'église qui n'étoit point encore abattue leur annonce la demeure du pasteur. En ces jours de tribulations, des Chrétiens persécutés étoient des frères qu'on recevoit avec respect et tendresse ; on les cachoit au péril de sa vie, et les secours de la charité la plus vive leur étoient prodigués. On annonce au pasteur que deux étrangers se présentoient à sa porte ; il s'empresse de descendre. Dorothé, sans prononcer une parole, se fait reconnoître au signe du salut.

« Des martyrs, s'écrie aussitôt le pasteur! Des martyrs ! Béni soit le jour qui vous amène à ma demeure! Anges du Seigneur, entrez chez Gédéon : ici vous trouverez la moisson dérobée aux Moabites. »

Dorothé remet au pasteur les lettres de Jérôme, et raconte en même temps les malheurs de Cymodocée.

« Quoi, s'écria le prêtre, c'est là l'épouse de notre défenseur! C'est là cette vierge dont l'histoire retentit dans toute la Syrie! Je suis Pamphile de Césarée, et j'ai connu jadis Eudore en Egypte. Fille de Jérusalem, que votre gloire est grande! Hélas, votre illustre protectrice, Hélène la sainte, ne peut plus rien pour vous : elle est elle-même arrêtée. Les ministres d'Hiéroclès vous cherchent de tous côtés; il faut quitter promptement cette ville; mais il est encore des ressources ; où voulez-vous porter vos pas ? »

Dorothée, dont la foi n'a pas la même ardeur que celle de Jérôme, et qui ne pénètre pas comme lui les desseins du ciel, Dorothé qui mêle encore à sa religion des tendresses humaines, ne croit pas que Cymodocée puisse se rendre auprès de son époux.

« C'est vous livrer à Hiéroclès, dit-il, sans espoir de sauver ni même de voir Eudore, s'il est tombé entre les mains de nos ennemis. Souffrez que je vous accompagne chez votre père. Votre présence lui rendra la vie. Nous vous cacherons dans quelque grotte inconnue, et j'irai chercher à Rome le fils de Lasthénès. »

« Je suis jeune, répondit Cymodocée, et sans expérience; conduis-moi, ô le plus doux des hommes : ta fille chrétienne doit obéir à tes conseils. »

Il ne se trouva dans le port de Ptolémaïs qu'un seul vaisseau faisant voile pour Thessalonique : la nouvelle Chrétienne et son généreux conducteur furent obligés d'en profiter. Ils se cachèrent sous des noms inconnus, et quittèrent ce port que saint Louis, sauvé des mains des Infidèles, devoit, tant de siècles après, illustrer de ses vertus.

Hélas, Cymodocée alloit chercher son père aux bords du Pamisus, et le vieillard lui-même la demandoit inutilement aux flots du Tibre! Etranger dans Rome, sans protecteur, sans appui, il avoit compté sur Eudore, et le confesseur, séparé des hommes, ne pouvoit plus l'entendre, ni le secourir.

Au pied du mont Aventin, sous les murs du Capitole, s'élevoit une antique prison d'État, dont l'origine remontoit au siècle de Romulus. Les complices de Catilina avoient entendu du fond de ce cachot la voix de Cicéron qui les accusoit dans le temple de la Concorde. La captivité de saint Pierre et de saint Paul purifia dans la suite cet asile des criminels. C'est là qu'Eudore attendoit chaque jour l'ordre qui devoit le livrer aux juges. C'est là qu'il avoit reçu la nouvelle de la mort de sa mère comme le commencement de son sacrifice. Il avoit souvent adressé à la fille d'Homère des lettres pleines de religion et de tendresse: les unes avoient été arrêtées par les persécuteurs, les autres s'étoient perdues sur les flots ; mais dans la prison même il goûtoit quelques-unes de ces consolations et de ces joies douloureuses qui ne sont connues que des Chrétiens. Chaque jour lui amenoit des compagnons d'infortune et de gloire.

Lorsqu'un opulent laboureur recueille ses moissons nouvelles, il entasse dans une grange spacieuse, et les grains qui seront foulés par le pied des mules, et ceux qui rendront leurs trésors sous les coups du fléau, et ceux qu'un cylindre pesant détachera de la paille légère ; le village retentit des cris du maître et des serviteurs, de la voix des femmes qui préparent le festin, des clameurs des enfans qui se jouent autour des gerbes, du mugissement des bœufs qui traînent ou qui vont chercher les épis jaunissans : ainsi Galérius rassemble de toutes les parties du monde, dans les prisons de saint Pierre, les Chrétiens les plus illustres : froment des élus, récolte divine qui doit enrichir le bon Pasteur ! Eudore voit arriver tour à tour des amis qu'il avoit jadis rencontrés au fond des Gaules, en Egypte, en Grèce, en Italie : il embrasse Victor, Sébastien, Rogatien, Gervais, Protais, Lactance, Arnobe, l'hermite du Vésuve, et le descendant de Persée qui se préparoit à mourir, pour le trône de Jésus-Christ, plus royalement que son aïeul pour la couronne d'Alexandre. L'évêque de Lacédémone, Cyrille, vint aussi augmenter les joies du cachot. A chaque reconnoissance c'étoient des transports, des cantiques à la divine Providence, des baisers de paix. Ces confesseurs avoient transformé la prison en une église où l'on entendoit nuit et jour les louanges du Seigneur. Les Chrétiens qui n'étoient point encore enfermés envioient le sort de ces victimes. Les soldats qui gardoient les martyrs étoient souvent convertis par leurs discours ; et les geôliers, remettant les clefs en d'autres mains, se rangeoient au nombre des prisonniers. Un ordre parfait étoit établi parmi ces compagnons de souffrances. On eût cru voir une famille tranquille et bien réglée au lieu d'une foule d'hommes qui marchoient à la mort. De pieuses fraudes servoient à procurer aux confesseurs tous les soulagemens de l'humanité et de la religion. Dix persécutions avoient rendu l'Eglise habile. Des prêtres, des diacres déguisés en soldats, en marchands, en esclaves, des femmes, des enfans mêmes, par d'ingénieuses et saintes impostures, pénétroient dans les prisons, au fond des mines, et jusqu'au pied des bûchers. Du fond d'une retraite ignorée, le pontife de Rome dirigeoit au dehors les mouvemens du zèle. Une fidélité inviolable, celle de la religion et du malheur, étoit le lien de tous les frères. Non-seulement l'Eglise secouroit ses enfans; elle veilloit encore sur les infortunés d'une religion ennemie; elle les recueilloit dans son sein : la charité lui faisoit oublier ses propres douleurs, pour ne s'occuper que des besoins du misérable.

Les Fidèles, rassemblés dans les prisons, étoient témoins des aventures les plus merveilleuses. Combien Eudore fut surpris un jour de reconnoître, déguisée sous l'habit d'une servante du cachot, la belle et brillante Aglaé !

« Eudore, lui dit-elle, Sébastien a été percé de flèches à l'entrée des catacombes; Pacôme s'est retiré dans les déserts de la Thébaïde; Boniface a tenu parole : il m'a envoyé ses reliques sous le nom d'un martyr; Boniface a confessé Jésus-Christ! Priez le ciel d'accorder le même honneur à une malheureuse pécheresse ! »

Une autre fois on entendit un grand tumulte, et Genès, cet acteur fameux, fut introduit dans la prison.

« Ne me craignez plus, s'écria-t-il en entrant, je suis votre frère! Tout à l'heure encore je blasphémois vos saints mystères; j'amusois la foule autour de moi; dans mes jeux criminels j'ai demandé le martyre et le baptême. Aussitôt que l'eau m'a touché, j'ai vu une main qui venoit du ciel, et des Anges lumineux au-dessus de ma tête ; ils ont effacé mes péchés dans un livre. Tout à coup changé, j'ai crié sérieusement : « Je suis Chrétien ! » On rioit, on refusoit de me croire. J'ai raconté ce que j'avois vu. On m'a battu de verges, et je suis venu mourir avec vous. »

En achevant ces mots, Genès embrasse Eudore. Le fils de Lasthénès, au milieu des confesseurs, attiroit tous les regards. L'hermite du Vésuve lui rappeloit leur rencontre au tombeau de Scipion, et les espérances qu'il avoit dès lors conçues de sa vertu. Les confesseurs des Gaules lui disoient :

« Vous souvenez-vous que nous avons souhaité de nous trouver réunis à Rome, comme nous le sommes maintenant? Vous étiez encore bien loin de la gloire qui vous couronne aujourd'hui. »

Tandis que les prisonniers s'entretenoient de la sorte, ils virent entrer, sous la casaque d'un soldat vétéran, un homme chargé d'années; ils ne l'avoient point encore remarqué parmi les Chrétiens qui servoient les cachots; il apportoit aux martyrs le Saint Viatique que Marcellin envoyoit à l'évêque de Lacédémone. La sombre lumière de la prison ne permettoit pas de découvrir les traits du vieillard; il demande Eudore; on le lui montre en prières; il s'approche de lui, le prend dans ses bras affoiblis, et le presse sur son cœur en versant des larmes. Enfin il s'écrie avec des sanglots d'attendrissement :

« Je suis Zacharie. »

« Zacharie, répète Eudore saisi de joie et de trouble, Zacharie! Vous mon père! Vous Zacharie! »

Et il tombe aux genoux du vieillard.

« Ah, mon fils, dit l'apôtre des Francs, relevez-vous! C'est à moi à me prosterner.

Que suis-je auprès de vous qu'un vieillard inutile et ignoré ! »

On s'assemble autour des deux amis ; on veut savoir leur histoire ; Eudore la raconte : des larmes coulent de tous les yeux. Le fils de Lasthénès demande à Zacharie quel conseil de la Providence l'a ramené des bords de l'Elbe aux rivages du Tibre.

« Mon fils répond le descendant de Cassius, les Francs ont été vaincus par Constance. Pharamond m'avoit donné à une petite tribu qui, totalement subjuguée, fut transportée auprès de la colonie d'Agrippine. La persécution est survenue : comme elle ne règne point encore dans les Gaules où César protége les Chrétiens, les évêques de Lutèce et de Lugdunum ont choisi un certain nombre de prêtres pour servir les confesseurs dans les autres parties de l'Empire. J'ai cru devoir me présenter de préférence à des jeunes gens, dont l'âge plus que le mien est digne de la vie. On a bien voulu accepter ma prière, et j'ai été envoyé à Rome. »

Zacharie apprit ensuite à Eudore l'heureuse arrivée de Constantin auprès de son père, la maladie de Constance, et la disposition des soldats qui réservoient la pourpre à son fils. Cette nouvelle ranima le courage des Chrétiens, et les soutint dans ces momens d'épreuves. Eudore n'avoit jamais été sans espérance, quoique les chrétiens eussent perdu leurs puissantes protectrices : Prisca avoit accompagné son époux à Salone, et Valérie avoit été exilée en Asie par Galérius. Du fond même des prisons, Eudore suivoit un plan pour le salut de l'Eglise et du monde : il vouloit engager Dioclétien à reprendre l'Empire, et il lui avoit envoyé un messager au nom des Fidèles.

L'Eglise entière s'appuyoit sur le courage, la prévoyance et les conseils d'Eudore, et Cymodocée réclamoit envain la protection de son époux. Elle voguoit vers les rivages de la Macédoine. Des hommes affreux l'environnoient. Des soldats et des matelots, plongés du matin au soir dans la débauche et dans l'ivresse, insultoient à chaque instant l'innocence. Ils s'aperçurent bientôt que Dorothé et la fille de Démodocus étoient Chrétiens. Il y a dans la Croix une vertu qui se trahit aux regards du vice. Cette découverte augmenta l'insolence de ces barbares. Tantôt ils promettoient au couple infortuné de le livrer aux bourreaux en arrivant au rivage; tantôt ils le menaçoient de le jeter dans la mer pour apaiser le courroux de Neptune; ils faisoient retentir aux oreilles de Cymodocée des chants abominables; et sa beauté enflammant leur brutal désir, il étoit à craindre qu'ils n'en vinssent aux derniers outrages.

Dorothé défendoit l'innocence avec la prudence d'un père et le courage d'un héros. Mais que pouvoit un seul homme contre une troupe de tigres furieux?

Le Fils de l'Eternel, accompagné des chœurs célestes, revenoit dans ce moment des bornes les plus reculées de la création. Il étoit sorti des demeures incorruptibles, pour rendre la vie et la jeunesse à des mondes vieillis. De globe en globe, de soleil en soleil, ses pas majestueux avoient parcouru toutes ces sphères qu'habitent des Intelligences divines, et peut-être des hommes inconnus aux hommes. Rentré dans le sanctuaire impénétrable, il s'assied à la droite de Dieu; ses regards pacifiques tombent bientôt sur la terre. De tous les ouvrages du Tout-Puissant, il n'en est point à ses yeux de plus agréable que l'homme. Le Sauveur aperçoit le vaisseau de Cymodocée ; il voit les périls de cette victime innocente qui doit attirer sur les Gentils la bénédiction du Dieu d'Israël. Si le Ciel a permis que cette nouvelle Chrétienne fût éprouvée, c'est pour lui donner la force de surmonter les dernières afflictions qui la couvriront d'une gloire immortelle. Mais l'épreuve est assez longue. Cymodocée n'ira point s'égarer loin du théâtre de sa victoire. Le jour de son triomphe est venu, et les décrets éternels appellent au lieu du combat la vierge prédestinée.

Par un signe au milieu de la nue, Emmanuel fait connoître à l'Ange des mers la volonté du Très-Haut. Aussitôt le vent, qui jusqu'alors avoit été favorable au vaisseau de Cymodocée, expire : un calme profond règne dans les airs ; à peine des brises incertaines se lèvent tour à tour de divers côtés, rident la surface unie des flots, et viennent agiter les voiles sans avoir la force de les soulever. Le soleil pâlit au milieu de son cours, et l'azur du ciel, traversé de bandes verdâtres, semble se décomposer dans une lumière louche et troublée. Des sillons plombés s'étendent sans fin dans une mer pesante et morte; le pilote levant les mains s'écrie :

« O Neptune, que nous présagez-vous ? Si mon art n'est pas trompeur, jamais plus horrible tempête n'aura bouleversé les flots. »

A l'instant il ordonne d'abattre les voiles, et chacun se prépare au danger.

Les nuages s'amoncèlent entre le midi et l'orient; leurs bataillons funèbres paroissoient à l'horizon comme une noire armée, ou comme de lointains écueils. Le soleil descendant derrière ces nuages, les perce d'un rayon livide, et découvre dans ces vapeurs entassées des profondeurs menaçantes. La nuit vient; d'épaisses ténèbres enveloppent le vaisseau : le matelot ne peut distinguer le matelot tremblant auprès de lui.

Tout à coup un mouvement parti des régions de l'aurore, annonce que Dieu vient d'ouvrir le trésor des orages. La barrière qui retenoit le tourbillon est brisée, et les quatre Vents du ciel paroissent devant le Dominateur des mers. Le vaisseau fuit et présente sa poupe bruyante au souffle impétueux de l'orient; toute la nuit il sillonne les vagues étincellantes. Le jour renaît et ne verse de clarté que pour laisser voir la tempête : les flots se dérouloient avec uniformité. Sans les mâts et le corps de la galère que le vent rencontroit dans sa course, on n'auroit entendu aucun bruit sur les eaux. Rien n'étoit plus menaçant que ce silence dans le tumulte, cet ordre dans le désordre. Comment se sauver d'une tempête qui semble avoir un but et des fureurs préméditées ?

Neuf jours entiers le navire est emporté vers l'occident avec une force irrésistible. La dixième nuit achevoit son tour lorsqu'on entrevit, à la lueur des éclairs, des côtes sombres qui sembloient d'une hauteur démesurée. Le naufrage parut inévitable. Le patron du vaisseau place chaque marin à son poste, et ordonne aux passagers de se retirer au fond de la galère ; ils obéissent, et ils entendent la fatale planche se refermer sur eux.

C'est dans ces momens que l'on apprend bien à connoître les hommes. Un esclave chantoit d'une voix forte ; une femme pleuroit en allaitant l'enfant qui bientôt n'auroit plus besoin du sein maternel ; un disciple de Zénon se lamentoit sur la perte de la vie. Pour Cymodocée, elle pleuroit son père et son époux, et prioit avec Dorothé celui qui sait nous retrouver jusque dans les flancs des monstres de l'abîme.

Une violente secousse entr'ouvre la galère : un torrent d'eau se précipite dans la retraite des passagers ; ils roulent pêle-mêle. Un cri étouffé sort de cet horrible chaos.

Une vague avoit enfoncé la poupe du navire : la fille d'Homère et Dorothé sont jetés au pied des degrés qui conduisoient sur le pont. Ils y montent à demi suffoqués. Quel spectacle ! Le vaisseau s'étoit échoué sur un banc de sable ; à deux traits d'arc de la proue, un rocher lisse et vert s'élevoit à pic au-dessus des flots. Quelques matelots, emportés par la lame, nageoient dispersés sur le gouffre immense ; les autres se tenoient accrochés aux cordages et aux ancres. Le pilote, une hache à la main, frappoit le mât du vaisseau ; et le gouvernail abandonné alloit tournant et battant sur lui-même avec un bruit rauque.

Restoit une foible espérance : le flot, en s'engouffrant dans le détroit, pouvoit soulever la galère, et la jeter de l'autre côté du banc de sable. Mais qui oseroit tenir le gouvernail dans un tel moment ? Un faux mouvement du pilote pouvoit donner la mort à deux cents personnes. Les mariniers, domptés par la crainte, n'insultoient plus les deux Chrétiens ; ils reconnoissoient au contraire la puissance de leur Dieu, et les supplioient d'en obtenir leur délivrance. Cymodocée, oubliant leurs outrages et ses périls, se jette à genoux et fait un vœu à la mère du Sauveur. Dorothé saisit le timon abandonné ; les yeux tournés vers la poupe, la bouche entr'ouverte, il attend la lame qui va rouler sur le vaisseau ou la vie ou la mort. La lame se lève, elle approche, elle se brise : on entend le gouvernail tourner avec effort sur ses gonds rouillés ; l'écueil voisin semble changer de place, et l'on sent, avec une joie mêlée d'un doute affreux, le vaisseau soulevé et emporté rapidement. Un moment du plus terrible silence règne parmi les matelots. Tout à coup une voix demande la sonde ; la sonde se précipite : on étoit dans une eau profonde. Un cri de joie s'élève jusqu'au ciel !

Etoile des mers, Patronne des navigateurs, le salut de ces infortunés fut un miracle de votre bonté divine! On ne vit point un dieu imaginaire lever la tête au-dessus des vagues et leur commander le silence; mais une lumière surnaturelle entr'ouvrit les nuées : au milieu d'une Gloire, on aperçut une femme céleste portant un enfant dans ses bras, et calmant les flots par un sourire. Les mariniers se jettent aux genoux de Cymodocée, et confessent Jésus-Christ : première récompense que l'Eternel accorde aux vertus d'une vierge persécutée!

Le vaisseau s'approche doucement de la rive où s'élevoit une chapelle chrétienne abandonnée. On précipite au fond de la mer des sacs remplis de pierres, attachés à un câble de Tyr, et l'Ancre Sacrée, dernière ressource dans les naufrages. Parvenu à fixer la galère, on se hâte de l'abandonner. Comme une reine environnée d'une troupe de captifs qu'elle vient de délivrer de l'esclavage, Cymodocée descend à terre, portée sur les épaules des matelots. A l'instant même, elle accomplit son vœu. Elle marche à la chapelle en ruines. Les matelots la suivent deux à deux, demi-nus et couverts de l'écume des flots. Soit hasard, soit dessein du Ciel, il restoit dans cet asile désert une image de Marie à moitié brisée. L'épouse d'Eudore y suspendit son voile tout trempé des eaux de la mer. Cymodocée prenoit possession d'une terre réservée à sa gloire : elle entroit triomphante en Italie.

FIN DU LIVRE DIX-NEUVIÈME.

REMARQUES

SUR LE DIX-NEUVIÈME LIVRE.

PREMIÈRE REMARQUE.

(Pag. 191. La trace blanchissante, etc.

Ceux qui ont voyagé sur mer ont vu ces traces de vaisseau, que les marins appellent le sillage. Dans les temps calmes, cette ligne blanche reste quelquefois marquée pendant plusieurs heures.

IIe.

(Pag. 191. Doroit et brunissoit à la fois, etc.)

Je ne suis pas le premier auteur qui ait parlé de ce double effet du soleil levant sur les mers de la Grèce. Chandler l'avoit observé avant moi.

IIIe.

(Pag. 192. Des nues sereines, etc.)

Expression du grand maître, qui peint parfaitement ces petites nues que l'on aperçoit dans un beau ciel :

Undè serenas
Ventus agat nubes.

VIRG. *Georg.*, I, 491.

IVe.

(Pag. 194. Et la mère d'Eudore venoit de mourir.)

Petite circonstance d'où naît la peinture du Purgatoire, au 21e liv.

Ve.

(Pag. 194. Le jour s'éteint, le jour renaît, etc.)

Je ne sais si c'est ce passage qui a fait dire à un critique que Démodocus étoit un vieil imbécille, ou si c'est à cause de ce même passage qu'un autre critique à bien voulu comparer la douleur de Démodocus à celle de Priam.

VIe.

(Pag. 197. Deux hautes chaînes de montagnes, etc.)

Ceci est tiré mot pour mot de mon Itinéraire ; mais comme, dans un sujet si intéressant, on ne sauroit avoir trop de détails, je citerai encore un fragment de mon Voyage. Ce fragment commence à mon départ de Bethléem pour la mer Morte, en passant par le monastère de Saint-Saba.

« Les Arabes qui nous avoient attaqués à la porte » du couvent de Saint-Saba, appartenoient à une » tribu qui prétendoit avoir seule le droit de con- » duire les étrangers. Les Bethléémites, qui dési- » roient avoir le prix de l'escorte, et qui ont une » réputation de courage à soutenir, n'avoient pas » voulu céder. Le supérieur du monastère avoit » promis que je satisferois les Bédouins, et l'affaire » s'étoit arrangée. Je ne voulois rien leur donner, » pour les punir ; mais Ali-Aga (le janissaire) me » représenta que si je tenois à cette résolution, nous » ne pourrions jamais arriver au Jourdain ; qu'ils » iroient appeler les autres tribus du désert, et que » nous serions infailliblement massacrés ; que c'étoit » la raison pour laquelle il n'avoit pas voulu tuer le » chef des Arabes ; car une fois le sang versé, nous » n'aurions eu d'autre parti à prendre que de re- » tourner promptement à Jérusalem.

» Je doute que les couvens de Scété soient placés » dans des lieux plus tristes et plus isolés que le » couvent de Saint-Saba. Il est bâti dans la ravine » même du torrent de Cédron, qui peut avoir trois » ou quatre cents pieds de profondeur dans cet en- » droit. L'église occupe une petite éminence dans » le fonds du lit. De là les bâtimens du monastère » s'élèvent par des escaliers perpendiculaires et des » passages creusés dans le roc, sur le flanc de la » ravine, et parviennent ainsi jusques sur la croupe » de la montagne, où ils se terminent par deux » tours carrées. Du haut de ces tours, on découvre » les sommets stériles des montagnes de Judée; au- » dessous de soi, l'œil plonge dans le ravin desséché » du torrent des Cèdres, où l'on voit des grottes » qu'habitèrent jadis les premiers anachorètes.

» Pour toute curiosité, on montre aujourd'hui » à Saint-Saba trois ou quatre cents têtes de » morts, qui sont celles des religieux massacrés par » les infidèles. On m'a laissé un quart d'heure seul » avec ces saintes reliques. Il semble que les moines » qui me donnoient l'hospitalité devinassent que j'a- » vois le dessein de peindre la situation de l'ame des » solitaires de la Thébaïde.

» Nous sortîmes du monastère à trois heures de » l'après-midi, et nous arrivâmes vers le coucher » du soleil au dernier rang des montagnes de Judée, » qui bordent à l'occident la mer Morte et la vallée » du Jourdain. La chaîne du levant qui forme l'au- » tre bord de la vallée, s'appelle les montagnes de » l'Arabie, et comprend l'ancien pays des Moa- » bites et des Ammonites, etc. . . . .

. . . .

» Nous descendîmes de la croupe de la montagne » pour aller passer la nuit au bord de la mer Morte, » et remonter ensuite au Jourdain. En entrant dans » la vallée, notre petite troupe se resserra, et fit si- » lence. Nos Bethléémites armèrent leurs fusils, et

» marchèrent en avant avec précaution. Nous nous » trouvions sur le chemin des Arabes du désert qui » vont chercher du sel au lac, et qui font une guerre » impitoyable aux voyageurs. Nous marchâmes ainsi » pendant deux heures le pistolet à la main, comme » en pays ennemi, et nous arrivâmes à la nuit close » au bord du lac. La première chose que je fis en » mettant pied à terre, fut d'entrer dans le lac jus- » qu'au genou, et de porter l'eau à ma bouche. Il » me fut impossible de l'y retenir. La salure en est » beaucoup plus forte que celle de la mer, et elle » produit sur les lèvres l'effet d'une forte solution » d'alun. Mes bottes furent à peine séchées qu'elles » se couvrirent de sel; nos vêtemens, nos chapeaux, » nos mains, notre visage furent, en moins de deux » heures, imprégnés de ce minéral.

» Nous établîmes notre camp au bord de l'eau, et » les Bethléémites allumèrent du feu pour faire du » café. Telle est la force de l'habitude : ces Arabes » avoient marché avec beaucoup de prudence dans » la campagne, et ils ne craignirent point d'allumer » un feu qui pouvoit bien plus aisément les trahir. » Vers minuit, j'entendis quelque bruit sur le lac ; » les Bethléémites me dirent que c'étoit des légions » de petits poissons qui viennent sauter au rivage. » Ceci contrediroit l'opinion généralement adoptée » que la mer Morte ne produit aucun être vivant. » Pococke, étant à Jérusalem, avoit entendu dire » aussi qu'un missionnaire avoit vu des poissons » dans le lac Asphaltite. Ce savant voyageur avoit » fait analyser l'eau de ce lac : j'ai apporté une bou- » teille de cette eau, jusqu'à présent fort bien con- » servée.

» Le 6 octobre, au lever du jour, je parcourus le » rivage. Le lac fameux, qui occupe l'emplacement » de Sodome et de Gomorrhe, est nommé mer Morte » ou mer Salée dans l'Ecriture; Asphaltite par les » auteurs grecs et latins, et Almotanah par les » Arabes (Voyez D'ANVILLE). Strabon rapporte la

» tradition des villes abîmées. Je ne puis être du » sentiment de quelques voyageurs qui prétendent » que la mer Morte n'est que le cratère d'un volcan. » J'ai vu le Vésuve, la Solfatare, le Monte-Nuovo » dans le lac Fusin, le Pic des Açores, le Mamelif, » vis-à-vis de Carthage, les volcans éteints d'Au- » vergne, j'ai partout remarqué les mêmes carac- » tères; c'est-à-dire, des montagnes creusées en en- » tonnoir, des laves et des cendres ou l'action du feu » ne peut se méconnoître. La mer Morte, au con- » traire, est un lac assez long, encaissé entre deux » chaînes de montagnes, qui n'ont entr'elles aucune » cohérence de formes, aucune homogénéité de sol. » Elles ne se rejoignent point aux deux extrémités » du lac; elles continuent, d'un côté, à border la » vallée du Jourdain, en se rapprochant vers le nord » jusqu'au lac de Tibériade; et, de l'autre, elles » vont, en s'écartant, se perdre au midi dans les » sables de l'Yémen. Il est vrai qu'on trouve du bi- » tume, des eaux chaudes et des pierres phospho- » riques dans la chaîne des montagnes d'Arabie, » mais je n'en ai point vu dans la chaîne opposée. » D'ailleurs la présence des eaux thermales, du » soufre et du bitume, ne suffit point pour » attester l'existence antérieure d'un volcan. C'est » dire assez que, quant aux villes abîmées, je m'en » tiens au sens l'Ecriture, sans appeler la physique » à mon secours. . . . .

» . . . . . . Quelques voyageurs prétendent que, » dans les temps calmes, on aperçoit encore au » fond de la mer Morte des débris de murailles et » de palais. C'est peut-être ce qui a donné à Klops- » tock l'idée bizarre de faire cacher Satan dans les » ruines de Gomorrhe, pour contempler la mort » du Christ. Je ne sais si ces débris existent. Et, » comment les aurait-on découverts? De mémoire » d'homme, on n'a jamais vu de bateau sur le lac » Asphaltite. Les géographes, les historiens, les » voyageurs, ne parlent point de la navigation de ce

» lac. Il est vrai que Josephe le fit mesurer, mais il est » probable que la mesure fut prise par terre le long » du rivage ; car on ne voit pas que les anciens con- » nussent la manière de relever les distances par eau.

» Strabon parle de treize villes englouties dans le » lac Asphaltite. La Genèse en place cinq *in valle* » *silvestri, Sodome, Gomorrhe, Adam, Seboim* » et *Bala* ou *Segor ;* mais elle ne marque que les » deux premières détruites par le feu du ciel. Le » Deutéronome en cite quatre, *Sodome, Gomorrhe,* » *Adam* et *Seboim ;* la Sagesse en compte cinq, sans » les désigner : *Descendente igne in Pentapolim.*

» Jacques Cerbus ayant remarqué que sept grands » courans d'eau tombent dans la mer Morte, Reland » en conclut que cette mer devoit se dégager de la » superfluité de ses eaux par des canaux souterrains. » Sandy et quelques autres voyageurs ont énoncé la » même opinion ; mais elle est aujourd'hui aban- » donnée, d'après les observations sur l'évaporation » par le docteur Halley : observations admises par » Shaw, qui trouve pourtant que le Jourdain roule » par jour à la mer Morte six millions quatre-vingt » dix mille tonnes d'eau, sans compter les eaux de » l'Hernon et de sept autres torrens. . . . .

» . . . . . . Je voulois voir le Jourdain à l'endroit » où il se jette dans la mer Morte, point essentiel » qui n'a pas encore été reconnu ; mais les Bethléé- » mites refusèrent de m'y conduire, parce que le » fleuve, à une lieue environ de son embouchure, » fait un long détour sur la gauche, et se rapproche » de la montagne d'Arabie. Il fallut donc me con- » tenter de marcher vers la courbure du fleuve la plus » rapprochée du lieu où nous nous trouvions. Nous » levâmes le camp, et nous cheminâmes pendant » deux heures avec une peine excessive dans des » dunes de sable, et des couches de sel ; je vis tout » à coup les Bethléémites s'arrêter, et me montrer » de la main, parmi des arbrisseaux, quelque chose » que je n'apercevois pas : c'étoit le Jourdain.

» J'avois vu les grands fleuves de l'Amérique » avec le plaisir qu'inspirent la solitude et la nature; » j'avois visité le Tibre, et recherché avec le même » intérêt l'Eurotas et le Céphise, mais je ne puis » dire ce que j'éprouvai à la vue du Jourdain. Non- » seulement ce fleuve me rappeloit une antiquité » fameuse, mais ses rives m'offroient encore le » théâtre des miracles de ma religion. La Judée est » le seul pays de la terre qui offre à la fois au voya- » geur chrétien le souvenir des affaires humaines et » des choses du ciel, et qui fasse naître au fond de » l'ame, par ce mélange, un sentiment et des pen- » ses qu'aucun autre lieu ne peut inspirer. »

VIIe.

(Pag. 199. Un fruit semblable à un citron doré.)

J'ai apporté ce fruit, qui a passé long-temps pour n'exister que dans l'imagination des Missionnaires. Il est bien connu aujourd'hui des botanistes. On a rangé l'arbuste qui le porte dans la classe des *solanées*, sous le nom de solanum sodomæum; quant j'ai dit, dans la préface des premières éditions, que ce fruit ressemble à un citron dégénéré par la malignité du sol, je n'ai eu l'intention que de parler de l'apparence, et non de la réalité.

VIIIe.

(Pag. 202. Les chameaux seuls, etc.)

Je me sers ici d'une anecdote que j'ai rapportée autrefois dans un article du *Mercure*, et dont j'ai presque été le témoin.

IXe.

(Pag. 203. On s'assied autour d'un bûcher.)

C'est une scène de mœurs arabes dans laquelle

j'ai figuré moi-même, et qu'on peut voir dans l'article du *Mercure* cité note précédente.

X[e].

(Pag. 204. Des lettres pour les principaux Fidèles, etc.)

Ces lettres de voyage ou de recommandation étoient données par les évêques. J'ai cru pouvoir les faire donner par saint Jérôme, prêtre et docteur de l'église latine.

XIe.

(Pag. 205. Reine de l'orient.)

Quelle Jérusalem nouvelle
Sort du fond du désert, brillante de clarté! etc.

RACINE, *Ath.*, 3, 7.

XIIe.

(Pag. 205. La nouvelle Jérusalem ne pleure point.)

Allusion à une belle médaille de Titus : un palmier, une femme assise et enchaînée au pied de ce palmier; pour légende : *Judœa capta.*

XIIIe.

(Pag. 205. La souveraine des Anges, etc.)

Ceci rend naturelles et vraisemblables les courses de Cymodocée.

XIVe.

(Pag. 206. Je suis Pamphile de Césarée.)

Pamphile le martyr, disciple de Timothée, et condisciple d'Eusèbe, a été nommé parmi les grands hommes chrétiens qu'Eudore rencontre à Alexandrie.

XVe.

(Pag. 208. Au pied du mont Aventin, etc.)

On montre encore cette prison à Rome.

XVIe.

(Pag. 209. Voit arriver tour à tour des amis, etc.)

Ainsi, tous les personnages se retrouvent à Rome, par un même événement : Démodocus, Cyrille, Zacharie, l'hermite du Vésuve, etc. ; et, dans un moment, le ciel va amener Cymodocée au lieu du sacrifice.

XVIIe.

(Pag. 210. Ces confesseurs avoient transformé la prison en une église, etc.)

Cette peinture du bonheur des prisons, est fidèle. Fleury seul donnera au lecteur curieux le moyen de vérifier tout ce que j'avance. (*Mœurs des Chretiens et Hist. Eccl.*)

XVIIIe.

(Pag. 211. Du fond d'uue retraite ignorée, le pontife de Rome.)

Dans les calamités publiques, il y a toujours des victimes qui échappent : tous les Chrétiens, tous les chefs des Chrétiens, n'étoient pas dans les cachots pendant les persécutions, comme tous les Français n'étoient pas emprisonnés sous le règne de la Terreur.

XIXe.

(Pag. 211. La belle et brillante Aglaé.)

Voilà la fin de l'histoire d'Aglaé, de Pacôme et de

Boniface, dont on a vu le commencement au cinquième livre; on va voir aussi la fin de l'Histoire de Genès.

XXe.

(Pag. 214. Mon fils, répond le descendant, etc.)

Ce simple récit de Zacharie est fondé sur l'histoire. Constance subjugua en effet quelques tribus des Francs, et les transporta dans les Gaules, aux environs de Cologne.

XXIe.

(Pag. 214. L'heureuse arrivée de Constantin.)

Par là le dénouement est préparé, et le triomphe de la Religion annoncé.

XXIIe.

(Pag. 215. Valérie avoit été exilée en Asie.)

Cela est conforme à la vérité. Ces deux personnages n'étant plus nécessaires, sont mis à l'écart. On ne les a rappelés ici que pour satisfaire le lecteur, qui auroit pu demander ce qu'ils étoient devenus.

XXIIIe.

(Pag. 215. Il vouloit engager Dioclétien, etc.)

On verra Eudore se reprocher ce dessein comme criminel; mais ce dessein entretient l'espérance dans l'esprit du lecteur jusqu'au dernier moment, et rappelle en même-temps le trait le plus connu et le plus frappant de l'histoire de Dioclétien. Il falloit d'ailleurs, selon la règle dramatique, que le héros fût coupable d'une légère faute.

XXIVe.

(Pag. 215. Ils s'aperçurent bientôt, etc.)

En passant en Amérique avec des prêtres qui fuyoient la persécution, j'ai été témoin d'une scène à peu près pareille. Quand il survenoit un orage, les matelots se confessoient aux mêmes hommes qu'ils venoient d'insulter.

XXVe.

(Pag. 217. Le Sauveur aperçoit le vaisseau de Cymodocée, etc.)

L'intervention du merveilleux étoit absolument nécessaire ici. Sans blesser toutes les convenances, et même toutes les vraisemblances, Cymodocée ne pouvoit aller de son propre mouvement chercher Eudore en Italie; mais le ciel, qui veut le triomphe de la Croix, conduit cette innocente victime au lieu du sacrifice.

XXVIe.

(Pag. 217. Le vent, qui jusqu'alors, etc.)

Je ne peins dans ce naufrage que ma propre aventure. En revenant de l'Amérique, je fus accueilli d'une tempête de l'ouest qui me conduisit en vingt et un jours de l'embouchure de la Delaware à l'île d'Origny dans la Manche, et fit toucher le vaisseau sur un banc de sable. Dans mon dernier voyage sur mer, j'ai mis soixante-deux jours à aller d'Alexandrie à Tunis ; toute cette traversée au milieu de l'hiver fut une espèce de continuel naufrage ; nous vîmes périr trois gros vaisseaux sur Malte, et le nôtre étoit le quatrième en danger. C'est peut-être acheter un peu cher le plaisir de ne peindre que d'après nature.

XXVIIe.

(Pag. 219. Les flots se dérouloient avec uniformité.)

Il faut l'avouer; au milieu des plus furieuses tempêtes, je n'ai point remarqué ce chaos, ces montagnes d'eau, ces abîmes, ce fracas qu'on voit dans les orages des poëtes. Je ne trouve qu'Homère de vrai dans ces sortes de descriptions, et elles se bornent presque toutes à un trait, la noirceur des ondes. J'ai bien remarqué, au contraire, ce silence et cette espèce de régularité que je décris ici, et il n'y a peut-être rien de plus effrayant. Des marins à qui j'ai lu cette tempête m'ont paru frappés de la vérité des accidents. Les critiques qui pensent qu'on peut bien imiter la nature sans sortir de son cabinet, sont je crois dans l'erreur. Que l'on copie tant qu'on voudra un portrait fidèle, on n'attrapera jamais ces nuances de la physionomie, que l'original peut seul donner.

XXVIIIe.

(Pag. 221. L'écueil voisin semble changer de place.)

Il faut avoir été dans une position semblable pour bien juger de la joie et de la terreur d'un pareil moment. Je regrette de n'avoir point la lettre que j'écrivis à M. de Chateaubriand mon frère, qui a péri avec son aïeul M. de Malesherbes. Je lui rendois compte de mon naufrage. J'aurois retrouvé dans cette lettre des circonstances qui ont sans doute échappé à ma mémoire, quoique ma mémoire m'ait bien rarement trompé.

XXIXe.

(Pag. 222. On précipite au fond de la mer des sacs remplis de pierres.)

Les anciens arrêtoient ainsi leurs vaisseaux sur des fonds vaseux, lorsque l'ancre glissoit, ou, comme parlent les marins, lorsque le vaisseau filoit sur son ancre. L'ancre sacrée étoit une ancre réservée pour les naufrages. On l'appelle parmi nous l'ancre de salut. Les anciens ont fait souvent allusion à cette ancre sacrée, entre autres Plutarque qui se sert volontiers d'images empruntées de la navigation et des vaisseaux.

FIN DES REMARQUES DU LIVRE DIX-NEUVIÈME.

SOMMAIRE DU LIVRE VINGTIÈME.

CYMODOCÉE arrêtée par les satellites d'Hiéroclès est conduite à Rome. Émeute populaire. Cymodocée, délivrée des mains d'Hiéroclès, est renfermée dans les prisons comme Chrétienne. Disgrâce d'Hiéroclès. Il reçoit l'ordre de partir pour Alexandrie. Lettre d'Eudore à Cymodocée.

LIVRE XX.

L'AURORE avoit rappelé les mortels aux fatigues et aux douleurs ; ils reprenoient de toutes parts leurs travaux pénibles : le laboureur suivoit la charrue en arrosant de ses sueurs le sillon que le bœuf avoit tracé ; la forge retentissoit des coups du marteau qui tomboit en cadence sur le fer étincelant ; une rumeur confuse s'élevoit des cités. Le ciel étoit serein et l'orient radieux. On n'envoya point au-devant de Cymodocée une galère ornée de bandelettes ; un char attelé de quatre chevaux blancs ne l'attendoit point sur la rive. Les honneurs que lui préparoit l'Italie étoient de ceux qu'elle décernoit aux Chrétiens : la persécution et la mort.

Les décrets du Ciel avoient conduit la fille d'Homère non loin de Tarente, sous un promontoire avancé qui déroboit aux yeux des naufragés la patrie d'Archytas. Le pilote monta sur de hauts rochers, et jetant ses regards autour de lui, il s'écria tout à coup :

« L'Italie ! l'Italie ! »

A ce nom Cymodocée sentit ses genoux se dérober sous elle ; son sein se souleva comme la vague enflée par le vent. Dorothé fut obligé de la soutenir dans ses bras : tant elle éprouva de joie à fouler la même terre que son époux. Puisque Dieu la séparoit de son père qu'elle croyoit encore en Messénie, du moins elle pouvoit voler à Rome.

« Je suis Chrétienne à présent, disoit-elle : Eudore ne peut plus m'empêcher de partager ses douleurs. »

Comme Cymodocée prononçoit ces mots, on vit un vaisseau tourner le promontoire voisin. Il étoit tiré par une barque chargée de soldats. Bientôt les matelots cessent de ramer. Les soldats coupent la corde qui servoit à traîner le vaisseau ; le vaisseau s'arrête, s'enfonce peu à peu et disparoît sous les flots.

C'étoit une de ces galères remplies de pauvres et de malheureux que Galérius faisoit noyer sur des côtes solitaires. Quelques-unes des victimes, dégagées de leur prison par les vagues, nagent vers la barque des soldats ; ceux-ci les repoussent avec leurs piques ; et joignant la raillerie à l'atrocité, ils les envoient souper chez Neptune. A ce spectacle, les matelots de la galère de Cymodocée s'enfuirent épouvantés le long des syrtes ; mais Dorothé et sa compagne ne peuvent vaincre dans leur cœur la charité, signe ineffaçable du Chrétien. Ils appellent les infortunés qui luttent encore contre le trépas ; ils leur tendent les mains ; ils parviennent à les sauver. Aussitôt les ministres de Galérius abordent au rivage, ils entourent Dorothé et la fille de Démodocus.

« Qui êtes-vous, dit le centurion d'une voix menaçante, vous qui ne craignez point d'arracher à la mort les ennemis de l'Empereur. »

« Je suis Dorothé, répondit le Chrétien dont l'indignation trahit la prudence, je remplis les devoirs imposés à l'homme. Ah, il faut que Tarente ait conservé ses dieux irrités, pour avoir ainsi perdu tout sentiment de pitié et de justice ! »

Au nom de Dorothé, connu dans tout l'Empire, le centurion n'ose porter la main sur un homme d'un rang aussi élevé, mais il demande quelle est cette femme, dont la pitié imprudente s'est rendue coupable en violant les édits.

« Elle est sans doute chrétienne, s'écria-t-il, frappé de son humanité et de sa modestie ! Où allez-vous ? D'où venez-vous ? Comment êtes-vous ici ? Savez-vous qu'on ne peut entrer en Italie sans un ordre particulier d'Hiéroclès ! »

Dorothé raconte son naufrage, et cherche à cacher le nom de sa compagne. Le centurion se transporte à la galère échouée.

Lorsque menacée par les matelots, Cymodocée s'étoit vue au moment de perdre la vie, elle avoit écrit à son père et à son époux deux lettres d'adieux, remplies de douleur et de passion. Ces lettres, restées à bord, apprirent son nom aux soldats, et une croix trouvée sur son lit décela sa religion : ainsi Philomèle se trahit par des chants d'amour qui la découvrent à l'oiseleur ; ainsi l'on reconnoît les épouses des rois à leur sceptre.

Le centurion dit à Dorothé :

« Je suis obligé de vous retenir sous ma garde avec cette Messénienne. Les ordres contre les Chrétiens sont exécutés dans toute leur rigueur ; et si je vous laissois libres, je courrois risque de la vie. Je vais faire partir un messager, et le ministre de l'Empereur disposera de votre sort. »

Hiéroclès exerçoit alors sur le monde romain un pouvoir absolu, mais il étoit plongé dans de vives inquiétudes. Publius, préfet de Rome, commençoit à l'emporter sur lui dans la faveur de Galérius. Le rival d'Hiéroclès le traversoit dans tous ses projets. Las d'attendre le retour de Cymodocée, le persécuteur vouloit-il livrer Eudore aux tourmens ? Publius trouvoit quelque moyen de retarder le sacrifice. Hiéroclès, fidèle à ses premiers desseins, reculoit-il le jugement du fils de Lasthénès ? Publius disoit à l'Empereur :

« Pourquoi le ministre de votre Eternité n'abandonne-t-il pas au glaive le dangereux chef des rebelles ? »

Le silence de l'orient sur la fille d'Homère, alarmoit aussi le coupable amour du persécuteur. Dans son impatience, il avoit placé des sentinelles à tous les ports de l'Italie et de la Sicile. De nombreux courriers lui apportoient nuit et jour des nouvelles du rivage. Ce fut au milieu de ces perplexités, qu'il reçut le messager de Tarente. Au nom de Cymodocée, il pousse un cri de joie, et se précipite de son lit : tel le chantre d'Ilion peint le monarque du Tartare, s'élançant de son trône. Les lèvres tremblantes, les yeux égarés d'amour et de joie:

« Qu'on amène en ma présence, s'écrie-t-il, mon esclave Messénienne! Mon bonheur me la renvoie. »

En même-temps il ordonne de rendre la liberté à l'officier du palais de Dioclétien.

Dorothé avoit à Rome de nombreux partisans et de zélés protecteurs, même parmi les Païens. Cet homme juste ne s'étoit jamais servi de sa fortune et de son pouvoir que pour prévenir les violences et protéger l'innocent. Il recueilloit en ce moment le fruit de ses vertus, et l'opinion publique lui servoit de défense contre un ministre pervers. La rencontre de ce Chrétien puissant et de Cymodocée, parut à Hiéroclès un effet du hasard; il ne voulut point s'attirer de nouveaux ennemis, lorsqu'il avoit déjà Publius à combattre. L'apostat sentoit intérieurement que les haines publiques s'amonceloient sur sa tête: c'est ainsi que dans la crainte de soulever le peuple, en faveur d'un vieux prêtre des dieux, il avoit laissé Démodocus errer obscurément au milieu de Rome. Dieu commençoit à aveugler le méchant. Au lieu de marcher droit à son but, il s'embarrassoit dans des prévoyances humaines; et, à force de politique, de finesse et de calcul, il venoit tomber dans les piéges qu'il prétendoit éviter. Hiéroclès, aux yeux de la foule, paroissoit encore tout-puissant; mais un œil exercé voyoit en lui des signes de dépérissement et de décadence : tel s'élève un chêne dont la tête touche au ciel, dont les racines descendent aux enfers; il semble braver les hivers, les vents et la foudre; le voyageur assis à ses pieds admire ses inébranlables rameaux qui ont vu passer les générations des mortels; mais le pâtre qui contemple le roi des forêts du haut de la colline, le voit élever au-dessus de son feuillage verdoyant une couronne desséchée.

Sur une colline qui dominoit l'amphithéâtre de Vespasien, Titus avoit bâti un palais, des débris de la Maison dorée de Néron. Là, se trouvoient réunis tous les chefs-d'œuvre de la Grèce. De vastes péristyles, des salles incrustées de marbre d'orient, et pavées de mosaïques précieuses, étaloient aux regards les miracles de la sculpture antique : le Mercure de Zénodore, enlevé à la cité d'Arverne dans les Gaules, frappoit par ses dimensions colossales qui n'ôtoient rien à sa légèreté ; la Joueuse de flûte de Lysippe sembloit chanceler en riant sous le pouvoir de Bacchus; la Vénus de bronze de Praxitèle disputoit le prix de la beauté à la Vénus de marbre de cet artiste divin; sa Matrone en larmes, et sa Phryné dans la joie, montroient la flexibilité de son art : la passion du sculpteur se déceloit dans les traits de la courtisane qui sembloit promettre au génie la récompense de l'amour. Tout auprès de Phryné, on admiroit la Lionne sans langue, symbole ingénieux de cette autre courtisane qui mourut dans les tourmens plutôt que de trahir Harmodius et Aristogiton. La statue du Désir qui le faisoit naître, celle de Mars en repos et de Vesta assise, immortalisoient dans ces lieux le talent de Scopas. Galérius, à tous ces monumens sans prix avoit ajouté le Taureau d'airain que Périllus inventa pour Phalaris.

Le nouvel Empereur habitoit ce beau palais. Hiéroclès, son digne ministre, occupoit un des portiques de la demeure du maître du monde. Les appartemens du philosophe stoïque surpassoient en magnificence ceux même de Galérius. Sur les murs polis avec art, étoient représentés des paysages charmans, de vastes forêts, de fraîches cascades. Les tableaux des plus grands maîtres ornoient des bains enchantés et des cabinets voluptueux : ici paroissoit la Junon Lacinienne : pour servir de modèles à ce chef-d'œuvre, les Agrigentins avoient jadis offert leurs filles nues aux regards de Zeuxis; là, c'étoit la Vénus d'Apelles sortant de l'onde, digne de régner sur les dieux, ou d'être aimée d'Alexandre. On voyoit mourir d'amour le Satyre de Protogène : l'habitant des bois expiroit sur la mousse à l'entrée d'une grotte tapissée de lierre; sa main laissoit échapper sa flûte, son thyrse étoit brisé, sa tasse renversée; et tel étoit l'artifice du peintre, qu'il avoit su réunir ce que Vénus a de plus matériel dans la brute, et de plus céleste dans l'homme. Malheur à celui qui fit sortir les beaux arts des temples de la divinité, pour en décorer la demeure des mortels ! Alors les œuvres sublimes du silence, de la méditation et du génie devinrent les causes, les élémens, les témoins des plus grands crimes, ou des passions les plus honteuses.

Hiéroclès attendoit la fille de Démodocus dans la plus belle salle de son palais. A l'une des extrémités de cette salle respiroit l'Apollon, vainqueur du serpent ennemi de Latone; à l'extrémité opposée s'élevoit le groupe de Laocoon et de ses fils, comme si le sage, au milieu de ses voluptés, n'avoit pu se passer de l'image de l'humanité souffrante! La pourpre, l'or, le cristal étinceloient de toutes parts. On entendoit sans cesse le doux bruit des eaux et d'une musique lointaine. Les fleurs les plus rares de l'Asie embaumoient l'air, et des parfums exquis brûloient dans des vases d'albâtre.

Les satellites d'Hiéroclès lui amènent enfin la proie qu'il poursuit depuis si long-temps. Par des détours obscurs, et des portes secrètes que l'on referme soigneusement sur ses pas, Cymodocée est conduite aux pieds du persécuteur. Les esclaves se retirent, et la fille de Démodocus reste seule avec un monstre qui ne craint ni les hommes, ni les dieux.

Elle cachoit sa douleur sous les replis d'un voile. On n'entendoit que le bruit de ses pleurs, comme on est frappé dans les bois du murmure d'une source qu'on ne voit point encore. Son sein, agité par la crainte, soulevoit sa robe blanche. Elle remplissoit la salle d'une espèce de lumière, pareille à cette clarté qui émane du corps des Anges et des Esprits bienheureux.

Hiéroclès demeure un moment interdit devant l'autorité de l'innocence, de la foiblesse et du malheur. Ses avides regards se repaissent de tant de charmes. Il contemple avec une ardeur effrayante celle qu'il n'a jamais vue si près de lui, celle dont il n'a jamais touché ni la main ni le voile, celle dont il n'a jamais entendu la voix que dans les chœurs des Vierges, et qui pourtant a disposé des jours, des nuits, des pensées, des songes, des crimes de l'apostat. Bientôt la passion de cet homme dévoué à l'Enfer, surmonte le premier moment d'hésitation et de trouble. Il affecte d'abord une modération que l'amour, la jalousie, la vengeance, l'orgueil ne pouvoient permettre à son cœur. Il adresse ces mots à Cymodocée :

« Cymodocée, pourquoi cette frayeur et ces larmes? Tu sais que je t'aime. Soumis à tes moindres volontés, tu me verras t'obéir comme ton esclave, si tu consens à m'écouter. »

L'insolent favori de la Fortune soulève le voile de Cymodocée. Il reste ébloui des grâces qu'il découvre. La vierge rougit, et cachant dans son sein son visage baigné de larmes :

« Je ne veux rien de toi, dit-elle. Je ne te demande rien que de me rendre à mon père. Les bois du Pamisus sont plus agréables à mon cœur que tous tes palais. »

« Eh bien, répondit Hiéroclès, je te rendrai à ton père; je comblerai ce vieillard de gloire et de richesses; mais songe qu'une résistance inutile pourroit perdre à jamais l'auteur de tes jours. »

« Me rendras-tu aussi à mon époux, s'écria Cymodocée, en joignant ses mains suppliantes? »

A ce nom, Hiéroclès pâlit, et contenant à peine sa rage :

« Quoi, dit-il, à ce perfide qui s'est emparé de ton cœur par des philtres et des enchantemens! Ecoute: Il va perdre la vie dans les tourmens. Juge de mon amour pour toi: j'arracherai à la mort ce rival odieux. »

Cymodocée, trompée et poussant un cri de joie, tombe aux pieds d'Hiéroclès; elle embrasse ses genoux.

« Illustre seigneur, dit-elle, vous êtes placé à la tête des sages. Démodocus, mon père m'a souvent raconté que la philosophie élève les mortels au-dessus de ce que j'appelois les dieux. Protégez donc, ô maître des hommes, protégez l'innocence, et réunissez deux époux injustement persécutés! »

« Nymphe divine, s'écria Hiéroclès transporté d'amour, relève-toi! Ne vois-tu pas que tes charmes détruisent l'effet de tes prières? Et qui pourroit te céder à un rival! La sagesse, enfant trop aimable, consiste à suivre les penchans de son cœur. N'en crois pas une religion farouche qui veut commander à tes sens. Les préceptes de pureté, de modestie, d'innocence, sont sans doute utiles à la foule; mais le sage jouit en secret des biens de la nature. Les dieux n'existent point, ou ne se mêlent point des choses d'ici-bas. Viens donc, ô vierge ingénue, viens : abandonnons-nous sans remords aux délices de l'amour et aux faveurs de la fortune. »

A ces mots Hiéroclès jette ses bras autour de Cymodocée, comme un serpent s'enlace autour d'un jeune palmier ou d'un autel consacré à la pudeur. La fille de Démodocus se dégage avec indignation des embrassemens du monstre.

« Quoi, dit-elle, c'est là le langage de la sagesse ? Ennemi du ciel, tu oses parler de vertu ? Ne m'as-tu pas promis de sauver Eudore ? »

« Tu m'as mal compris, s'écrie Hiéroclès, le cœur palpitant de jalousie et de colère. Tu me parles trop de cet homme plus horrible à mes yeux que cet Enfer dont me menacent tes Chrétiens. L'amour que tu lui portes est l'arrêt de sa mort. Pour la dernière fois, sache à quel prix je laisserai vivre Eudore : il meurt, si tu n'es à moi. »

La réprobation parut toute entière sur le visage d'Hiéroclès. Un sourire contracte ses lèvres, et des gouttes de sang tombent de ses yeux. La Chrétienne, qui jusqu'alors avoit été frappée de terreur, se sentit soudain relevée par le coup qui devoit l'abattre. Il n'est d'affreux que le commencement du malheur; au comble de l'adversité, on trouve, en s'éloignant de la terre, des régions tranquilles et sereines : ainsi, lorsqu'on remonte les rives d'un torrent furieux, on est épouvanté, au fond de la vallée, du fracas de ses ondes; mais à mesure que l'on s'élève sur la montagne, les eaux diminuent, le bruit s'affoiblit, et la course du voyageur va se terminer aux régions du silence dans le voisinage du ciel.

Cymodocée jette un regard de mépris sur Hiéroclès :

« Je te comprends, dit-elle, et je vois à présent pourquoi mon époux n'a point encore reçu sa couronne; mais sache que je n'achèterai point par le déshonneur la vie du guerrier que j'aime plus que la lumière des cieux. Il n'est point de supplice qu'Eudore ne préfère à celui de me voir à toi; tout foible qu'il est, mon époux se rit de ta puissance : tu ne peux que lui donner la palme, et j'espère la partager avec lui. »

« Non, dit Hiéroclès furieux, je n'aurai point perdu le fruit de tant de souffrances, d'humiliations et de complots : j'obtiendrai par la force ce que tu me refuses, et tu verras périr le traître que tu ne veux pas sauver. »

Il dit, et poursuit Cymodocée qui fuit dans la vaste salle. Elle se précipite aux pieds du Laocoon ; elle menace le persécuteur de se briser la tête contre le marbre ; elle embrasse la statue, et semble un troisième enfant expirant de douleur aux pieds d'un père infortuné.

« Mon père, s'écrie-t-elle, mon père, ne viendras-tu pas me secourir ! Vierge sainte, ayez pitié de moi ! »

A peine a-t-elle prononcé cette prière, le palais retentit des clameurs de mille voix tumultueuses. On frappe à coups redoublés aux portes d'airain. Hiéroclès étonné suspend sa poursuite. Dieu, par un effroi soudain, fixe les pas, et glace le cœur du pervers :

« C'est la Vierge sainte, s'écrie Cymodocée, elle vient ! Méchant, tu vas être puni ! »

Le bruit augmente. Hiéroclès ouvre la porte d'une galerie qui dominoit les cours du palais ; il aperçoit une foule immense : au milieu est un vieillard qui tient un rameau de suppliant, et porte la robe et les bandelettes d'un prêtre des dieux. On entend de toutes parts ces cris :

« Qu'on lui rende sa fille ! Qu'on livre le traître au Suppliant du peuple Romain ! »

Ces mots parviennent à Cymodocée : elle s'élance aussitôt dans la galerie ; elle reconnoît son père........ Démodocus à Rome !........ Du haut du palais, Cymodocée avance la tête, ouvre les bras et se penche vers Démodocus. Un cri s'élève :

« La voilà ! C'est une prêtresse des Muses ! C'est la fille de ce vieux prêtre des dieux. »

Démodocus reconnoît sa fille ; il la nomme par son nom, il verse des torrens de larmes, il déchire ses vêtemens, il tend au peuple des mains suppliantes. Hiéroclès appelle ses esclaves, il veut enlever Cymodocée ; mais la foule :

« Il y va de ta vie Hiéroclès ; nous te déchirerons de notre propre main, si tu fais la moindre violence à cette vierge des Muses. »

Des soldats mêlés parmi le peuple tirent leurs épées, et menacent le persécuteur. Cymodocée s'attache aux colonnes de la galerie ; la reine des Anges l'y retient par des nœuds invisibles : rien ne l'en peut arracher.

Dans ce moment, Galérius, effrayé du tumulte qu'il entendoit dans son palais, paroît sur un balcon opposé, entouré de sa cour et de ses gardes. Le peuple s'écrie :

« César, justice, justice ! »

L'Empereur, par un signe de la main, commande le silence, et le peuple romain, avec ce bon sens qui le caractérise, se tait et écoute.

Le préfet de Rome qui favorisoit secrètement cette scène afin de perdre Hiéroclès, étoit auprès de Galérius ; il interroge le peuple :

« Que voulez-vous de la justice d'Auguste ? »

« Vieillard, répons, s'écrie la foule. »

Démodocus prend la parole :

« Fils de Jupiter et d'Hercule, divin Empereur, aye pitié d'un père qui réclame sa fille ; Hiéroclès l'a renfermée dans ton palais : tu la vois échevelée à ce portique auprès de son ravisseur ; il veut faire violence à une prêtresse des Muses; je suis moi-même un prêtre des dieux; protége l'innocence, la vieillesse et les autels. »

Hiéroclès répond du haut du portique :

« Divin Auguste, et vous Peuple romain, on vous trompe : cette grecque est une esclave chrétienne, qu'injustement on me veut ravir. »

Démodocus :

« Elle n'est pas Chrétienne; ma fille n'est pas esclave : je suis citoyen Romain. Peuple, n'écoutez pas notre ennemi. »

« Ta fille est-elle Chrétienne, s'écrie le peuple d'une commune voix ? »

« Non, repartit Démodocus, elle est prêtresse des Muses; il est vrai que pour épouser un Chrétien, elle vouloit......

« Est-elle Chrétienne, interrompit le peuple ? Qu'elle parle elle-même ? »

Alors Cymodocée levant les yeux au ciel, répond :

« Je suis Chrétienne. »

« Non, tu ne l'es pas, s'écrie Démodocus avec des sanglots ! Aurois-tu la barbarie de vouloir être à jamais séparée de ton père! Auguste, Peuple romain, ma fille n'a pas été marquée du sceau de la religion nouvelle. »

Dans ce moment la fille d'Homère découvre Dorothé au milieu de la foule.

« Mon père, dit la vierge en larmes, je vois auprès de vous Dorothé; c'est lui sans doute qui vous a conduit ici pour me sauver: il sait que je suis Chrétienne; que j'ai été marquée du sceau de ma religion: il a été témoin de mon bonheur. Je ne puis nier ma foi: je veux être l'épouse d'Eudore. »

Le peuple s'adressant à Dorothé.

« Est-elle Chrétienne? »

Dorothé baissa la tête et ne répondit point.

« Vous le voyez, s'écrie Hieroclès, elle est Chrétienne. Je réclame mon esclave. »

Le peuple interdit demeure suspendu entre sa fureur contre les Chrétiens, sa haine pour Hiéroclès, et sa pitié pour Cymodocée; puis satisfaisant à la fois sa justice et ses passions:

« Cymodocée est chrétienne, dit-il: qu'on la livre au préfet de Rome, et qu'elle subisse le sort des Chrétiens; mais qu'on l'arrache à Hiéroclès, dont elle ne peut être l'esclave: Démodocus est citoyen Romain. »

Auguste confirme cette espèce de sentence par un signe de tête, et Publius se hâte de l'exécuter.

Retiré dans son palais, Galérius est agité par des mouvemens de honte et de colère: il ne peut pardonner à Hiéroclès d'être la cause d'un rassemblement séditieux qui avoit osé violer l'asile même du prince.

Le préfet de Rome revient trouver Galérius.

« Auguste, lui dit-il, la sédition est apaisée : cette chrétienne de Messénie est jetée dans les prisons. Prince, je ne saurois vous le cacher, votre ministre a compromis le salut de l'Empire ; il prétend être l'ennemi des Chrétiens ; toutefois il épargne depuis long-temps la vie du plus dangereux des rebelles. Cymodocée étoit destinée pour épouse à Eudore : il est bien malheureux que votre premier ministre ait de ridicules démêlés de jalousie avec le chef de vos ennemis? »

Publius s'aperçoit de l'effet de ce discours, il se hâte d'ajouter :

« Mais, Prince, ce ne sont pas là les seuls torts d'Hiéroclès : si on vouloit l'en croire, ce seroit lui qui vous auroit fait nommer Auguste ; ce Grec qui doit tout à vos bontés vous auroit revêtu de la pourpre......

Publius s'interrompit à ces mots, comme s'il eût renfermé dans son cœur des choses encore plus injurieuses à la majesté du prince. Galérius rougit, et l'habile courtisan vit qu'il avoit touché la plaie secrète.

Publius n'avoit point ignoré l'arrivée de Dorothé à Rome, son entrevue avec Démodocus, et les démarches de celui-ci pour conduire la foule au palais ; il eût été facile à Publius de prévenir le mouvement populaire, mais il se garda bien de faire manquer un projet qui pouvoit renverser Hiéroclès ; il favorisa même par des agens secrets les desseins de Démodocus ; maître de tous les ressorts qui faisoient jouer cette grande machine, ses discours insidieux achevèrent d'alarmer l'esprit de Galérius.

« Qu'on me délivre de ce Chrétien et de ses complices, dit l'Empereur. Je vois avec regret qu'Hiéroclès ne peut plus rester auprès de moi ; mais, en récompense de ses services passés, je le nomme gouverneur de l'Egypte. »

Alors Publius au comble de la joie :

« Que votre Majesté divine se repose sur moi de tous ces soins. Eudore mérite mille fois la mort, mais comme ses trahisons ne sont pas assez prouvées, il suffira de le faire juger comme chrétien. Quant à Cymodocée, elle sera condamnée à son tour avec la foule des impies. Hiéroclès va recevoir les ordres de votre Eternité. »

Ainsi parle Publius, et, sur-le-champ, il fait connoître à Hiéroclès sa destinée.

Le ministre pervers relit plusieurs fois la lettre impériale qui l'éloigne de la cour. Ses joues pâles, ses yeux égarés, sa bouche entr'ouverte exprimoient les douleurs du courtisan criminel qui voit s'évanouir dans un instant les songes de sa vie.

« Dieu des Chrétiens, s'écrie-t-il, est-ce toi qui me poursuis! Pour obtenir Cymodocée j'ai laissé vivre Eudore, et Cymodocée m'échappe, et mon rival mourra d'une autre main que de la mienne! J'ai méprisé dans Rome un obscur vieillard, j'ai cru devoir laisser la liberté à un Chrétien puissant, et Démodocus et Dorothé m'ont perdu! O aveugle prévoyance humaine! O vaine et fastueuse sagesse, qui n'as pu me conserver ma puissance, et qui ne peux me consoler! »

Tels étoient les aveux que la douleur arrachoit à Hiéroclès. Des larmes indignes mouilloient ses paupières. Il déploroit son sort avec la foiblesse d'une femme de peu de sens et d'un moindre cœur ; il eût pourtant voulu sauver Cymodocée, mais le lâche ne se sentoit pas assez de courage pour exposer sa vie.

Tandis qu'il hésite entre mille projets ; qu'il ne peut ni se résoudre à braver l'orage, ni consentir à s'éloigner, Dorothé avoit instruit Eudore de l'arrivée de Cymodocée et des événemens du palais. Les confesseurs assemblés autour du fils de Lasthénès, le félicitoient d'avoir choisi une épouse si courageuse et si fidèle. La joie d'Eudore étoit grande, quoique troublée par les nouveaux périls qu'alloit courir la jeune Chrétienne.

« Elle a donc confessé Jésus-Christ la première, s'écrioit-il dans un saint transport! Cet honneur étoit réservé à son innocence! »

Ensuite il pleuroit d'attendrissement en songeant que sa bien-aimée avoit reçu le baptême dans les eaux du Jourdain par la main de Jérôme.

« Elle est Chrétienne, répétoit-il à tout moment! Elle a confessé Jésus-Christ devant le peuple romain, je puis donc mourir en paix : elle viendra me retrouver ! »

Un rayon d'espérance commençoit à luire dans les cachots. La disgrâce d'Hiéroclès pouvoit amener un changement dans l'Empire. Constantin menaçoit Galérius du fond de l'occident; le messager qu'Eudore avoit envoyé à Dioclétien pouvoit rapporter d'heureuses nouvelles. Lorsqu'un vaisseau pendant une nuit affreuse a fait naufrage, les matelots boivent l'onde amère et luttent à peine contre les flots; si une aurore trompeuse perce un moment les ténèbres et découvre à ces infortunés une terre prochaine, ils nagent avec effort vers la rive; mais bientôt l'aurore s'éteint, la tempête recommence, et les nautonniers s'enfoncent dans l'abîme : telle fut la courte espérance, tel fut le sort des Chrétiens.

Les martyrs chantoient encore au Très-Haut un cantique de louanges, lorsqu'ils virent entrer Zacharie. Déjà l'apôtre des Francs connoissoit le destin de son ami :

« Chantez, dit il, mes frères, chantez! Vous avez un juste sujet de joie! Demain un grand saint augmentera peut-être le nombre de vos intercesseurs auprès de Dieu ! »

Tous les confesseurs se turent. Le silence règne un moment dans la prison. Chacun cherche à deviner qu'elle est l'heureuse victime, chacun désire que le sort soit tombé sur lui, chacun repasse dans son esprit les titres qu'il peut avoir à cet honneur. Eudore avoit à l'instant compris Zacharie, mais il rejetoit les espérances du martyre comme une pensée superbe et une tentation de l'Enfer. Il craignoit de pécher par orgueil en se désignant lui-même; il se jugeoit indigne de mourir de préférence à ces vieux confesseurs qui, depuis si long-temps, combattoient pour Jésus-Christ. Zacharie fit bientôt cesser cette sublime incertitude et cette émulation divine; il s'approche d'Eudore :

« Mon fils, dit-il, je vous ai sauvé la vie, vous me devez votre gloire : ne m'oubliez pas quand vous serez dans le ciel. »

A l'instant tous les évêques, tous les prêtres, tous les prisonniers tombent aux genoux du martyr, baisent le bas de ses vêtemens, et se recommandent à ses prières. Eudore, resté debout au milieu de ces vieillards prosternés, ressembloit à un jeune cèdre du Liban, seul rejeton d'une forêt antique abattue à ses pieds.

Un licteur précédé de deux esclaves portant des torches de cyprès, pénètre dans le cachot. Surpris de l'adoration des prisonniers qui demeurèrent dans la même attitude, il en croyoit à peine ses regards :

« Roi des Chrétiens, dit-il à l'époux de Cymodocée, quel est parmi ton peuple le tribun que l'on nomme Eudore ?

« C'est moi, répondit le fils de Lasthénès. »

« Eh bien, dit le licteur encore plus étonné, c'est donc toi qui dois mourir ! »

« Vous le voyez à mes honneurs, repartit Eudore. »

Un esclave déroule l'écrit fatal, et lit à haute voix l'ordonnance de Publius :

« Eudore, fils de Lasthénès, natif de Mé-
» galopolis en Arcadie, jadis tribun de la
» légion britannique, maître de la cavalerie,
» préfet des Gaules, paroîtra demain au
» tribunal de Festus, juge des Chrétiens,
» pour sacrifier aux dieux ou mourir. »

Eudore s'inclina, et le licteur sortit.

Comme dans les fêtes de la ville de Thésée on voit une jeune Canéphore se dérober aux yeux de la foule qui vante sa pudeur et ses grâces : ainsi Eudore, qui porte déjà les palmes du sacrifice, se retire au fond de la prison, pour éviter les louanges de ses compagnons de gloire. Il demande la liqueur mystérieuse dont les Chrétiens se servoient entr'eux au temps des persécutions, et il trace ses adieux à Cymodocée.

Ange des saintes amours, vous qui gardez fidèlement l'histoire des passions vertueuses, daignez me confier la page du livre de mémoire où vous gravâtes les tendres et pieux sentimens du martyr !

« Eudore, serviteur de Dieu, enchaîné
» pour l'amour de Jésus-Christ, à notre sœur
» Cymodocée désignée pour notre épouse
» et la compagne de nos combats, paix,
» grâce et amour.

» Ma colombe, ma bien-aimée, nous avons
» appris, avec une joie digne de l'amour
» qui est pour vous dans notre cœur,

» que vous aviez été baptisée dans les » eaux du Jourdain par notre ami le so- » litaire Jérôme. Vous venez de confesser » Jésus-Christ devant les juges et les » princes de la terre. O servante du Dieu » véritable, quel éclat doit avoir mainte- » nant votre beauté! Pourrions-nous nous » plaindre, nous trop justement punis, tandis » que vous, Eve encore non tombée, vous » souffrez les persécutions des hommes? Ce » nous est une tentation dangereuse de pen- » ser que ces bras si foibles et si délicats » sont abattus sous le poids des chaînes; » que cette tête, ornée de toutes les grâces » des vierges, et qui mériteroit d'être sou- » tenue par la main des Anges, repose sur » une pierre dans les ténèbres d'une prison. » Ah, s'il nous eût été donné d'être heureux » avec vous......... mais loin de nous cette » pensée! Fille d'Homère, Eudore va vous » devancer au séjour des concerts ineffables; » il faut qu'il coupe le fil de ses jours, comme » un tisserand coupe le fil de sa toile à moi- » tié tissue : nous vous écrivons de la prison » de Saint-Pierre, la première année de la » persécution; demain nous comparoîtrons

» devant les juges à l'heure où Jésus-Christ
» mourut sur la Croix. Ma bien-aimée, notre
» amour pour vous seroit-il plus fort, si nous
» vous écrivions de la maison des rois, et
» durant l'année du bonheur?

» Il faut vous quitter, ô vous qui êtes née
» la plus belle entre les filles des hommes!
» Nous demandons au ciel avec larmes qu'il
» nous permette de vous revoir ici-bas, ne
» fût-ce que pour un moment. Cette grâce
» nous sera-t-elle accordée? Attendons avec
» résignation les décrets de la Providence!
» Ah, du moins, si nos amours ont été courts,
» ils ont été purs! Ainsi que la reine des
» Anges, vous gardez le doux nom d'épouse,
» sans avoir perdu le beau nom de vierge.
» Cette pensée qui feroit le désespoir d'une
» tendresse humaine, fait la consolation d'une
» tendresse divine. Quel bonheur est le nô-
» tre! O Cymodocée, nous étions destinés
» à vous appeler ou la mère de nos enfans,
» ou la chaste compagne de notre félicité
» éternelle!

» Adieu donc, ô ma sœur! Adieu, ma
» colombe, ma bien-aimée; priez votre père
» de nous pardonner ses larmes. Hélas, il

» vous perdra peut-être, et il n'est pas
» chrétien : il doit être bien malheureux !

» Voici la salutation que moi Eudore j'a-
» joute à la fin de cette lettre :

» Souvenez-vous de mes liens, ô Cymo-
» docée !

» Que la douceur de Jésus-Christ soit
» avec vous! »

FIN DU LIVRE VINGTIÈME.

REMARQUES

SUR LE VINGTIÈME LIVRE.

PREMIÈRE REMARQUE.

(Pag. 239. On n'envoya point au-devant de Cymodocée, etc.)

Il y a plusieurs exemples de ces honneurs poétiques rendus par l'antiquité à des personnages remarquables. Pour n'en citer qu'un, ce fut de cette manière que Denis reçut Platon, à son second voyage de Sicile.

IIe.

(Pag. 239. Archytas.)

Grand mathématicien, et célèbre philosophe pythagoricien. Il étoit de Tarente. On lui avoit élevé dans sa patrie un monument qui se voyoit de loin.

IIIe.

(Pag. 240. C'étoit une de ces galères, etc.)

Voyez le livre XVIII, et la note XXIVe du même livre.

IVe.

(Pag. 241. Il faut que Tarente ait conservé ses dieux irrités.)

On proposa à Marcellus d'enlever les statues de Tarente, infidèle à ses sermens. Il répondit : « Laissons aux Tarentins leurs dieux irrités. »

V^e.

(Pag. 244. Tel le chantre d'Ilion, etc.)

Pluton sort de son trône ; il pâlit, il s'écrie, etc.

BOILEAU.

VIe.

(Pag. 245. Tel s'élève un chêne dont la tête touche au ciel.)

Voyez ce que je dis sur cette comparaison dans l'Examen.

VIIe.

(Pag. 246. Le Mercure de Zénodore, etc.)

J'ai choisi de préférence, pour les décrire, les chefs-d'œuvre que nous n'avons plus ; j'en ai pris la liste dans Pline : je me suis permis seulement de peindre d'après mon imagination le Satyre mourant de Protogène, dont l'histoire ne nous a conservé que le nom.

VIIIe.

(Pag. 248. Respiroit l'Apollon..... à l'extrémité opposée s'élevoit le groupe de Laocoon, etc.)

Nous avons ces deux chefs-d'œuvre. Le Laocoon a été trouvé dans les ruines des Thermes ou du palais de Titus.

IXe.

(Pag. 250. Tu sais que je t'aime.)

Il y avoit après cette phrase : « Un amant est-il donc si redoutable? » J'ai fait disparoître ces tours, qui sentoient trop la manière du roman. En général, ce morceau a été fort adouci. Après le dernier mot qui termine l'alinéa, il y avoit une demi-page du même langage amoureux; je l'ai supprimée pour la même raison. C'est un grand bonheur pour moi, quand je puis être plus rigoureux que les critiques.

Xe.

(Pag. 251. Par des philtres et des enchantemens.)

Après ces mots, il y avoit une réponse de Cymodocée, qui n'étoit qu'une imitation de deux vers d'Othello : je n'ai pas cru devoir la conserver, quoique louée par La Harpe, et digne certainement d'être louée.

XIe.

(Pag. 251. La sagesse, enfant trop aimable, etc.)

Cela n'est pas plus odieux que le langage du Tartufe. La philosophie, comme la religion, a ses monstres.

XIIe.

(Pag. 252. Il meurt si tu n'es à moi.)

Encore une fois, je n'ai point inventé cette horrible scène. Plût à Dieu que cela ne fût qu'une fiction !

XIIIe.

(Pag. 254. Il dit, et poursuit Cymodocée, etc.)

Après ces mots on lisoit sept lignes où je peignois

la course d'Hiéroclès et de Cymodocée : j'ai supprimé cette peinture ; quoique cela m'ait fait perdre une comparaison que je regrette.

XIVe.

(Pag. 255. Démodocus reconnoît sa fille.)

On voit que je me suis souvenu de l'histoire de Virginius, si admirablement racontée par Tite-Live.

XVe.

(Pag. 255. La reine des Anges l'y retient.)

L'intervention du merveilleux étoit ici absolument nécessaire ; il achève, avec les autres raisons tirées de la nature de la scène, de rendre vraisemblable la présence de Cymodocée sur la galerie.

XVIe.

(Pag. 256. Le préfet de Rome qui favorisoit, etc.)

Ceci rend naturelle cette sédition, et lui ôte ce qu'elle eût pu avoir de romanesque ou d'invraisemblable. Dieu, qui va châtier Hiéroclès, se sert, comme cela arrive souvent, des passions des hommes, et d'un incident étranger au crime qu'il punit.

XVIIe.

(Pag. 257. Ta fille est-elle Chrétienne.)

Terrible question, qui décide du sort de Cymodocée.

XVIIIe.

(Pag. 261. Mais comme ses trahisons ne sont assez pas prouvées, etc.)

On voit ici les lâches arrangemens de la conscience

d'un homme qui n'a pas la force d'être tout à fait vertueux, ni tout à fait criminel.

XIXe.

(Pag. 263. Lorsqu'un vaisseau, etc.)

Odyssée, liv. XXIII.

XXe.

(Pag. 263. Chantez, dit-il, mes frères.)

Cette annonce du martyre par Zacharie, et ensuite par le licteur, produit un genre de pathétique inconnu au polythéisme, et qui sort des entrailles même de notre admirable religion.

XXIe.

(Pag. 266. Ange des saintes amours.)

C'est l'Ange qui a blessé Eudore par l'ordre de Dieu. Il étoit naturel qu'on s'adressât à lui pour apprendre les sentimens d'Eudore.

XXIIe.

(Pag. 266. Eudore, serviteur de Dieu, etc.)

C'est la formule des lettres des premiers Chrétiens. On peut voir les Epîtres des Apôtres, et surtout celles de saint Paul, dont cette formule est tirée mot à mot. Le *nous* étoit aussi d'usage dans cette communauté de frères malheureux.

XXIIIe.

(Pag. 267. Il faut qu'il coupe le fil, etc.)

Voyez JOB, EZÉCHIAS, J. B. ROUSSEAU.

XXIVe.

(Pag. 267. La première année de la persécution.)

La persécution de Dioclétien devint une ère par laquelle on a daté plusieurs écrits de cette époque.

XXVe.

(Pag. 268. Hélas, il vous perdra peut-être, et il n'est pas chrétien! etc.)

Eudore est chrétien : voilà pourquoi il est au-dessus du malheur, sans toutefois y être insensible.

XXVIe.

(Pag. 269. Voici la salutation, etc.)

Formule des épîtres apostoliques.

FIN DES REMARQUES DU LIVRE VINGTIÈME.

SOMMAIRE DU LIVRE VINGT-ET-UNIÈME.

Eudore est relevé de sa pénitence. Plaintes de Démodocus. Prison de Cymodocée. Cymodocée reçoit la lettre d'Eudore. Actes du martyre d'Eudore. Le Purgatoire.

LIVRE XXI.

C'ÉTOIT l'heure où les courtisans de Galérius, couchés sur des lits de pourpre, autour d'une table pompeusement servie, prolongeoient les délices du festin dans les ombres de la nuit. Les mains chargées de branches d'anet, le front ceint d'une couronne de roses et de violettes, chaque convive faisoit éclater ses transports. Des joueuses de flûtes, habiles dans l'art de Terpsichore, irritoient les désirs par des danses efféminées et des chansons voluptueuses. Une coupe d'une rare beauté, et aussi profonde que celle de Nestor, animoit la joyeuse assemblée. Le dieu qui porte l'arc et le bandeau, et qui se rit des maux qu'il a faits, étoit, comme au banquet d'Alcibiade, l'objet des discours de ces hommes heureux. Le marbre, le cristal, l'argent, l'or, les pierres précieuses renvoyoient et multiplioient l'éclat des flambeaux, et l'odeur des parfums de l'Arabie se mêloit à celle des vins de la Grèce.

A cette heure les confesseurs chrétiens, abandonnés du monde et condamnés à mourir, préparoient aussi une fête et un banquet dans les cachots de Saint-Pierre. Eudore devoit comparoître le lendemain au tribunal du juge ; il pouvoit expirer au milieu des tourmens ; il étoit donc temps de le relever de sa pénitence.

On allume une lampe dans la prison. Cyrille, à qui l'évêque de Rome a remis ses pouvoirs, doit célébrer la messe de réconciliation. Gervais et Protais sont choisis pour servir le sacrifice ; ils se revêtent d'une tunique blanche apportée par les frères ; leurs cheveux blonds tombent en boucles sur leur cou découvert ; une pudeur virginale respire dans tous leurs traits. On eût dit qu'ils marchoient au martyre, tant il y avoit de joie et de modestie peintes sur le front de ces jeunes hommes !

Les prisonniers se mettent à genoux autour de Cyrille qui commence à voix basse une messe sans calice et sans autel. Les confesseurs alarmés ne savent où il va consacrer la victime sans tache. O sublime invention de la charité ! O touchante cérémonie ! Le vieil évêque dépose l'hostie sur son cœur qui devient ainsi l'autel du sacrifice. Jésus-Christ martyr est offert en holocauste sur le cœur d'un martyr! Un Dieu s'élève de ce cœur, un Dieu descend dans ce cœur!

Cependant Eudore, dépouillé de l'habit de sa pénitence, reçoit en échange une robe éclatante de blancheur. Perséus et Zacharie se lèvent pour remplir les fonctions de diacre et d'archidiacre : ils adressent au nom des Chrétiens ces paroles à Cyrille :

« Très-cher à Dieu, c'est ici le moment de la miséricorde; ce pénitent veut être réconcilié, et l'Eglise vous le demande : il a été Postulant, Auditeur, Prosterné; faites-le remonter au rang des Elus. »

Cyrille dit alors :

« Pénitent, promettez-vous de changer de vie? Levez les mains au ciel en signe de cette promesse. »

Eudore leva vers le ciel ses bras chargés de chaînes : il parut orné de ses liens, comme une jeune épouse de ses bracelets et des franges d'or qui bordent sa robe. Cyrille prononça sur lui ces paroles :

« Fidèle, je t'absous par la miséricorde de

Jésus-Christ qui délie dans le ciel tout ce que ses apôtres délient sur la terre. »

A ces mots, Eudore tombe aux pieds de l'évêque : il reçoit des mains du diacre le saint Viatique, ce pain du voyageur chrétien, préparé pour le pélerinage de l'éternité. Les confesseurs admirent au milieu d'eux le martyr désigné, qui, semblable à un consul romain choisi par le peuple, va bientôt déployer les marques de sa puissance. Le monde n'auroit aperçu dans cette assemblée de proscrits, que des hommes obscurs destinés à périr du dernier supplice ; et pourtant là se voyoient les chefs d'une race nombreuse qui devoit couvrir la terre ; là se trouvoient des victimes dont le sang alloit éteindre le feu de la persécution, et faire régner la Croix sur l'univers. Mais combien de larmes couleront encore avant que cette persécution ait amené le jour du triomphe !

Démodocus n'étoit arrivé à Rome que pour avoir le cœur déchiré. Averti du premier malheur qui menaçoit la prêtresse des Muses, il étoit parvenu à rassembler le peuple et à le conduire au palais de Galérius ; mais à peine a-t-il arraché Cymodocée des mains d'Hiéroclès, qu'elle lui est enlevée comme chrétienne. On interdit au vieillard la vue de sa fille ; toute pitié a disparu depuis que la jeune Messénienne s'est déclarée de la secte proscrite. Le gardien de la prison de Saint-Pierre étoit humain, pitoyable, accessible à l'or : on pénétroit aisément jusqu'aux martyrs; mais Sævus, gardien du cachot de Cymodocée étoit ennemi furieux des Chrétiens, parce que Blanche sa femme, qui étoit chrétienne, avoit en horreur ses débauches. Il n'avoit jamais voulu consentir que l'on parlât, même devant lui, à la fille d'Homère, et il repoussoit Démodocus par des outrages et des menaces.

Non loin de l'asile de douleur où gémissoit l'épouse d'Eudore, s'élevoit un temple consacré par les Romains à la Miséricorde ; la frise en étoit ornée de bas-reliefs de marbre de Carrare, représentant des sujets consacrés par l'histoire, ou chantés par la Muse : on reconnoissoit cette pieuse fille qui nourrit son père dans la prison, et devint la mère de celui dont elle avoit reçu la vie; plus loin Manlius, après avoir immolé son fils, revenoit victorieux au Capitole : les vieillards s'avançoient au-devant de lui, mais les jeunes Romains évitoient la rencontre du triomphateur. Ici, une brillante Vestale, faisant remonter sur le Tibre le vaisseau qui portoit l'image de Cybèle, entraînoit avec sa ceinture les destins de Rome et de Carthage; là, Virgile, encore pasteur, étoit obligé d'abandonner les champs paternels; là, dans la nuit fatale de son exil, Ovide recevoit les adieux de son épouse.

Les astres finissoient et recommençoient leurs cours, et retrouvoient Démodocus assis dans la poussière sous le portique de ce temple. Un manteau sale et déchiré, une barbe négligée, des cheveux en désordre et souillés de cendres, annonçoient le chagrin du vénérable Suppliant. Tantôt il embrassoit les pieds de la statue de la Miséricorde en les arrosant de ses pleurs; tantôt il imploroit la pitié du peuple : quelquefois il chantoit sur la lyre pour tendre un piége aux passans, pour attirer par les accens du plaisir l'attention que les hommes craignent de donner aux larmes.

« O siècle d'airain, s'écrioit-il, hommes haïs de Jupiter pour votre dureté, quoi, vous restez insensibles à la douleur d'un père ! Romains, vos ancêtres ont élevé des temples à la Piété filiale, et mes cheveux blancs ne peuvent vous toucher! Suis-je donc un parricide en horreur aux peuples et aux cités ? Ai-je mérité d'être dévoué aux Euménides ? Hélas, je suis un prêtre des dieux, j'ai été nourri sur les genoux d'Homère, au milieu du chœur sacré des Muses! J'ai passé ma vie à implorer le ciel pour les hommes, et ils se montrent inexorables à mes prières ! Que demandé-je pourtant ? Qu'on me permette de voir ma fille, de partager ses fers, de mourir dans ses bras avant qu'elle me soit ravie. Romains, songez à l'âge si tendre de ma Cymodocée! Ah, j'étois le plus heureux des mortels que le soleil éclaire dans sa course! Aujourd'hui quel esclave voudroit changer son sort contre le mien ? Jupiter m'avoit donné un cœur hospitalier : de tous les hôtes que j'ai reçus à mes foyers, et qui ont bu avec moi la coupe de la joie, en est-il un seul qui vienne partager ma douleur ? Insensé est le mortel qui croit sa prospérité constante ! La Fortune ne se repose nulle part. »

A ces mots, Démodocus frappant ses mains

avec désespoir, se roule sur la terre. Ses cris ne percent point les murs du cachot de sa fille. Les Fidèles qui avoient précédé la nouvelle Chrétienne dans ce lieu sanglant, avoient tous donné leur vie pour Jésus-Christ. Cymodocée habitoit seule la prison. Fatigué des soins qu'il étoit obligé de rendre à l'orpheline, Sævus insultoit souvent à son malheur : ainsi lorsque de grossiers villageois ont enlevé un aiglon sur la montagne, ils enferment dans une indigne cage l'héritier de l'empire des airs; ils insultent par d'ignobles jeux et des traitemens inhumains à la majesté tombée; ils frappent cette tête couronnée, ils éteignent ces yeux qui auroient contemplé le soleil; ils tourmentent en mille façons ce jeune roi qui n'a point d'aîles pour fuir, ou de serres pour repousser les outrages.

Nourrie dans les riantes idées de la mythologie, environnée jusqu'alors des images les plus douces et les plus gracieuses, Cymodocée avoit à peine connu le nom de la tristesse et de l'adversité. Elle n'avoit point été formée à cette école chrétienne où, dès le berceau, l'homme apprend qu'il est né pour souffrir. Depuis quelque temps, soumise aux épreuves de la Providence, la fille d'Homère avoit changé de religion en changeant de fortune, et le Christianisme étoit venu lui donner contre les afflictions de la vie des secours que ne lui offroit point le culte des faux dieux. Elle étudioit avec ardeur les Livres Saints qu'elle avoit trouvés dans sa prison, et qui avoient appartenu à quelque martyr; mais sans cesse obsédée par les souvenirs de son enfance et de sa jeunesse, elle ne pouvoit goûter encore parfaitement ces hautes consolations de la religion, qui nous élèvent au-dessus des regrets et des misères humaines. Souvent au milieu de sa lecture, sa tête tomboit sur la page sacrée, et la nouvelle Chrétienne, saisie de douleur, redevenoit un moment la prêtresse des Muses. Elle se représentoit cette brillante lumière de la Messénie : elle croyoit errer dans les bois d'Amphise; elle revoyoit ces belles fêtes de la Grèce, ces chars roulant sous les ombrages de Némée, ces religieuses Théories parcourant aux sons des flûtes les sommets de l'Ira, ou la plaine de Sténiclare. Elle songeoit au bonheur dont elle jouissoit autrefois avec son père, et au chagrin qui accabloit maintenant ce vieillard. « Où est-il ? Que fait-il ? Qui prend soin de son âge et de ses larmes? Oh, que les peines de Cymodocée sont légères auprès de celles qui doivent accabler son père et son époux ! »

Tandis que la fille de Démodocus se livre à ces pensers amers, elle entend tout à coup retentir des pas au fond de sa prison. Blanche, la femme du gardien, s'avance, et remet à Cymodocée la lettre d'Eudore, avec le secret nécessaire pour lire ces tristes adieux. Cette Chrétienne timide qui n'ose braver ouvertement son époux et les supplices, se hâte de sortir, et referme les portes du cachot.

Cymodocée restée seule, prépare aussitôt la liqueur qui, versée sur la page blanche, doit faire paroître les traits mystérieux que l'amour et la religion y avoient tracés. Au premier essai, elle reconnoît l'écriture d'Eudore; bientôt elle parvient à lire les premiers témoignages de l'amour de son époux; les expressions du martyr deviennent plus tendres, on entrevoit quelque annonce funeste ; Cymodocée n'ose plus déchiffrer l'écrit fatal; elle s'arrête; elle recommence, s'arrête de nouveau, recommence encore ; enfin elle arrive à ces mots :

« Fille d'Homère, Eudore va peut-être
» vous devancer au séjour des concerts ineffables. Il faut qu'il coupe le fil de ses jours,
» comme un tisserand coupe le fil de sa
» toile à moitié tissue. »

Soudain les yeux de la jeune Chrétienne s'obscurcissent, et elle tombe évanouie sur la pierre de la prison.

Mais, ô Muse céleste, d'où viennent ces transports de joie qui éclatent dans les parvis éternels ? Pourquoi les harpes d'or font-elles entendre ces sons mélodieux ? Pourquoi le Roi-prophète soupire-t-il ses plus beaux cantiques ? Quelle allégresse parmi les Anges ! Le premier des martyrs, le glorieux Etienne, a pris dans le Saint des Saints une palme éclatante ; il la porte vers la terre avec un front incliné et respectueux. Cieux, racontez le triomphe du juste ! Le moment si court des afflictions de la vie va produire un bonheur qui ne finira plus : Eudore a paru devant le juge !

Il a dit adieu à ses amis ; il a recommandé à leur charité son épouse et Démodocus. Les soldats ont conduit le martyr au temple de la Justice, bâti par Auguste, près du théâtre de Marcellus. Au fond d'une salle immense et découverte, s'élève une chaire d'ivoire surmontée de la statue de Thémis, mère de l'Equité, de la Loi et de la Paix. Le juge est placé sur cette chaire : à sa gauche, sont des sacrificateurs, un autel, une victime ; à sa droite, des centurions et des soldats ; devant lui, des entraves, un chevalet, un bûcher, une chaise de fer, mille instrumens de supplice, et de nombreux bourreaux : dans la salle est la foule du peuple. Eudore enchaîné se tient debout au pied du tribunal. Les hérauts, ministres de Jupiter et des hommes, commandent le silence. Le juge interroge : et l'écrivain grave sur des tablettes les actes du martyre.

Festus, suivant les formes usitées, dit :

« Quel est ton nom ? »

Eudore répond :

« Je m'appelle Eudore, fils de Lasthénès. »

Le juge dit :

« N'as-tu pas connoissance des édits qui ont été publiés contre les Chrétiens ? »

Eudore répond :

« Je les connois. »

Le juge dit :

« Sacrifie donc aux dieux. »

Eudore répond :

« Je ne sacrifie qu'à un seul Dieu, créateur du ciel et de la terre. »

Festus ordonne de dépouiller Eudore, de l'étendre sur le chevalet et de lui attacher des poids aux pieds.

Le juge dit :

« Eudore, je te vois pâlir, tu souffres. Aie pitié de toi-même ; souviens-toi de ta gloire et des honneurs dont tu as été comblé ! Jette les yeux sur ta maison près de tomber par ta chute. Vois les larmes de ton père, écoute les plaintes de tes aïeux. Ne crains-tu point de combler d'un ennui éternel la déplorable vieillesse de ceux qui t'ont donné la vie ? »

Eudore répond :

« Ma gloire, mes honneurs et mes parens sont dans le ciel ! »

Le juge dit:

« Seras-tu donc insensible aux douceurs et aux promesses d'un chaste hyménée? »

Eudore ne répond point.

Le juge dit:

« Tu t'attendris, achève; laisse-toi toucher: sacrifie, ou tremble des maux qui t'attendent. »

Eudore répond:

« Que me serviroit d'avoir tremblé devant un juge qui doit mourir comme moi. »

Festus fait déchirer Eudore avec des ongles de fer. Le sang couvre le corps du confesseur, comme la pourpre de Tyr teint l'ivoire de l'Inde, ou la laine la plus blanche de Milet.

Alors le juge:

« Es-tu vaincu? Vas-tu sacrifier aux dieux? Songe, si tu t'obstines, que tu entraîneras dans ta perte ton père, tes sœurs, et celle qui étoit destinée à ton lit. »

Eudore s'écrie:

« D'où me vient ce bonheur d'être sacrifié quatre fois pour mon Dieu? »

On écarte les pieds du confesseur dans les entraves; on fait rougir la chaise de fer; on prépare la poix bouillante et les tenailles. Eudore ne paroît pas souffrir. On voyoit sur son visage briller l'allégresse jointe à une douce gravité, et la majesté au milieu des grâces. La chaise de fer est préparée. Le docteur des Chrétiens assis dans le fauteuil embrasé prêche plus éloquemment l'Evangile. Des Séraphins répandent sur Eudore une rosée céleste, et son Ange gardien lui fait une ombre de ses ailes. Il paroissoit dans la flamme comme un pain délicieux préparé pour les tables éternelles. Les Païens les plus intrépides détournoient la tête : ils ne pouvoient soutenir l'éclat du martyr. Les bourreaux fatigués se relayoient les uns les autres ; le juge regardoit le Chrétien avec un secret effroi : il croyoit voir un Dieu sur cette chaise ardente. Le confesseur lui crie :

« Remarquez bien mon visage, afin de le reconnoître à ce jour terrible où tous les hommes seront jugés. »

A ces mots Festus troublé fait suspendre le supplice. Il se précipite de son tribunal, passe derrière le rideau et laisse l'écrivain lire en tremblant cette sentence :

« La clémence de l'invincible Auguste

» ordonne, que celui qui refusant d'obéir aux » sacrés édits, n'a pas voulu sacrifier, soit » exposé aux bêtes, dans l'amphithéâtre, le » jour de la divine naissance de notre Em- » pereur éternel. »

Aussitôt Eudore est reporté par les soldats à la prison. Déjà les confesseurs étoient instruits de son triomphe. Au moment où la porte du cachot s'entr'ouvre, et laisse voir aux évêques le martyr pâle et mutilé, ils s'avancent au-devant de lui, Cyrille à leur tête, et entonnent tous à la fois ce cantique :

« Il a vaincu l'Enfer! Il a cueilli la palme! » Entrez dans le tabernacle du Seigneur, ô » prêtre illustre de Jésus-Christ!

» Quel éclat sort de ses plaies! Il a été » éprouvé par le feu, comme l'argent raf- » finé jusqu'à sept fois.

» Il a vaincu l'Enfer! Il a cueilli la palme. » Entrez dans le tabernacle du Seigneur, » ô prêtre illustre de Jésus-Christ! »

Les Anges répétoient dans le ciel ce cantique; et un nouveau sujet d'allégresse charmoit les Esprits bienheureux.

Eudore dans le cours de ses actes glorieux, avoit offert secrètement son sacrifice pour le salut de sa mère. Depuis long-temps averti en songe de la destinée de Séphora, il prioit le Très-Haut d'accorder à cette vertueuse femme un rang parmi les élus. Elle étoit tombée, au sortir du monde, dans le lieu où les ames achèvent d'expier leurs erreurs, parce qu'elle avoit aimé ses enfans avec trop de foiblesse, et qu'elle étoit ainsi devenue la première cause des égaremens de son fils. Eudore, par l'hommage volontaire de son sang, avoit obtenu la fin des épreuves de Séphora. Les trois prophètes qui lisent devant l'Eternel le Livre de vie, Isaïe, Elie et Moïse, proclament le nom de l'ame délivrée. Marie se lève de son trône : les Anges qui lui présentoient les vœux des mères, les pleurs des enfans, les douleurs des pauvres et des infortunés, suspendent un moment leurs offrandes. Elle monte vers son Fils; elle entre dans la région où l'Agneau règne au milieu des vingt-quatre vieillards; elle s'avance jusqu'aux pieds d'Emmanuel, et s'inclinant devant la seconde Essence incréée :

« O mon Fils, si n'étant encore qu'une » foible mortelle, j'ai porté dans mon sein » le poids de votre éternité; si vous dai» gnâtes confier à mon amour le soin de votre » humanité souffrante, daignez écouter ma » prière. Vos prophètes ont annoncé la déli» vrance de la mère du nouveau martyr. Les » Fidèles vont-ils enfin jouir de la paix du » Seigneur? Fille des hommes, vous m'avez » permis de vous présenter leurs larmes. Je » vois un confesseur qu'un tigre va déchirer; » le sang qu'il a déjà répandu ne suffit-il pas » pour racheter ce Chrétien, et le faire en» trer dans votre gloire? Faut-il qu'il achève » son sacrifice, et la voix de Marie ne peut» elle rien changer à la rigueur de vos con» seils? »

Ainsi parle la Mère des sept douleurs. Alors le Messie d'un ton miséricordieux :

« O ma mère, vous le savez, je com-

» pâtis aux larmes des hommes : je me » suis chargé pour eux du fardeau de » toutes les misères du monde. Mais il faut » que les décrets de mon Père s'accomplis» sent. Si mes confesseurs sont persécutés » un moment sur la terre, ils jouiront » dans le ciel d'une gloire sans fin. Ce» pendant, ô Marie, le moment de leur » triomphe approche : la grâce même a » commencé. Descendez vers les lieux où les » fautes sont effacées par la pénitence ; ra» menez au ciel avec vous la femme dont les » prophètes ont déclaré la béatitude, et que » la félicité du martyr pour lequel vous » m'implorez, commence par le bonheur de » sa mère. »

Un sourire accompagne les paroles pacifiques du Sauveur du monde. Les vingt-quatre vieillards s'inclinent sur leurs trônes, les Chérubins se voilent de leurs ailes; les sphères célestes s'arrêtent pour écouter le Verbe éternel; et les profondeurs du chaos tressaillent et sont éclairées, comme si quelque création nouvelle alloit sortir du néant. Aussitôt Marie descend vers le lieu de la purification des ames. Elle s'avance par un chemin semé de soleils, au milieu des parfums incorruptibles et des fleurs célestes que les Anges répandent sous ses pas. Le chœur des vierges la précède, en chantant des hymnes. Auprès d'elle paroissent les femmes les plus illustres : Elisabeth dont l'enfant tressaillit à l'approche de Marie; Magdeleine qui répandit un nard précieux sur les pieds de son maître, et les essuya de ses cheveux; Salomé qui suivit Jésus au Calvaire; la mère des Machabées, celle des sept enfans martyrs; Lia et Rachel; Esther, reine encore; Débora de qui la tombe vit croître le chêne des pleurs, et l'épouse d'Elimélech, que les Anges ont appelée Belle, et les hommes, Noémi.

Entre le Ciel et l'Enfer s'étend une vaste demeure consacrée aux expiations des morts. Sa base touche aux régions des douleurs infinies, et son sommet à l'empire des joies intarissables. Marie porte d'abord la consolation aux lieux les plus éloignés du séjour des béatitudes. Là, des malheureux haletans et couverts de sueur, s'agitent au milieu d'une nuit obscure. Leurs noires paupières ne sont éclairées que par les flammes voisines de l'Enfer. Les ames éprouvées dans cette enceinte, ne partagent point les supplices éternels, mais elles en ont la terreur. Elles entendent le bruit des tourmens, le retentissement des fouets, le fracas des chaînes. Un fleuve brûlant, formé des pleurs des réprouvés, les sépare seul de l'abîme où elles craindroient d'être ensevelies, si elles n'étoient rassurées par un espoir sans cesse éteint et toujours renaissant.

L'apparition de la Reine des Anges au milieu de ces infortunés, suspendit un moment l'horreur de leurs craintes. Une lumière divine éclaira les prisons expiatoires, pénétra jusque dans l'Enfer, et l'Enfer étonné crut voir entrer l'Espérance. Saisie d'une pitié céleste, Marie passe avec sa pompe angélique à des régions moins obscures et moins malheureuses. A mesure qu'on s'élève dans ces lieux d'épreuves, ces lieux s'embellissent, et les peines deviennent plus douces et moins durables. Des Anges compatissans, bien que sévères, veillent aux pénitences des ames éprouvées. Au lieu d'insulter à leurs peines, comme les Esprits pervers aux pleurs des damnés, ils les consolent, et les invitent au repentir; ils leur peignent la beauté de Dieu, et le bonheur d'une éternité passée dans la contemplation de l'Etre suprême.

Un spectacle extraordinaire frappe surtout les regards des saintes femmes descendues des cieux avec la Reine des vierges : des ames deviennent peu à peu rayonnantes et lumineuses, au milieu des autres ames qui les entourent; une auréole glorieuse se forme autour de leur front; transfigurées par degré, elles s'envolent à des régions plus élevées, d'où elles entendent les divins concerts. C'étoient des morts dont les peines étoient abrégées par les prières des parens et des amis qu'ils avoient encore sur la terre. Céleste prérogative de l'amitié, de la religion et du malheur! Plus celui qui prie ici-bas est infortuné, pauvre, infirme, méprisé, plus ses vœux ont de puissance pour donner un bonheur éternel à quelque ame délivrée!

L'heureuse Séphora brilloit d'un éclat extraordinaire au milieu de ces morts rachetés. La mère des Machabées prend aussitôt par la main la mère d'Eudore, et la présente à Marie. Le cortége remonte lentement vers les sacrés tabernacles. Les mondes divers, ceux qui frappent nos regards pendant la nuit, ceux qui échappent à notre vue dans la profondeur des espaces, les soleils, la création entière, les chœurs des Puissances qui président à cette création, chantent l'hymne à la Mère du Sauveur :

« Ouvrez-vous, portes éternelles : laissez » passer la Souveraine des cieux !

» Je vous salue, Marie, pleine de grâce, » modèle des vierges et des épouses ! Ché» rubins ardens, portez sur vos ailes la » fille des hommes et la mère de Dieu. » Quelle tranquillité dans ses regards bais» sés ! Que son sourire est calme et pu» dique ! Ses traits conservent encore la » beauté de la douleur quelle éprouva sur » la terre, comme pour tempérer les joies » éternelles ! Les mondes frémissent d'amour » à son passage ; elle efface l'éclat de la lu» mière incréée dans laquelle elle marche » et respire. Salut, vous qui êtes bénie entre

» toutes les femmes, Refuge des pécheurs;
» Consolatrice des affligés!

» Ouvrez-vous, portes éternelles; laissez
» passer la Souveraine des cieux. »

FIN DU LIVRE VINGT-ET-UNIÈME.

REMARQUES

SUR LE VINGT-ET-UNIÈME LIVRE.

PREMIÈRE REMARQUE.

(Pag. 279. Les mains chargées de branches d'anet, le front ceint d'une couronne de roses et de violettes, etc.)

On peut voir dans Athénée tous les détails sur les banquets et les couronnes des anciens. L'anet dont on se servoit dans les festins ressembloit assez au fenouil.

IIe.

(Pag. 279. Aussi profonde que celle de Nestor, etc.)

Πὰρ δὲ δέπας περικαλλὲς, ὃ οἴκοθεν ἦγ' ὁ γεραιὸς,
Χρυσείοις ἥλοισι πεπαρμένον, οὔατα δ' αὐτοῦ
Τέσσαρ' ἔσαν, δοιαὶ δὲ πελειάδες ἀμφὶς ἕκαστον
Χρύσειαι νεμέθοντο, δύω δ' ὑπὸ πυθμένες ἦσαν.
Ἄλλος μὲν μογέων ἀποκινήσασκε τραπέζης,
Πλεῖον ἐόν· Νέστωρ δ' ὁ γέρων ἀμογητὶ ἄειρεν.

ILIAD, libr. XI.

IIIe.

(Pag. 279. Comme au banquet d'Alcibiade, etc.)

Le Banquet de Platon a été traduit par l'abbesse de Fontevrault et par Racine. Le discours d'Alcibiade manquoit; M. Geoffroy l'a donné dans son Commentaire sur Racine.

IVe.

(Pag. 280. On eût dit qu'ils marchoient au martyre, etc.)

On aura pu remarquer que c'est le beau tableau de Lesueur.

Ve.

(Pag. 280. O sublime invention de la charité, etc.)

« On a vu des prélats, faute d'autel, consacrer » sur les mains des diacres; et l'illustre martyr » saint Lucien d'Antioche consacra sur sa poitrine, » étant attaché de sorte qu'il ne pouvoit se re- » muer. » FLEURY, *Mœurs des Chrétiens*.

VIe.

(Pag. 283. La frise en étoit ornée, etc.)

On sait comment Homère, Virgile, le Tasse, ont fait usage de ces détails poétiques. Les traits que j'ai placés dans les bas reliefs sont puisés dans l'Histoire Romaine. Je ne leur ai point donné un rapport direct avec la position de Démodocus. J'ai trouvé plus naturel de suivre l'exemple d'Homère, qui peint des scènes variées sur le bouclier d'Achille.

VIIe.

(Pag. 288. Cette Chrétienne timide, etc.)

Le petit rôle de Blanche est peut-être dans la nature. On trouve surtout parmi le peuple un grand nombre de ces femmes qui ont un cœur compatissant, mais dont le caractère est foible et timide, et qui n'osent, pour ainsi dire, faire de bonnes actions qu'à la dérobée. Il ne faut pas croire d'ailleurs qu'à cette époque tous les Chrétiens fussent des héros, et toutes les Chrétiennes des héroïnes. Il y eut beaucoup de chutes pendant la persécution de Dioclétien. Comment, après cela, a-t-on pu trouver que Cymodocée, qui donne son sang avec tant de simplicité, n'est pas assez courageuse ?

VIIIe.

(Pag. 290. Festus, suivant les formes usitées, dit, etc.)

J'aurois cru commettre un sacrilége si j'avois osé changer un mot à cette grande tragédie du martyre, dont les témoins du Dieu vivant furent les sublimes acteurs. J'ai conservé, et j'ai dû conserver la simplicité du dialogue, la majesté des réponses, l'atrocité des tourmens. Pourquoi me serois-je montré plus délicat que la peinture ? Et cependant j'ai tout adouci, tout dérobé aux yeux. J'ai écarté ce qui pouvoit révolter les sens, comme l'odeur des chairs brûlées, et mille autres détails qu'on lit dans l'histoire. J'ai, par des comparaisons riantes, par la présence des Anges, par l'espèce d'impassibilité d'Eudore, diminué l'horreur des tortures. Ce sont les hommes de l'art que je désire surtout avoir ici pour juges. Eux seuls peuvent connoître la difficulté du sujet. Je renvoie le lecteur aux Actes des Martyrs, recueillis par dom Ruinart, et traduits par Maupertuy, à l'Histoire Ecclésiastique de Fleury, et aux Mémoires de Tillemont.

IXe.

(Pag. 293. Remarquez-bien mon visage, etc.)

J'ai dit, dans l'Examen, que ce mot d'Eudore étoit tiré des Machabées, et qu'un critique m'a fait l'honneur de le croire de mon invention. Ce mot se retrouve dans le Martyre de sainte Perpétue. N'est-il pas aussi bien étrange qu'on ait ignoré que la torture précédoit toujours la mort des Chrétiens accusés. Il y a tel confesseur qui fut appliqué trois et quatre fois à la question, avant d'être condamné à mort. Que penser de ceux qui, prenant contre moi la *défense de la religion*, montrent à la fois leur ignorance et leur impiété dans de honteuses plaisanteries sur les souffrances des martyrs?

Xe.

(Pag. 295. Eudore dans le cours de ses actes glorieux, etc.)

Là commence l'épisode du Purgatoire. Je n'ai point eu d'appui pour ce travail, et il a fallu tout tirer de mon fond. Le Purgatoire du Dante ne m'a pas offert un seul trait dont je pusse profiter.

XIe.

(Pag. 298. Que les Anges ont appelée Belle, etc.)

Toutes ces saintes femmes sont trop connues pour qu'on ait besoin d'un commentaire.

XIIe.

(Pag. 299. Un espoir sans cesse éteint et toujours renaissant.)

C'étoit après cette phrase que se trouvoient les erreurs que j'ai retranchées, et dont j'ai parlé dans l'Examen.

XIIIe.

(Pag. 299. L'Enfer étonné crut voir entrer l'Espérance.)

Le Dante a dit :

Lasciat, ogni speranza, voi che'ntrate.

XIVe.

(Pag. 299. A mesure qu'on s'élève, etc.)

Après cette phrase se trouvoit la description de la demeure des sages. Bien des personnes ont pensé que j'aurois pu, même théologiquement, être moins rigoureux, et conserver le morceau; mais il ne faut point discuter avec la religion.

XVe.

(Pag. 301. Les mondes divers, etc.)

Benedicite omnia opera Domini. Ps.

XVIe.

(Pag. 301. Ouvrez-vous, etc.)

Attollite portas..... Et elevamini portæ æternales (Ps. XXIII, 7.), que Milton a si bien imité :

Open ye everlasting doors !

XVIIe.

(Pag. 301. Je vous salue, Marie, etc.)

Ave, Maria.

XVIIIe.

(Pag. 301. Vous qui êtes bénie entre toutes les femmes, Refuge des pécheurs, etc.)

Benedicta tu in mulieribus, consolatrix afflictorum, refugium peccatorum.

Et toujours nos simples prières fournissent les traits les plus nobles, les plus sublimes, ou les plus touchans !

FIN DES REMARQUES DU LIVRE VINGT-ET-UNIÈME.

SOMMAIRE DU LIVRE VINGT-DEUXIÈME.

L'ANGE exterminateur frappe Galérius et Hiéroclès. Hiéroclès va trouver le juge des Chrétiens. Retour du messager envoyé à Dioclétien. Tristesse d'Eudore, de Démodocus et de Cymodocée. Le Repas Libre. Tentation.

LIVRE XXII.

Que sont les peines du corps auprès des tourmens de l'ame! Quel feu peut être comparé au feu des remords! Le juste est tourmenté dans son corps ; mais son ame, comme une forteresse inexpugnable, reste paisible quand tout est ravagé au-dehors : le méchant, au contraire, repose parmi des fleurs ou sur un lit de pourpre ; il semble jouir de la paix, mais l'ennemi s'est glissé au-dedans ; des signes funestes trahissent le secret de cet homme qui semble heureux : ainsi, au milieu d'une campagne florissante on découvre le drapeau funèbre qui flotte sur les tours d'une cité dont la peste et la mort se disputent les débris.

Hiéroclès a renié le Ciel : le Ciel l'a abandonné à l'Enfer. Publius, qui veut achever de perdre un rival, a découvert les infidélités du ministre de l'Empereur : le sophiste avoit fait entrer dans ses trésors une partie des trésors du prince. Chacun cherche à Hiéroclès un crime nouveau : car on devient aussi lâche à accuser le méchant abattu, qu'on étoit lâche à l'excuser triomphant. Que fera l'ennemi de Dieu ? Partira-t-il pour Alexandrie, sans essayer de sauver celle qu'il a perdue ? Restera-t-il à Rome pour assister aux funérailles sanglantes de Cymodocée ? La haine publique le poursuit ; un prince terrible le menace ; un effroyable amour brûle dans son cœur. Dans cette perplexité, les yeux du pervers se tachent de sang, son regard devient fixe, ses lèvres s'entr'ouvrent, et ses joues livides tremblent avec tout son corps : ainsi lorsqu'un serpent s'est empoisonné lui-même avec les sucs mortels dont il compose son venin, le reptile couché dans la voie publique s'agite à peine sur la poussière, ses paupières sont à demi fermées, sa gueule noircie laisse échapper une écume impure, sa peau détendue et jaunie ne s'arrondit plus sur ses anneaux : il inspire encore l'effroi ; mais cet effroi n'est plus ennobli par l'idée de sa puissance.

Oh combien différent est le Chrétien de qui les veines épuisées de sang en ont toutefois assez retenu pour animer un grand cœur! Mais c'étoit peu que les douleurs et les remords, avant-coureurs des châtimens réservés au persécuteur des Fidèles: Dieu fait un signe à l'Ange Exterminateur, et du doigt lui marque deux victimes. Le ministre des vengeances attache aussitôt à ses épaules ses ailes de feu dont le frémissement imite le bruit lointain du tonnerre. D'une main, il prend une des sept coupes d'or pleines de la colère de Dieu; de l'autre il saisit le glaive qui frappa les nouveau-nés de l'Egypte et fit reculer le soleil à l'aspect du camp de Sennachérib. Les nations entières, condamnées pour leurs crimes, s'évanouissent devant cet Esprit inexorable, et l'on cherche en vain leurs tombeaux. Ce fut lui qui traça sur la muraille, pendant le festin de Balthasar, les mots inconnus; ce fut lui qui jeta sur la terre la Faux qui vendange, et la Faux qui moissonne, lorsque Jean entrevit dans l'île de Patmos les formidables figures de l'avenir.

L'Ange Exterminateur descend dans un éclair, comme ces étoiles qui se détachent du ciel et portent l'épouvante au cœur du matelot. Il entre enveloppé d'un nuage dans le palais des Césars, au moment même où Galérius, assis à la table du festin, célébroit ses prospérités. Aussitôt les lampes du banquet pâlissent; on entend au-dehors comme le roulement d'une multitude de chariots de guerre; les cheveux des convives se hérissent sur leur front; des larmes involontaires coulent de leurs yeux; les ombres des vieux Romains se levèrent dans les salles, et Galérius eut un pressentiment confus de la destruction de l'Empire. L'Ange s'approche invisible de ce maître du monde, et verse dans sa coupe quelques gouttes du vin de la colère céleste. Poussé par son mauvais destin, l'Empereur porte à ses lèvres la liqueur dévorante; mais à peine a-t-il bu à la Fortune des Césars, qu'il se sent soudain enivré; un mal aussi prompt qu'inattendu le renverse aux pieds de ses esclaves : Dieu dans un moment a couché ce géant sur la terre.

Une poutre coupée sur le sommet du Gargare a vieilli dans un palais, séjour d'une race antique, tout à coup le feu rayonnant au foyer du roi, monte jusqu'au chêne desséché, la poutre s'embrase, et tombe avec fracas dans les salles qui mugissent : ainsi tombe Galérius. L'Ange l'abandonne à ce premier effet du poison éternel, et vole à la demeure où gémissoit Hiéroclès. D'un coup du glaive du Seigneur, il flétrit les flancs du ministre impie. A l'instant une hideuse maladie, dont Hiéroclès avoit puisé les germes dans l'orient, se déclare. L'infortuné voit une lèpre épaisse couvrir tout son corps; ses vêtemens s'attachent à sa chair, comme la robe de Déjanire ou la tunique de Médée. Sa tête s'égare; il blasphème contre le ciel et les hommes, et tout à coup il implore les Chrétiens pour le délivrer des Esprits de ténèbres dont il se sent obsédé. La nuit étoit au milieu de son cours. Hiéroclès appelle ses esclaves; il leur ordonne de préparer une litière; il sort de son lit, s'enveloppe dans un manteau, et se fait porter à moitié en délire chez le juge des Chrétiens.

« Festus, lui dit-il, tu tiens en ta puissance une Chrétienne qui fait le tourment de ma vie : sauve-la de la mort, et donne cette esclave à mon amour; ne la condamne point aux bêtes ; l'édit te permet de la livrer aux lieux infâmes..... tu m'entends. »

A ces mots, le pervers jette une bourse d'or aux pieds du juge : il s'éloigne ensuite en poussant un sourd mugissement, comme un taureau malade qui se traîne parmi des roseaux, au fond d'un marais.

Dans ce moment même, le dernier espoir des Chrétiens venoit de s'évanouir : le messager qu'Eudore avoit envoyé à Dioclétien pour l'engager à reprendre l'Empire, étoit revenu de Salone : Zacharie l'introduisit dans les cachots. Les confesseurs avoient tous reçu leur sentence : ils étoient condamnés à mourir dans l'amphithéâtre avec Eudore. Entouré des évêques qui pansoient ses plaies, le fils de Lasthénès étoit étendu à terre sur les robes des martyrs : tel un guerrier blessé est couché sur les drapeaux qu'il a conquis, au milieu de ses compagnons d'armes. Le messager saisi de douleur restoit muet et interdit, les yeux attachés sur l'époux de Cymodocée.

« Parlez, mon frère, lui dit Eudore ; la chair est un peu abattue, mais l'esprit conserve encore sa vigueur. Félicitez-moi d'être soulagé par des mains qui ont tant de fois touché le corps de Jésus-Christ. »

Le messager essuyant ses pleurs, rendit compte en ces mots de son entrevue avec Dioclétien :

« Eudore, je m'embarquai d'après vos ordres sur la mer Adriatique, et j'abordai bientôt au rivage de Salone. Je demandai Dioclès, autrefois Dioclétien, Empereur. On me dit qu'il habitoit ses jardins à quatre milles de la ville. Je m'y rendis à pied. J'arrivai à la demeure de Dioclès; je traversai des cours où je ne rencontrai ni gardes, ni surveillans. Des esclaves étoient occupés çà et là à des travaux champêtres. Je ne savois à qui m'adresser. J'aperçus un homme avancé en âge qui travailloit dans le jardin; je m'approchai de lui pour lui demander où l'on trouvoit le prince que je cherchois.

« Je suis Dioclès, répondit le vieillard en » continuant son travail. Vous pouvez vous » expliquer, si vous avez quelque chose à » me dire. »

» Je demeurai muet d'étonnement.

« Eh bien, me dit Dioclétien, quelle af-

» faire vous amène ici? Avez-vous des » graines rares à me donner, et voulez-vous » que nous fassions des échanges? »

» Je remis votre lettre au vieil Empereur; je lui peignis les malheurs des Romains, et le désir que les Chrétiens avoient de le revoir à la tête de l'Etat. A ces mots, Dioclétien, suspendant son travail, s'écria :

« Plût aux dieux que ceux qui vous en» voient, vissent, comme vous, les légumes » que je cultive de mes propres mains à Sa» lone : ils ne m'inviteroient pas à reprendre » l'Empire! »

» Je lui observai qu'un autre jardinier avoit bien consenti à porter la couronne.

« Le jardinier Sidonien, répliqua-t-il, » n'étoit pas comme moi descendu du trône, » et il fut tenté d'y monter: Alexandre n'au» roit pas réussi auprès de moi. »

» Je ne pus en obtenir d'autre réponse. En vain je voulus insister.

« Rendez-moi un service, me dit-il brus» quement; voilà un puits; je suis vieux, » vous êtes jeune; tirez-moi de l'eau : mes » légumes en manquent. »

» A ces mots, Dioclétien me tourna le dos, et Dioclès reprit son arrosoir. »

Le messager se tut. Cyrille lui adressa la parole :

« Mon frère, vous ne sauriez nous apporter une meilleure nouvelle. Eudore, après votre départ, nous avoit instruits de l'objet de votre voyage : les évêques craignoient que vous n'eussiez réussi. Le martyre a éclairé le fils de Lasthénès; il connoît maintenant ses devoirs : Galérius est notre souverain légitime. »

« Oui, dit Eudore, repentant et humilié, je me reconnois justement puni pour un dessein criminel. »

Ainsi parloient ces martyrs brisés par les fers et les chevalets de Galérius : tel l'animal courageux qui lance les ours et les sangliers dans les brunes forêts de l'Achéloüs, tombe, sans l'avoir mérité, dans la disgrâce du chasseur; percé de l'épieu destiné aux bêtes farouches, le limier tourne sous le coup fatal, se débat sur la mousse ensanglantée; mais en expirant, il jette un regard soumis vers son maître, et semble lui reprocher de s'être privé d'un serviteur fidèle.

Cependant, au moment de quitter la terre, Eudore étoit tourmenté d'une tendre inquiétude. Malgré la ferveur de sa foi et l'exaltation de son ame, le martyr ne pouvoit songer sans frémir au destin de la fille d'Homère. Que deviendra cette victime? Retombera-t-elle entre les mains d'Hiéroclès? Sera-t-elle interrogée par le juge? Pourra-t-elle soutenir d'aussi terribles épreuves. A-t-elle été condamnée à la mort sur son premier aveu, avec les confesseurs de la prison de Saint-Pierre? Eudore se représentoit Cymodocée déchirée par des lions, et implorant en vain le secours de l'époux pour qui elle donnoit sa vie. A ce tableau, il opposoit celui du bonheur qu'il auroit pu goûter avec une femme si belle et si pure. Mais une voix s'élevoit tout à coup dans sa conscience, et lui crioit :

« Martyr, sont-ce là les pensées qui doi-
» vent occuper ton ame? L'éternité! L'éter-
» nité! »

Les évêques, habiles dans la connoissance du cœur, s'apercevoient des combats intérieurs de l'athlète. Ils devinoient ses pensées et cherchoient à relever son courage :

« Compagnon, lui disoit Cyrille, soyons pleins de joie : bientôt nous irons à la gloire. Voyez dans cette prison, comme dans une riante campagne, ce champ d'épis mûrs qui seront tous moissonnés, et rempliront les granges du bon Pasteur! Cymodocée sera peut-être avec nous : c'est une fleur qui s'est trouvée au milieu du froment, et qui parfumera les corbeilles. Si Dieu l'ordonne ainsi, que sa volonté soit faite! Mais demandons plutôt au Ciel qu'il laisse votre épouse ici-bas, afin qu'elle offre pour nous à l'Eternel, le sacrifice agréable de ses innocentes prières. »

Lorsqu'après une nuit brûlante d'été un vent frais s'élève de l'orient avec le jour, le nautonnier dont le vaisseau languissoit sur une mer immobile, salue le Zéphyr, enfant de l'Aurore, qui lui ramène la fraîcheur et lui abrége le chemin : ainsi les paroles de Cyrille, comme un souffle bienfaisant, raniment le martyr et le poussent dans la voie du ciel. Toutefois il ne peut se dépouiller entièrement de l'homme : depuis long-temps il a chargé des Chrétiens intrépides de sauver Cymodocée, et de n'épargner ni soins, ni peines, ni trésors; il se confie sur tout au courage de Dorothé, qui déjà deux fois a vainement essayé pendant la nuit d'escalader la prison de la fille d'Homère.

Plus heureux à l'égard de Démodocus, Dorothé étoit parvenu à l'arracher des portes du cachot, et à le conduire dans une retraite assurée :

« Infortuné vieillard, lui disoit-il, pourquoi précipiter ainsi la fin de vos jours? Craignez-vous qu'ils ne s'enfuient pas assez vite? Réservez vos cheveux blancs pour votre fille. Si Dieu la veut rendre à vos embrassemens, elle aura plus besoin de vos consolations que vous n'aurez besoin des siennes : elle aura perdu son époux! »

« Eh, comment, répondoit le vieillard, veux-tu que je cesse de redemander ma fille? C'étoit sur elle que je tournois mes regards des bords du tombeau. Dernière héritière de la lyre d'Homère, les Muses l'avoient comblée de dons précieux. Elle gouvernoit ma maison; personne, en sa présence, n'eût osé insulter à ma vieillesse. J'aurois vu croître sur mes genoux des fils semblables à leur mère! Cymodocée, dont les paroles avoient tant de charmes, que sont devenues tes promesses? Tu me disois : « Quelle sera ma dou» leur, ô mon père, si les Parques inflexibles » te ravissent jamais à mon amour! Je cou» perai mes cheveux sur ton bûcher, et je » passerai mes jours à te pleurer avec mes » compagnes. » Hélas, ô ma fille, c'est moi qui reste à te pleurer! C'est moi qui, dans une terre étrangère, sans enfans, sans patrie, courbé sous le faix des ans, c'est moi qui t'appellerai trois fois autour de ton lit funèbre! »

Comme un taureau qu'on arrache aux honneurs du pâturage pour le séparer de la génisse que l'on va sacrifier aux dieux, ainsi Dorothé avoit entraîné Démodocus loin de la prison de Cymodocée.

La nouvelle Chrétienne avoit rouvert les yeux à la lumière, ou plutôt aux ténèbres des cachots. Elle lit et relit vingt fois la lettre d'Eudore, et vingt fois elle l'arrose de ses pleurs.

« Époux chéri, dit-elle, dans le langage confus de ses deux religions, seigneur, mon maître, héros semblable à une divinité, vous allez donc paroître devant les juges?...... Un fer cruel.....! Et je ne suis pas là pour panser tes plaies !..... O mon père, pourquoi m'avez-vous abandonnée ? Accourez, conduisez mes pas vers le plus beau des mortels ! Tombez, murs impitoyables, je veux porter ma vie au souverain maître de mon cœur.

Ainsi se plaignoit Cymodocée dans le silence de son cachot, tandis que le bruit et le tumulte environnoient la prison des martyrs. Ils entendoient au-dehors une rumeur confuse, semblable au bouillonnement des grandes eaux, au fracas des vents sur de hautes montagnes, au mugissement d'un incendie allumé dans une forêt de pins, par l'imprudence d'un berger : c'étoit le peuple.

Il y avoit à Rome un antique usage : la veille de l'exécution des criminels condamnés aux bêtes, on leur donnoit à la porte de la prison un repas public, appelé le Repas Libre. Dans ce repas on leur prodiguoit toutes les délicatesses d'un somptueux festin : raffinement barbare de la loi, ou brutale clémence de la religion ; l'une qui vouloit faire regretter la vie à ceux qui l'alloient perdre ; l'autre qui, ne considérant l'homme que dans les plaisirs, vouloit du moins en combler l'homme expirant.

Ce dernier repas étoit servi sur une table immense, dans le vestibule de la prison. Le peuple curieux et cruel étoit répandu à l'entour, et des soldats maintenoient l'ordre. Bientôt les martyrs sortent de leurs cachots, et viennent prendre leurs places autour du banquet funèbre : ils étoient tous enchaînés, mais de manière à pouvoir se servir de leurs mains. Ceux qui ne pouvoient marcher à cause de leurs blessures, étoient portés par leurs frères. Eudore se traînoit appuyé sur les épaules de deux évêques, et les autres confesseurs, par pitié et par respect, étendoient leurs manteaux sous ses pas. Quand il parut hors de la porte, la foule ne put s'empêcher de pousser un cri d'attendrissement, et les soldats donnèrent à leur ancien capitaine le salut des armes. Les prisonniers se rangèrent sur les lits en face de la foule : Eudore et Cyrille occupoient le centre de la table; les deux chefs des martyrs unissoient sur leurs fronts ce que la jeunesse et la vieillesse ont de plus beau : on eût cru voir Joseph et Jacob assis au banquet de Pharaon. Cyrille invita ses frères à distribuer au peuple ce repas fastueux, afin de le remplacer par une simple agape, composée d'un peu de pain et de vin pur : la multitude étonnée faisoit silence ; elle écoutoit avidement les paroles des confesseurs.

« Ce repas, disoit Cyrille, est justement appelé le Repas Libre, puisqu'il nous délivre des chaînes du monde et des maux de l'humanité. Dieu n'a pas fait la mort, c'est l'homme qui l'a faite. L'homme nous donnera demain son ouvrage, et Dieu qui est auteur de la vie, nous donnera la vie. Prions, mes frères, pour ce peuple : il semble aujourd'hui touché de notre destinée ; demain il battra des mains à notre mort ; il est bien à plaindre ! Prions pour lui et pour Galérius notre Empereur. »

Et les martyrs prioient pour le peuple et pour Galérius leur Empereur.

Les Païens, accoutumés à voir les criminels se réjouir follement dans l'orgie funèbre, ou se lamenter sur la perte de la vie, ne revenoient pas de leur étonnement. Les plus instruits disoient :

« Quelle est donc cette assemblée de Catons qui s'entretiennent paisiblement de la mort la veille de leur sacrifice ? Ne sont-ce point des philosophes, ces hommes qu'on nous représente comme les ennemis des dieux ? Quelle majesté sur leur front ! Quelle simplicité dans leurs actions et dans leur langage ! »

La foule disoit :

« Quel est ce vieillard qui parle avec tant d'autorité, et qui enseigne des choses si innocentes et si douces ? Les Chrétiens prient pour nous et pour l'Empereur : ils nous plaignent ; ils nous donnent leur repas ; ils sont couverts de plaies, et ils ne disent rien contre nous ni contre les juges. Leur Dieu seroit-il le véritable Dieu ? »

Tels étoient les discours de la multitude. Parmi tant de malheureux idolâtres, quelques-uns se retirèrent saisis de frayeur, quelques autres se mirent à pleurer et crioient :

« Il est grand le Dieu des Chrétiens ! Il est grand le Dieu des martyrs ! »

Ils restèrent pour se faire instruire, et ils crurent en Jésus-Christ.

Quel spectacle pour Rome païenne ! Quelle leçon ne lui donnoit point cette communion des martyrs! Ces hommes qui devoient bientôt abandonner la vie, continuoient à tenir entre eux des discours pleins d'onction et de charité : lorsque de légères hirondelles se préparent à quitter nos climats, on les voit se réunir au bord d'un étang solitaire, ou sur la tour d'une église champêtre ; tout retentit des doux chants du départ ; aussitôt que l'aquilon se lève, elles prennent leur vol vers le ciel, et vont chercher un autre printemps et une terre plus heureuse.

Au milieu de cette scène touchante, on voit accourir un esclave : il perce la foule ; il demande Eudore ; il lui remet une lettre de la part du juge. Eudore déroule la lettre ; elle étoit conçue en ces mots :

« Festus juge, à Eudore chrétien, salut:

« Cymodocée est condamnée aux lieux
» infâmes. Hiéroclès l'y attend. Je t'en sup-
» plie par l'estime que tu m'as inspirée, sa-
» crifie aux dieux; viens redemander ton

» épouse : je jure de te la faire rendre pure » et digne de toi. »

Eudore s'évanouït ; on s'empresse autour de lui ; les soldats qui l'environnent se saisissent de la lettre ; le peuple la réclame ; un tribun en fait lecture à haute voix ; les évêques restent muets et consternés ; l'assemblée s'agite en tumulte. Eudore revient à la lumière ; les soldats étoient à ses genoux et lui disoient :

» Compagnon , sacrifiez ! Voilà nos aigles au défaut d'autels. »

Et ils lui présentoient une coupe pleine de vin pour la libation. Une tentation horrible s'empare du cœur d'Eudore. Cymodocée aux lieux infâmes ! Cymodocée dans les bras d'Hiéroclès ! La poitrine du martyr se soulève ; l'appareil de ses plaies se brise , et son sang coule en abondance. Le peuple saisi de pitié tombe lui-même à genoux , et répète avec les soldats :

« Sacrifiez ! Sacrifiez ! »

Alors Eudore d'une voix sourde :

« Où sont les aigles ? »

Les soldats frappent leurs boucliers en

signe de triomphe, et se hâtent d'apporter les enseignes. Eudore se lève; les centurions le soutiennent; il s'avance au pied des aigles; le silence règne parmi la foule; Eudore prend la coupe; les évêques se voilent la tête de leurs robes, et les confesseurs poussent un cri : à ce cri, la coupe tombe des mains d'Eudore, il renverse les aigles, et se tournant vers les martyrs, il dit :

« Je suis Chrétien ! »

FIN DU LIVRE VINGT-DEUXIÈME.

REMARQUES

SUR LE VINGT-DEUXIÈME LIVRE.

PREMIÈRE REMARQUE.

(Pag. 313. D'une main, il prend une des sept coupes d'or pleines de la colère de Dieu.)

On ne me contestera pas cet Ange, les coupes d'or, etc., fors qu'on n'ait pris encore tout cela pour mes vaines imaginations. N'est-il pas honteux que des hommes qui se mêlent de critique ignorent pourtant la religion au point de ne pas connoître les choses les plus communes? Qu'ils imitent Voltaire: et s'ils ne lisent pas la Bible comme Chrétiens, qu'ils l'étudient du moins comme littérateurs.

Et unum de quatuor animalibus dedit septem Angelis septem phialas aureas plenas iracundiæ Dei. Apocal., cap. XV, v. 7.

IIe.

(Pag. 313. De l'autre il saisit le glaive, etc.)

Factum est autem in noctis medio : percussit Dominus omne primogenitum in terrâ Egypti.......

Et ortus est clamor magnus in Egypto. (*Exod.*, cap. XII, v. 29 et 30.)

.... *Venit Angelus Domini et percussit in castris Assyriorum centum octoginta quinque millia. Reg.*, lib. IV, cap. XIX, v. 35.

IIIe.

(Pag. 313. La Faux qui vendange, et la Faux qui moissonne, etc.)

Et alius Angelus exivit de templo, clamans voce magnâ ad sedentem super nubem : Mitte falcem tuam, et mete, quia venit hora ut metatur, quoniam aruit messis terræ........

Et alius Angelus exivit de altari, et clamavit.... Mitte falcem tuam acutam, et vindemia botros vineæ terræ. Apocal., cap. XIV, v. 15 et 18.

IVe.

(Pag. 316. L'édit te permet de la livrer aux lieux infâmes......)

On sait trop que l'effroyable perversité des Païens les porta jusqu'à faire déshonorer des vierges chrétiennes, dont la première vertu étoit la chasteté. Cette espèce de martyre fut employée plusieurs fois, comme on le voit dans l'Histoire ecclésiastique. Nous avons une tragédie entière de Corneille fondée sur ce sujet. Je ne me suis servi de ce moyen que pour jeter Eudore dans la plus grande tentation et dans le plus grand malheur qu'un homme puisse éprouver.

Ve.

(Pag. 317. Rendit compte en ces mots de son entrevue avec Dioclétien, etc.)

Ce fut Maximien qui engagea Dioclétien à reprendre l'Empire, et ce fut aux députés de Maximien que Dioclétien fit la belle réponse que tout le monde connoît : « Plût aux dieux que ceux qui » vous envoient vissent les légumes que je cul« tive ! etc.»

VIe.

(Pag. 318. Le jardinier Sidonien, etc.)

Abdolonyme : les beaux vers de M. Delille, connus de tout le monde, rendent tous les détails superflus.

Dans cette entrevue de Dioclétien et du messager d'Eudore, il n'y a d'historique que la réponse : « Plût aux dieux, etc. »

VIIe.

(Pag. 319. Les évêques craignoient que vous n'eussiez réussi.)

Telle est la résignation et la fidélité chrétienne.

VIIIe.

(Pag. 324. Le Repas Libre.)

« Or, le soir qui précède immédiatement le jour » des spectacles, la coutume est de faire, à ceux » qui sont condamnés aux bêtes, un souper qu'on » nomme le Souper Libre. Nos saints martyrs changèrent, autant qu'il leur fut possible, ce dernier » souper en un repas de charité. La salle où ils mangeoient étoit pleine de peuple; les martyrs lui » adressoient la parole de temps en temps........ Ces » paroles......... jetèrent de l'étonnement et de la » frayeur dans l'ame de la plupart..... Plusieurs restèrent pour se faire instruire, et crurent en Jésus-» Christ. » *Act. Mart., in sanct. Perpetuâ.*

IXe.

(Pag. 328. Au milieu de cette scène touchante, on voit accourir un esclave, etc.)

J'ai tâché de tracer mon tableau de manière qu'il pût être transporté sur la toile sans confusion, sans désordre, et sans changer une seule des attitudes : le peuple romain à genoux ; les soldats présentant les aigles ; les vieux évêques assis, la tête couverte d'un pan de leur robe ; Eudore debout, soutenu par les centurions, et laissant tomber la coupe au moment ou il prononce ce mot : « Je suis Chrétien ! » la diversité des costumes ; l'agape servi sous le vestibule de la prison, etc. ; tout cela pourroit peut-être s'animer sous le pinceau d'un plus grand peintre que moi.

FIN DES REMARQUES DU LIVRE VINGT-DEUXIÈME.

SOMMAIRE DU LIVRE VINGT-TROISIÈME.

SATAN ranime le fanatisme du peuple. Fête de Bacchus. Explication de la lettre de Festus. Mort d'Hiéroclès. L'Ange de l'espérance descend vers Cymodocée. Cymodocée reçoit la robe des martyres. Dorothé enlève Cymodocée de la prison. Joie d'Eudore et des confesseurs. Cymodocée retrouve son père. L'Ange du sommeil.

LIVRE XXIII.

Le prince des ténèbres regardoit en frémissant de rage la pitié du peuple et la victoire des confesseurs.

« Quoi, s'écria-t-il, j'aurai fait trembler » sur son trône celui que des Anges esclaves » ont nommé le Tout-Puissant; quelques » instans m'auront suffi pour flétrir l'ouvrage » des six jours; l'homme sera devenu ma fa- » cile proie; et, près de triompher du Christ » mon dernier ennemi, un martyr insulte- » roit à ma puissance? Ah, ranimons contre » les Chrétiens la fureur d'un peuple insensé, » et que Rome s'enivre aujourd'hui de l'en- » cens des idoles et du sang des martyrs! »

Il dit, et prend aussitôt la figure, la démarche et la voix de Tagès, chef des Aruspices. Il dépouille sa tête immortelle des restes de sa brillante chevelure, outragée par les feux de l'abîme; les cicatrices que le désespoir et la foudre ont tracées sur son front, se changent en rides vénérables; il cache ses ailes repliées dans les amples contours d'une robe de lin, et courbant son corps sur un bâton augural, il s'avance au-devant de la foule qui revenoit du banquet des martyrs.

« Peuple Romain, s'écrie-t-il, d'où naît » aujourd'hui cet attendrissement sacrilége? » Quoi, votre Empereur vous prépare des » spectacles, et vous pleurez sur des scélé- » rats, vil rebut des nations? Soldats, on » renverse vos aigles, et vous vous laissez » toucher! Que diroient les Scipion et les » Camille, s'ils revoyoient la lumière? Ban- » nissez une compassion criminelle, et au » lieu de plaindre ici les ennemis du ciel et » des hommes, allez prier dans vos temples » pour le salut du prince, et célébrer la fête » de vos dieux. »

En prononçant ces paroles, l'Ange rebelle souffle sur la foule inconstante un esprit de vertige et de fureur. La soif du sang et des plaisirs s'allume dans les ames où la pitié s'éteint tout à coup. Un victimaire s'écrie :

« O ciel, quel prodige frappe mes regards!

J'ai laissé Tagès au Capitole, et je le retrouve ici. Romains, n'en doutez pas, c'est quelque divinité cachée sous la figure du chef des Aruspices, qui vient vous reprocher votre pitié coupable, et vous annoncer les volontés de Jupiter. »

A ces mots, le prince des ténèbres disparoît du milieu de la foule, et le peuple saisi de terreur, court aux autels des idoles, expier un moment d'humanité.

Galérius célébroit à la fois le jour de sa naissance et son triomphe sur les Parthes. Ce jour tomboit aux fêtes de Flore. Afin de se rendre le peuple et les soldats plus favorables, l'Empereur rétablit les fêtes de Bacchus, depuis long-temps supprimées par le sénat. Tant d'horreurs devoient être couronnées par les jeux de l'amphithéâtre, où les prisonniers chrétiens étoient condamnés à mourir.

D'impudentes largesses, dont la source étoit dans la ruine des citoyens, et surtout dans la dépouille des Fidèles, avoient renversé l'esprit de la foule. Toute licence étoit permise et même commandée. A la lueur des flambeaux, dans la voie Patricienne, une partie du peuple assistoit à des prostitutions publiques : des courtisanes nues, rassemblées au son de la trompette, célébroient par des chants obscènes cette Florè qui laissa sa fortune impudique à un peuple alors rempli de pudeur. Galérius montoit au Capitole, sur un char tiré par des éléphans; devant lui, marchoit la famille captive de Narsès, roi des Perses. Les danses et les hurlemens des Bacchantes varioient et multiplioient le désordre. Des outres et des amphores sans nombre étoient ouvertes près des fontaines, et aux carrefours de la ville. On se barbouilloit le visage de lie, on pétrissoit la boue avec le vin. Bacchus paroissoit élevé sur un tréteau. Ses prêtresses agitoient autour de lui des torches enflammées, des thyrses entourés de pampres de vigne, et bondissoient au son des cymbales, des tambours et des clairons; leurs cheveux flottoient au hasard : elles étoient vêtues de la peau d'un cerf, rattachée sur leurs épaules par des couleuvres qui se jouoient autour de leurs cous. Les unes portoient dans leurs bras des chevreaux naissans; les autres présentoient la mamelle à des louveteaux; toutes étoient couronnées de branches de chêne et de sapin ; des hommes déguisés en satyres les accompagnoient, traînant un bouc orné de guirlandes. Pan se montroit avec sa flûte ; plus loin s'avançoit Silène ; sa tête appesantie par le vin rouloit de l'une à l'autre épaule ; il étoit monté sur un âne et soutenu par des Faunes et des Sylvains. Une Ménade portoit sa couronne de lierre, un Egipan sa tasse demi-pleine ; le bruyant cortége trébuchoit en marchant, et buvoit à Bacchus, à Vénus, et à l'Injure. Trois chœurs chantoient alternativement :

« Chantons Evohé, redisons sans cesse
» Evohé, Evohé !

» Fils de Sémélé, honneur de Thèbes au
» bouclier d'or, viens danser avec Flore,
» épouse de Zéphyre et reine des fleurs !
» Descends parmi nous, ô consolateur d'A-
» riadne, toi qui parcours les sommets de
» l'Ismare, du Rhodope et du Cythéron !
» Dieu de la joie, enfant de la fille de Cad-
» mus, les nymphes de Nyssa t'élevèrent
» par le secours des Muses, dans une ca-
» verne embaumée. A peine sorti de la

» cuisse de Jupiter, tu domptas les humains » rebelles à ton culte. Tu te moquas des » pirates de Tyrsène, qui t'enlevoient » comme l'enfant d'un mortel. Tu fis cou- » ler un vin délicieux dans le noir vais- » seau, et tomber du haut des voiles les » branches d'une vigne féconde; un lierre » chargé de ses fruits entoura le mât ver- » doyant; des couronnes couvrirent les bancs » des rameurs; un lion parut à la poupe; » les matelots, changés en dauphins, s'élan- » cèrent dans les vagues profondes. Tu riois, » ô roi Evohé!

» Chantons Evohé, redisons sans cesse » Evohé, Evohé!

» Nourrisson des Hyades et des Heures, » élève des Muses et de Silène, toi qui as » les yeux noirs des Grâces, les cheveux » dorés d'Apollon, et sa jeunesse immor- » telle, ô Bacchus, quitte les bords de l'Inde » soumise, et viens régner sur l'Italie. On y » recueille les vins de Falerne et de Cécube : » deux fois l'année le fruit mûri pend à l'ar- » bre, et l'agneau à la mamelle de sa mère.

» On voit voler dans nos campagnes des
» chevaux ardens pour la course, et paître
» le long du Clitumne les taureaux sans ta-
» ches qui marchent au Capitole, devant le
» triomphateur romain. Deux mers apportent
» à nos rivages les trésors du monde. L'ai-
» rain, l'argent et l'or coulent en ruisseaux
» dans les entrailles de cette terre sacrée.
» Elle a donné naissance à des peuples fa-
» meux, à des héros plus fameux encore.
» Salut, terre féconde, terre de Saturne,
» mère des grands hommes ! Puisses-tu por-
» ter long-temps les trésors de Cérès, et
» tressaillir au cri d'Evohé !

» Chantons Evohé, redisons sans cesse
» Evohé, Evohé ! »

Hélas, les hommes habitent la même terre; mais combien ils diffèrent entr'eux ! Pourroit-on prendre pour des frères et des citoyens d'une même cité, ces habitans, dont les uns passent les jours dans la joie, et les autres dans les pleurs; les heureux qui chantent un hymen, et les infortunés qui célèbrent des funérailles? Qu'il étoit touchant, dans le délire de Rome païenne, de voir les Chrétiens offrir humblement à Dieu leurs prières, déplorer des excès criminels, et donner tous les exemples de la modestie et de la raison au milieu de la débauche et de l'ivresse ! Quelques autels secrets dans les cachots, au fond des catacombes, sur les tombeaux des martyrs, rassembloient les Fidèles persécutés. Ils jeûnoient, ils veilloient, victimes volontaires, pour expier les crimes du monde ; et tandis que les noms de Flore et de Bacchus retentissoient dans des hymnes abominables, au milieu du sang et du vin, le nom de Jésus-Christ et de Marie se répétoit en secret dans de chastes cantiques au milieu des larmes.

Tous les Chrétiens se tenoient renfermés dans leurs maisons, évitant à la fois la fureur du peuple et le spectacle de l'idolâtrie. On ne voyoit errer au-dehors que quelques prêtres attachés au service des hospices et des prisons, des diacres chargés de sauver les pauvres voués à la mort par Galérius, des femmes qui recueilloient les esclaves abandonnés par leurs maîtres, et les enfans exposés par leurs mères. O charité des premiers Fidèles ! Leur trépas étoit le principal ornement des fêtes païennes; et ils s'occupoient du sort des idolâtres, comme si les idolâtres eussent été pour eux des frères pleins de compassion et de tendresse !

Cependant, après avoir repoussé les assauts du Prince des ténèbres, les martyrs victorieux étoient rentrés dans leurs cachots : ainsi jadis sous les murs d'Ilion une troupe de héros s'élançoit sur l'ennemi qui tenoit la ville assiégée : les travaux sont détruits, les fossés comblés, les palissades arrachées, et les fils de Laomédon rentrent triomphans dans leurs sacrés remparts. Mais Eudore, fatigué du dernier combat, ne peut soulever sa tête abattue : en vain les évêques lui parlent, le consolent, élèvent aux cieux son courage, il reste muet et insensible à leurs discours. L'image des nouveaux périls de Cymodocée ne peut sortir de sa mémoire. Quels doivent être les tourmens de ce martyr ! Déjà, presque assis sur les nuées, il a pu balancer, et peut-être balance encore entre la honte de l'apostasie, l'éternité des douleurs de l'Enfer, et les maux qu'il endure en ce moment !

Le fils de Lasthénès ignoroit qu'il avoit été trompé à dessein par le juge. Festus étoit l'ami du préfet de Rome, et cette raison seule l'eût empêché de livrer Cymodocée à Hiéroclès. Mais Festus avoit d'ailleurs été frappé des réponses et de la magnanimité d'Eudore. En descendant du tribunal, il s'étoit rendu au palais de Galérius, et avoit supplié l'Empereur de nommer un autre juge aux Chrétiens :

« Il n'est plus besoin de juges, s'écria le tyran irrité. Ces scélérats se font une gloire de leurs supplices, et l'entêtement qu'ils y mettent corrompt le peuple et les soldats. Avec quelle insolence a osé souffrir le chef de ces impies ! Je ne veux plus qu'on perde le temps à les tourmenter. Je condamne aux bêtes tous les Chrétiens des prisons, sans distinction d'âge ni de sexe, pour le jour de ma naissance. Allez, et publiez cet arrêt. »

Festus connoissoit la violence de Galérius : il ne répliqua point. Il sortit, et fit déclarer les ordres du prince, mais en se disant comme Pilate :

« Je suis innocent de la mort de ces justes. »

Lorsqu'Hiéroclès vint le trouver au milieu de la nuit, il se sentit saisi d'une nouvelle pitié pour Eudore. Un homme naturellement cruel, comme l'étoit le juge des Chrétiens, peut toutefois être ennemi de la bassesse; il fut indigné des lâches desseins du ministre tombé; il lui vint en pensée de profiter de la proposition de ce méchant, pour sauver le fils de Lasthénès en l'engageant à sacrifier aux dieux. Il écrivit alors la lettre qu'Eudore reçut au repas funèbre.

Dieu qui vouloit le triomphe de son Eglise, faisoit tourner à la gloire des martyrs tout ce qui auroit pu leur ravir la couronne. Ainsi la fermeté d'Eudore dans les supplices ne fit que hâter la mort de ses compagnons, et la lettre de Festus aggrava des maux qu'elle étoit destinée à prévenir. Galérius instruit de la scène du banquet, cassa les centurions qui avoient montré quelque respect pour leur ancien général; on éloigna de Rome, sous différens prétextes, les légions étrangères; et les Prétoriens gorgés de vin et d'or, eurent seuls la garde de la ville. Le nom de Cymodocée, d'Eudore et d'Hiéroclès frappant de nouveau les oreilles de l'Empereur, le plongea dans une violente colère : Galérius désigna particulièrement l'épouse d'Eudore pour le massacre du lendemain ; il ordonna que le fils de Lasthénès parût seul, et le premier, dans l'amphithéâtre, le privant ainsi du bonheur de mourir avec ses frères ; enfin, il commanda de jeter Hiéroclès au fond d'un vaisseau, et de le conduire au lieu de son exil.

Cette sentence subitement portée à Hiéroclès lui donna le coup de la mort. La patience et la miséricorde de Dieu touchoient à leur terme, et la justice alloit commencer. A peine Hiéroclès étoit sorti de la maison du juge, qu'il se sentit de nouveau frappé par le glaive de l'Ange exterminateur. Dans un instant la maladie, dont il est dévoré, ne laisse plus aux médecins aucune espérance. Les Païens qui regardent la lèpre comme une malédiction du ciel, s'éloignent de l'apostat ; ses esclaves même l'abandonnent. Délaissé du monde entier, il ne trouve de secours que dans les hommes qu'il a si cruellement poursuivis. Les Chrétiens, dont la charité ose seule braver toutes les misères humaines, ouvrent leurs hospices à leur persécuteur. Là, couché près d'un confesseur mutilé, Hiéroclès voit ses douleurs soulagées par la même main qui vient de panser les plaies d'un martyr. Mais tant de vertus ne font qu'irriter cet homme repoussé de Dieu; tantôt il appelle à grands cris Cymodocée; tantôt il croit apercevoir Eudore, une épée flamboyante à la main, et le menaçant du haut du ciel. Ce fut au milieu d'un de ces transports, qu'on vint lui annoncer le dernier ordre de Galérius. Alors, se soulevant comme un spectre sur son lit pestiféré, le faux sage murmure ces mots d'une voix effrayée et incertaine:

« Je vais me reposer pour jamais. »

Il expire. Effroyable et trompeuse espérance! Cette ame qui croyoit mourir avec le corps, au lieu d'une nuit profonde et tranquille, aperçoit tout-à-coup au fond du tombeau une lumière prodigieuse. Une voix qui sort du milieu de cette lumière prononce distinctement ces paroles:

« Je suis celui qui suis. »

A l'instant l'éternité vivante est révélée à

l'ame de l'athée. Trois vérités frappent à la fois cette ame confondue : sa propre existence, celle de Dieu, et la certitude des récompenses sans terme et des châtimens sans fin. Oh, que n'est-elle ensevelie sous les débris de l'univers, pour se cacher à la face du Souverain Juge! Une force invincible la porte, dans un clin d'œil, nue et tremblante, au pied du tribunal de Dieu. Elle voit, pour un seul moment, celui qu'elle a renié dans le temps, et qu'elle ne verra plus dans l'éternité. Le Tout-Puissant paroît sur les nuées, son fils est assis à sa droite, l'armée des Saints l'environne; l'Enfer accourt pour réclamer sa proie. L'Ange protecteur d'Hiéroclès, confus et touché jusqu'aux larmes, se tient encore auprès de l'infortuné.

« Ange, dit le Souverain Arbitre, pour-
» quoi n'as-tu pas défendu cette ame ? »

« Seigneur, répond l'Ange se voilant de ses
» ailes, vous êtes le Dieu des miséricordes! »

« Créature, dit la même voix, l'Ange ne
» t'auroit-il pas donné des avertissemens salu-
» taires ? »

L'ame, dans une terreur profonde, s'étoit jugée elle-même, et elle ne répondit point.

« Elle est à nous, s'écrièrent les Anges » rebelles : cette ame a trompé le monde par » une fausse sagesse ; elle a persécuté l'inno- » cence, outragé la pudeur, versé le sang » innocent ; elle ne s'est point repentie. »

« Ouvrez le Livre de vie, dit l'Ancien des » jours. »

Un prophète ouvrit le Livre de vie : le nom d'Hiéroclès étoit effacé.

« Va, maudit, aux feux éternels, dit le Juge incorruptible. »

A l'instant l'ame de l'athée commence à haïr Dieu de la haine des réprouvés, et tombe en des profondeurs brûlantes. L'Enfer s'ouvre pour la recevoir, et se referme sur elle en prononçant :

« L'éternité ! »

L'écho de l'abîme répète :

« L'éternité ! »

Le Père des humains qui vient de punir le crime, songe à couronner l'innocence. Il est dans le ciel une Puissance divine, compagne assidue de la religion et de la vertu. Elle nous aide à supporter la vie, s'embarque avec nous pour nous montrer le port dans les tempêtes, également douce et secourable aux voyageurs célèbres, aux passagers inconnus. Quoique ses yeux soient couverts d'un bandeau, ses regards pénètrent l'avenir ; quelquefois elle tient des fleurs naissantes dans sa main ; quelquefois une coupe pleine d'une liqueur enchanteresse ; rien n'approche du charme de sa voix, de la grâce de son sourire ; plus on avance vers le tombeau, plus elle se montre pure et brillante aux mortels consolés ; la Foi et la Charité lui disent : « Ma sœur ! » et elle se nomme l'Espérance.

L'Eternel ordonne à ce beau Séraphin de descendre vers Cymodocée, et de lui montrer de loin les joies célestes, afin de la soutenir au milieu des tribulations de la terre. Un faux rapport avoit interrompu pour quelques instans les chagrins de la jeune chrétienne. Le bruit s'étoit répandu dans Rome qu'Eudore venoit de recevoir sa grâce : la lettre de Festus et la scène du Repas Libre mal expliquée, avoient donné naissance à cette rumeur populaire. Blanche s'étoit empressée de communiquer ce faux rapport comme une nouvelle certaine à la fille de Démodocus ; mais combien Blanche se repentit de son indiscrète bonté, lorsqu'elle connut le véritable destin d'Eudore, et l'arrêt qui condamnoit à mort tous les Chrétiens des prisons ! Sævus, plein d'une brutale joie, lui commande de porter à Cymodocée le vêtement des femmes martyres. C'étoit une tunique bleue, une ceinture noire, des brodequins noirs, un manteau noir, et un voile blanc. La foible et désolée gardienne accomplit en pleurant son message de douleur. Elle n'eut pas la force de détromper l'orpheline, et de lui apprendre son sort.

« Voilà, lui dit-elle, ma sœur, un vêtement nouveau. Que la paix du Seigneur soit avec vous ! »

« Qu'est-ce que ce vêtement, dit Cymodocée ? Est-ce ma robe nuptiale ? Est-ce mon époux qui me l'envoie ? »

« C'est pour lui qu'il la faut prendre, répliqua la femme du gardien. »

« Oh, dit Cymodocée pleine de joie, mon époux a reçu sa grâce, nous achèverons notre hymen ! »

Blanche avoit le cœur brisé; elle se contenta de dire :

« Priez, ma sœur, pour vous et pour moi ! »

Elle sortit.

Demeurée seule avec le vêtement de gloire, Cymodocée le considère, et le prend dans ses mains charmantes.

« On m'ordonne, dit-elle, de me parer pour mon époux ; il faut obéir. »

Aussitôt elle revêt la tunique, qu'elle rattache avec la ceinture; les brodequins couvrent ses pieds plus blancs que le marbre de Paros; elle jette le voile sur sa tête, et suspend à son épaule le manteau : telle la Muse des mensonges nous peint la Nuit, mère de l'Amour, enveloppée de ses voiles d'azur et de ses crêpes funèbres ; telle Marcie (moins jeune, moins belle, moins vertueuse,) se montra aux yeux du dernier Caton, quand elle le réclama pour époux au milieu des malheurs de Rome, et qu'elle parut à l'autel de l'Hymen avec l'habit d'une veuve éplorée. Cymodocée ne sait pas qu'elle porte la robe de la mort! Elle se regarde dans ce triste appareil qui la rend cent fois plus touchante; elle se rappelle le jour où elle se couvrit des ornemens des Muses pour aller avec son père remercier la famille de Lasthénès.

« Ma robe nuptiale, disoit-elle, n'est pas aussi éclatante; mais elle plaira peut-être davantage à mon époux, parce que c'est une robe chrétienne. »

Le souvenir de son premier bonheur, et du doux pays de la Grèce, inspira la fille d'Homère. Elle s'assit devant la fenêtre de la prison, et reposant sur sa main sa tête embellie du voile des martyres, elle soupira ces paroles harmonieuses :

« Légers vaisseaux de l'Ausonie, fendez
» la mer calme et brillante! Esclaves de
» Neptune, abandonnez la voile au souffle
» amoureux des vents! Courbez-vous sur la

» rame agile. Reportez-moi sous la garde
» de mon époux et de mon père, aux
» rives fortunées du Pamisus.

» Volez, oiseaux de Libye, dont le cou
» flexible se courbe avec grace, volez au
» sommet de l'Ithome, et dites que la fille
» d'Homère va revoir les lauriers de la
» Messénie!

» Quand retrouverai-je mon lit d'ivoire,
» la lumière du jour si chère aux mortels,
» les prairies émaillées de fleurs qu'une eau
» pure arrose, que la pudeur embellit de
» son souffle!

» J'étois semblable à la tendre génisse
» sortie du fond d'une grotte, errante sur
» les montagnes, et nourrie au son des ins-
» trumens champêtres. Aujourd'hui dans une
» prison solitaire, sur la couche indigente
» de Cérès!...

» Mais d'où vient qu'en voulant chanter
» comme la fauvette, je soupire comme la

» flûte consacrée aux morts ? Je suis pourtant revêtue de la robe nuptiale ; mon cœur sentira les joies et les inquiétudes maternelles ; je verrai mon fils s'attacher à ma robe, comme l'oiseau timide qui se réfugie sous l'aile de sa mère ? Eh, ne suis-je pas moi-même un jeune oiseau ravi au sein paternel !

» Que mon père et mon époux tardent à paroître ! Ah s'il m'étoit permis d'implorer encore les Grâces et les Muses ! Si je pouvois interroger le ciel dans les entrailles de la victime ! Mais j'offense un Dieu que je connois à peine : reposons-nous sur la Croix. »

Déjà la nuit enveloppoit Rome enivrée. Tout à coup les portes de la prison s'ouvrent, et le centurion chargé de lire aux Chrétiens la sentence de l'Empereur, paroît devant Cymodocée. Il étoit accompagné de plusieurs soldats : quelques autres, arrêtés dans les cours extérieures, retenoient le gardien, et lui prodiguoient le vin des idoles.

Comme une colombe, que le chasseur a surprise dans le creux d'un rocher, reste immobile de frayeur, et n'ose s'envoler dans les plaines du ciel : ainsi la fille de Démodocus demeure frappée d'étonnement et de crainte, sur le siége à demi brisé où elle étoit assise. Les soldats allument un flambeau. O prodige! l'épouse d'Eudore reconnoît Dorothé sous l'habit du centurion! Dorothé contemple à son tour, sans pouvoir parler, cette femme dans l'appareil du martyre! Jamais il ne l'avoit vue si belle : la tunique bleue, le manteau noir, faisoient éclater la blancheur de son teint; et ses yeux fatigués par les pleurs, avoient une douceur angélique : elle ressembloit à un tendre narcisse qui penche sa tête languissante au bord d'une eau solitaire. Dorothé et les autres Chrétiens déguisés en soldats, lèvent les bras au ciel et fondent en larmes.

« C'est toi, compagnon de mes courses loin de ma patrie, s'écria la jeune Messénienne, en se mettant à genoux, et tendant les mains à Dorothé! Tu visites enfin ton Esther! Mortel généreux, viens-tu guider mes pas vers mon père et vers mon époux? Que la nuit eût été longue sans toi! »

Dorothé, la voix entrecoupée par les pleurs, répondit :

« Cymodocée, vous connoissez donc votre sort? Cette robe..... »

« C'est ma robe nuptiale, dit la vierge ingénue. Mais si tout est fini, si mon époux est sauvé, si je suis libre, pourquoi ces pleurs et ce mystère ? »

« Fuyons, repartit Dorothé; enveloppez-vous dans cette toge, nous n'avons pas un moment à perdre. Accompagné de ces braves amis, je me suis glissé dans votre prison à la faveur de ce déguisement; j'ai montré la sentence de l'Empereur : Sævus m'a pris pour le centurion qui vient vous annoncer l'arrêt fatal. »

« Quel arrêt, dit la fille d'Homère ? »

« Vous ne savez donc pas, repartit Dorothé, que les Chrétiens des prisons sont condamnés à mourir demain dans l'amphithéâtre ? »

« Mon époux est-il compris dans cet arrêt, dit la nouvelle Chrétienne en se levant avec une gravité qu'elle n'avoit point encore montrée; parlez, ne me trompez pas. Je ne connois point le serment inviolable des Chrétiens; autrefois j'aurois juré par l'Erèbe et par le génie de mon père. Voilà votre livre sacré ; il est écrit dans ce livre : « Vous ne mentirez pas. » Jurez-donc sur l'Evangile que mon Eudore est sauvé. »

Dorothé pâlit ; les yeux noyés de larmes, il s'écria :

« Femme, voulez-vous donc que je vous parle de la gloire dont votre époux s'est couvert, et de celle qui l'attend encore ? »

Cymodocée trembla comme le palmier frappé de la foudre.

« Vos paroles, dit-elle, ont descendu dans mon cœur comme un glaive. Je vous entends! Et vous voulez que je fuie ! Je ne reconnois pas là les maximes d'un Chrétien ! Eudore est couvert de plaies pour son Dieu ; il combattra demain les bêtes féroces, et l'on me conseille de me soustraire à mon sort, de l'abandonner au sien ! Je sens à mes côtés je ne sais quelle Espérance qui me fait entrevoir un bonheur et des beautés divines. Si quelquefois, foible et découragée, j'ai jeté un regard complaisant sur la vie, toutes ces craintes sont dissipées. Non, l'eau du Jourdain n'aura pas coulé en vain sur ma tête ! Je vous salue, robe sacrée, dont je ne connoissois pas le prix ! Je le vois, vous êtes la robe du martyre ! La pourpre qui vous teindra demain sera immortelle, et me rendra plus digne de paroître devant mon époux ! »

En prononçant ces mots, Cymodocée saisie d'un enthousiasme divin, portoit sa robe à ses lèvres, et la baisoit avec respect.

« Eh bien, s'écria Dorothé, si vous ne voulez pas nous suivre, nous périrons tous avec vous ; nous demeurerons ici, nous nous déclarerons Chrétiens, et demain vous nous conduirez à l'amphithéâtre. Mais quoi, la religion vous commande-t-elle cette barbarie? Vous voulez mourir sans recevoir la bénédiction de votre père, sans embrasser ce vieillard qui vous attend, et que votre résolution va conduire au tombeau. Ah, si vous l'aviez vu souiller ses cheveux avec des cendres brûlantes, déchirer ses habits, se rouler au pied des murs de votre prison, Cymodocée, vous vous laisseriez attendrir. »

Comme la glace qu'une seule nuit a formée dans les premiers jours du printemps, se fond aux rayons du soleil ; comme la fleur près d'éclore, brise la légère enveloppe du bouton qui la retient : ainsi, la résolution de Cymodocée s'évanouit à ces paroles ; ainsi, la piété filiale éclate et refleurit au fond de son cœur. Elle ne peut se résoudre à compromettre les hommes généreux qui s'exposent pour la sauver ; elle ne peut mourir sans chercher à consoler Démodocus : elle garde un moment le silence ; elle écoute les conseils de l'Ange des espérances célestes, qui parle à son ame ; puis soudain, renfermant en elle-même un projet sublime :

« Allons revoir mon père ! »

Les Chrétiens au comble de la joie, couvrent d'un casque les cheveux de la jeune fille ; ils enveloppent Cymodocée dans une de ces toges blanches bordées de pourpre, que les adolescens prenoient à Rome, au sortir de l'enfance : on eût cru voir la légère Camille, le bel Ascagne, ou l'infortuné Marcellus. Les Chrétiens placent la fille d'Homère au milieu d'eux ; ils éteignent les flambeaux, sortent tous ensemble, et laissent le gardien plongé dans l'ivresse, fermer soigneusement des cachots vides.

La troupe sainte se disperse dans la nuit, et Zacharie va porter à Eudore la nouvelle de la délivrance de Cymodocée.

Déjà l'on connoissoit dans la prison de

Saint-Pierre le mensonge généreux du billet de Festus, et le fils de Lasthénès étoit soulagé d'une douleur insupportable. Mais lorsque Zacharie vint lui dire que la brebis étoit sortie de la caverne des lions, il poussa un cri de joie qui fut répété par tous les martyrs. Les confesseurs, en admirant les Fidèles qui combattoient pour la foi, ne désiroient point voir couler le sang de leurs frères. Les victimes attristées par le deuil du fils de Lasthénès, reprirent leur sérénité : il ne s'agissoit plus que de mourir ! On commença par remercier le Dieu qui sauva Joas des mains d'Athalie. Ensuite revinrent les discours graves, les exhortations pieuses : Cyrille parloit avec majesté, Victor avec force, Genès avec gaieté, Gervais et Protais avec une onction fraternelle, Perséus, le descendant d'Alexandre, offroit des leçons tirées de l'histoire ; Thraséas, l'hermite du Vésuve, enveloppoit ses maximes dans des images riantes :

« Puisque toute la vie, disoit-il à Perséus, se réduit à quelques jours, que vous seroit-il revenu des grandeurs de votre naissance ? Que vous importe aujourd'hui d'avoir accompli le voyage dans un esquif, ou sur une trirème ? L'esquif même est préférable, car il vogue sur le fleuve auprès de la terre qui lui présente mille abris ; le vaisseau navigue sur une mer orageuse où les ports sont rares, les écueils fréquens, et où souvent on ne peut jeter l'ancre, à cause de la profondeur de l'abîme. »

Tels étoient la liberté d'esprit, l'enjouement, les grâces de ces hommes, qui passoient leur dernière nuit sur la terre. Les jeunes et les vieux martyrs, animés du souffle de l'Esprit-Saint, répandoient tous les trésors des vertus, et présentoient réunis et confondus les fruits les plus aimables de la sagesse : tels sont les champs fertiles de la Campanie ; le jeune froment est semé à l'ombre du vieux peuplier qui porte la vigne ; bientôt le chaume jaunissant monte pour chercher la grappe rougie qui descend à son tour vers les épis dorés ; un vent du ciel se glisse parmi les berceaux, agite les peupliers, les épis, les guirlandes de la vigne, et mêle les douces odeurs des moissons, des jardins et des bois.

Mais Dorothé, comme un courageux pasteur, s'est ouvert un chemin à travers la foule idolâtre. Sur le flanc du mont Esquilin, s'élevoit une retraite qu'avoit habitée Virgile; un laurier planté à la porte s'offroit à la vénération du peuple. Dorothé, aux jours de sa puissance, avoit acheté cette demeure pour l'embellir. C'est là qu'il vient cacher la fille d'Homère. Démodocus remplissoit déjà cet asile écarté du bruit de ses pleurs. Le vieillard étoit assis dans la poussière, sous un portique : il croit voir deux guerriers s'avancer à travers les ombres :

« Qui êtes-vous, s'écrie-t-il d'une voix éclatante? Fantômes envoyés par les sanglantes Euménides, venez-vous m'entraîner dans la nuit du Tartare? Êtes-vous des Génies chrétiens qui m'annoncez la mort de ma fille? Tombe le Christ et ses temples, tombe le Dieu qui attache à la croix ses adorateurs ! »

« Ce sont eux cependant qui te ramènent ta fille, dit Cymodocée en se jetant au cou de son père ! »

Le casque de la jeune martyre roule à terre, ses cheveux descendent sur ses épaules : le guerrier devient une vierge charmante. Démodocus perd l'usage de ses sens; on s'empresse de le faire revenir à la vie; on lui explique des mystères que dans sa joie il peut à peine comprendre. Cymodocée le soulage par des paroles et par des caresses :

« O mon père, je te retrouve enfin, après une séparation cruelle ! Me voilà donc encore à tes pieds! C'est moi, c'est ta Cymodocée, pour qui ta bouche apprit à prononcer le tendre nom de fille. Tu me reçus dans tes bras à ma naissance. Tu me comblas de tes caresses et de tes bénédictions. Que de fois, suspendue à tes bras, que de fois j'ai promis de te rendre le plus heureux des mortels; et j'ai pu faire couler des larmes de tes yeux! O mon père! est-ce toi que je presse sur mon sein? Ah! jouissons bien de ces momens d'un bonheur inespéré! Tu le sais : le ciel est prompt à reprendre les dons qu'il nous faits. »

Alors Démodocus :

« Gloire de mes ancêtres, fille plus précieuse à mon cœur que la lumière qui éclaire les ombres heureuses dans l'Elysée, pourrois-je te raconter mes douleurs ! Comme je te cherchois aux lieux où je t'avois vue et autour de ces prisons qui te déroboient à mon amour ! Ah, me disois-je, je ne préparerai point sa couche nuptiale ; je n'allumerai point la torche de son hyménée ; je resterai seul sur la terre, où les dieux m'auront enlevé ma couronne et ma joie ! Lorsque je serrois ma fille dans mes bras aux rivages de l'Attique, je l'embrassois donc pour la dernière fois? Quel doux regard elle attachoit sur moi ! Comme elle me sourioit avec tendresse ! Etoit-ce là son dernier sourire? O traits chéris que j'ai retrouvés ; ô front où se peignent la candeur et l'innocence, vous semblez faits pour le bonheur ! Quel plaisir de sentir palpiter ce cœur jeune et plein de vie, sur ce cœur vieilli et épuisé par la douleur ! »

Tels sont les gémissemens de Démodocus et de Cymodocée : Alcyon, qui bâtit son nid sur les vagues, fait entendre avec ses petits de douces plaintes dans le berceau flottant que la vaste mer doit bientôt engloutir. Dorothé fait apporter des flambeaux, et conduit le père et la fille dans une salle où l'on avoit préparé deux lits ; il se retire et les laisse à leur tendresse. La nuit entière se fût écoulée dans des récits mutuels et de touchantes caresses, si le prêtre des dieux, se jetant tout à coup aux pieds de Cymodocée, ne se fût écrié :

« O ma fille, mets un terme à mes craintes et à mes malheurs ! Abjure des autels qui t'exposent sans cesse à de nouvelles persécutions ; reviens au culte de ton père. Hiéroclès n'est plus à craindre. Celui qui devoit être ton époux.... »

Cymodocée se précipite à son tour aux genoux du vieillard :

« Mon père à mes pieds, s'écrie-t-elle, en relevant Démodocus ! Ah, je n'ai pas la force de supporter cette épreuve ! O mon père, épargnez une fille pleine de foiblesse, ne la séduisez pas ; laissez-lui le Dieu de son époux. Si vous saviez combien ce Dieu a augmenté pour vous mon respect et mon amour ! »

« Ce Dieu, dit Démodocus a voulu me ravir ma fille; il t'enlève ton époux ! »

« Non, dit Cymodocée, je ne perdrai point Eudore : il vivra toujours, sa gloire rejaillira sur moi. »

« Quoi, reprit le prêtre d'Homère, tu ne perdras point Eudore descendu au tombeau ? »

« Il n'est point de tombeau pour lui, dit la vierge inspirée : on ne pleure point les Chrétiens morts pour leur Dieu ; comme on pleure les autres hommes. »

Cependant Cymodocée qui cache un profond dessein dans son cœur, invite son père à se reposer. Elle le contraint par ses prières à se jeter sur un lit. Le vieillard ne pouvoit se résoudre à perdre un moment des yeux sa fille retrouvée ; il croyoit toujours qu'elle alloit lui échapper : ainsi, lorsqu'un homme a été long-temps poursuivi par un songe funeste, au moment de son réveil il voit encore l'image effrayante, et la naissante aurore ne rassure point ses esprits. Cymodocée se plaint de la fatigue qu'elle éprouve ; elle s'incline sur le second lit à l'autre extrémité de la salle, et adresse tout bas cette prière à l'Eternel :

« Dieu inconnu, qui pénètres le fond de
» mon cœur, Dieu qui as vu mourir ton fils
» unique, si mes desseins te sont agréables,
» fais descendre vers mon père un de ces
» Esprits qu'on appelle tes Anges : ferme ses
» yeux appesantis par les larmes, et sou-

» viens-toi de lui, quand je l'aurai quitté
» pour toi. »

Elle dit, et sa prière, sur des ailes de flamme, s'envole au sein de l'Eternel. L'Eternel la reçoit dans sa miséricorde, et l'Ange du sommeil abandonne aussitôt les voûtes éthérées. Il tient à la main son sceptre d'or qui lui sert à calmer les peines des justes. Il franchit d'abord la région des soleils, et s'abaisse vers la terre, où le conduit un long cri de douleurs. Descendu sur ce globe, il s'arrête un moment au plus haut sommet des montagnes de l'Arménie; il cherche des yeux les déserts où furent les campagnes d'Eden; il se souvient du premier sommeil de l'homme, alors que Dieu tira du côté d'Adam la belle compagne qui devoit perdre et sauver la race humaine. Bientôt il prend son vol vers le mont Liban; il voit au-dessous de lui les vallées profondes, les torrens blanchis, les cèdres sublimes; il touche aux plaines innocentes où les Patriarches goûtoient ses dons sous un palmier. Il plane ensuite sur les mers de Sidon et de Tyr, et laissant au loin l'exil de Teucer, la tombe d'Aristomène, la Crète chérie des rois, la Sicile aimée des pasteurs, il découvre les bords de l'Italie. Il fend les airs sans bruit et sans agiter ses ailes : il répand sur son passage la fraîcheur et la rosée ; il paroît : les flots s'assoupissent, les fleurs s'inclinent sur leurs tiges, la colombe cache sa tête sous son aile, et le lion s'endort dans son antre. Les sept collines de la ville éternelle s'offrent enfin aux regards de l'Ange consolateur. Il voit avec horreur un million d'idolâtres troubler le calme de la nuit : il les abandonne à leur coupable veille ; il est sourd à la voix de Galérius ; mais il ferme en passant les yeux des martyrs ; il vole à la retraite solitaire de Démodocus. Ce père infortuné s'agitoit, brûlant sur sa couche ; le messager divin étend son sceptre pacifique, et touche les paupières du vieillard : Démodocus tombe à l'instant dans un repos profond et délicieux. Il n'avoit connu jusqu'alors que ce Sommeil frère de la mort, habitant des enfers, enfant de ces Démons appelés dieux parmi les hommes ; il ignoroit ce Sommeil de vie qui vient du ciel ; charme puissant composé de paix et d'innocence, qui n'amène point de songes, qui n'appesantit point l'ame, et qui semble être une douce vapeur de la vertu. L'Ange du repos n'ose approcher de Cymodocée : il s'incline avec respect devant cette vierge qui prie, et la laissant sur la terre, il va l'attendre dans le ciel.

FIN DU LIVRE VINGT-TROISIÈME.

REMARQUES

SUR LE VINGT-TROISIÈME LIVRE.

PREMIÈRE REMARQUE.

(Pag. 339. A ces mots, le prince des ténèbres disparoît du milieu de la foule.)

Rien n'est plus commun dans les poëtes que cette machine d'une divinité qui prend la forme d'un personnage connu, pour produire ou diriger un événement : je ne crois pas devoir citer.

IIe.

(Pag. 339. Son triomphe sur les Parthes.)

Crevier pense que Galérius célébra en effet son triomphe sur les Parthes. Cela souffre pourtant des difficultés en critique ; mais j'ai adopté l'opinion qui me convenoit le mieux.

IIIe.

(Pag. 339. Rétablit les fêtes de Bacchus.)

L'an 568 de Rome, le sénat découvrit de telles abominations dans les fêtes de Bacchus, qu'il fit supprimer ces fêtes.

IVe.

(Pag. 340. Des courtisanes nues, rassemblées au son de la trompette, etc.)

Cette description n'est que trop historique ; j'ai seulement omis les infamies les plus révoltantes. Il y eut deux Flore : la première, épouse des Zéphyrs, reine des fleurs, nymphe des îles Fortunées ; la seconde, courtisane romaine, qui légua sa fortune au peuple, et dont le culte criminel se confondit bientôt avec le culte innocent que l'on rendoit à la première Flore.

« *Pantomimus à pueritia patitur in corpore, ut artifex esse possit. Ipsa etiam prostibula publicæ libidinis hostiæ in scena proferuntur : plus miseræ in præsentia feminarum, quibus solis latebant, perque omnis ætatis, omnis dignitatis ora transducuntur, locus, stipes, elogium, etiam quibus opus non est prædicatur. Taceo de reliquis, etiam quæ in tenebris, et in speluncis suis delitescere decebat, ne diem contaminarent.* » TERTULL., *de Spect.* cap. XVII.

« *Celebrantur ergo illi ludi* (*Florales*) *cum omni lascivia convenientes memoriæ meretricis. Nam præter verborum licentiam, quibus obscœnitas omnis effunditur, exuuntur etiam vestibus, populo flagitante, meretrices, quæ tunc mimorum funguntur officio, et in conspectu populi usque ad satietatem impudicorum luminum cum pudendis motibus detinentur.* » LACTAN., *Div. Inst.*, lib. I, cap. 20.

Saint Augustin (*epist.* CCII) parle encore de ces jeux pour les anathématiser. Personne n'ignore l'histoire de Caton : un jour qu'il étoit présent aux fêtes de Flore, on n'osoit, par respect pour sa vertu, commencer les orgies ; il se retira, afin de ne pas interrompre les plaisirs du peuple. Quel éloge des mœurs de Caton, et en même temps quelle déplorable foiblesse de la morale païenne! Caton approuve moralement ces jeux, puisqu'il y assiste; et les mœurs de ce même Caton empêchent de commencer ces jeux! SENEC., epist. XLVII.

V^e.

(Pag. 340. Des outres et des amphores, etc.)

J'ai suivi pour tous ces détails les dessins des vases grecs, et les bas reliefs antiques. On peut consulter Catulle, Noces de Thétis et de Pélée; Tacite, sur Claude, au sujet de Messaline; et Euripide, dans les Bacchantes.

VIe.

(Pag. 341. Chantons Evohé, etc.)

Ce n'est point ici un chant connu; ce n'est ni l'ode d'Horace, ni l'hymne d'Homère; c'est un chant composé de diverses histoires qui ont rapport à Bacchus, et de l'éloge de l'Italie par Virgile. J'ai déjà dit que faute d'attention un critique, peu versé dans l'antiquité, pourroit se méprendre à ces passages des Martyrs, et tomber dans des erreurs désagréables pour lui : au moyen de ces notes, on saura à qui parler. Je ne citerai point les imitations, laissant au lecteur le plaisir de les chercher dans les poëtes que j'ai indiqués : Pindare d'abord; ensuite, l'Hymne à Bacchus, attribuée à Homère; Euripide, Catulle, Horace, Ovide et Virgile, *in Georgic.*

VIIe.

(Pag. 343. Qu'il étoit touchant, dans le délire de Rome païenne, de voir les Chrétiens, etc.)

De bonne foi, le christianisme n'a-t-il pas ici l'avantage sur le paganisme? Ces larmes du malheur ne sont-elles pas préférables, même poétiquement, à ces cris de la joie? Y a-t-il quelque lecteur qui se sente plus intéressé par l'ymne à Bacchus et les fêtes de Flore, que par les prières des Chrétiens infortunés ?

VIIIe.

(Pag. 346. Festus avoit d'ailleurs été frappé des réponses et de la magnanimité d'Eudore.)

Il y a mille exemples de juges, de geôliers, de bourreaux même convertis par les paroles et les souffrances des Chrétiens qu'ils persécutoient.

IXe.

(Pag. 348. Les Chrétiens, dont la charité, etc.)

Ce ne sont point des vertus imaginaires : les Chrétiens ont été les premiers à secourir les lépreux qu'on abandonnoit au coin des rues ; ils bâtirent pour cette affreuse maladie des hôpitaux connus sous le nom de Léproserie.

X^e.

(Pag. 349. Il expire.)

Cette scène terrible d'une ame qui comparoît au jugement de Dieu, retracée par les sermonaires, n'avoit point encore, que je sache, été transportée dans l'épopée chrétienne. En faisant condamner Hiéroclès, je n'ai pas été plus loin que le Dante, qui trouve aux enfers ses contemporains, et même un prélat qui vivoit encore.

XIe.

(Pag. 352. Il est dans le ciel une Puissance, etc.)

Fiction en contraste avec la scène précédente, et

qui forme la transition pour revenir du ciel sur la terre. On a souvent peint l'Espérance ; j'ai hasardé d'en faire un portrait nouveau.

XIIe.

(Pag. 353. C'étoit une tunique bleue, etc.)

Saint Chrysostôme décrit ainsi l'habit des vierges de son temps : « Une tunique bleue serrée d'une » ceinture ; des souliers noirs et pointus, un voile » blanc sur le front, un manteau noir qui couvroit » la tête et tout le corps. Les peintures que l'on fait » de la Sainte-Vierge semblent en être venues. » FLEURY, *Mœurs des Chrét.*, chap. LII.

XIIIe.

(Pag. 354. Telle Marcie, etc.)

C'est un des plus beaux morceaux de Lucain :

Sicut erat, mœsti servans lugubria cultûs
Quoque modo natos, hoc est amplexa maritum.
Obsita funerea celatur purpura lana.
Non soliti lusère sales, nec more Sabino
Excepit tristis convicia festa maritus.
Pignora nulla domus : nullis coïère propinqui :
Junguntur taciti, contentique auspice Bruto.

LUCAN. Phars. libr. II.

XIVe.

(Pag. 355. Légers vaisseaux de l'Ausonie, etc.)

Ce chant est peut-être le morceau que j'ai le plus soigné de tout l'ouvrage. On peut remarquer qu'il ne s'y trouve qu'un seul hiatus, encore glisse-t-il assez facilement sur l'oreille. J'aurois désiré que la chanson de mort de ma jeune Grecque fût aussi douce que sa voix, et aussi harmonieuse que la langue dans laquelle Cymodocée est censée parler. Cette espèce d'hymne funèbre est dans le goût de l'antiquité Homérique. Comment Cymodocée eût-elle soupiré ses regrets sur la lyre chrétienne? Seule, plongée au fond d'un cachot, sans maître, sans instruction, sans guide, elle porte de nécessité dans ses sentimens les erreurs de sa première éducation ; mais elle s'aperçoit pourtant qu'elle pèche, et elle se reproche innocemment un langage que son ignorance excuse.

XVe.

(Pag. 360. Je vous salue, robe sacrée, etc.)

Après avoir vu la femme, on retrouve la Chrétienne.

XVIe.

(Pag. 363. Les confesseurs..... ne désiroient point voir couler le sang de leurs frères.)

Loin de vouloir qu'on s'exposât au martyre, l'Eglise condamnoit ceux qui s'y livroient inutilement, et conseilloit la fuite dans la persécution. Voyez SAINT CYPRIEN.

XVIIe.

(Pag. 365. S'élevoit une retraite qu'avoit habitée Virgile.)

On m'a montré à Rome les prétendues ruines de cette maison.

XVIIIe.

(Pag. 365. Un laurier, etc.)

J'ai mis à la porte de la maison de Virgile le laurier qui croît à Naples sur son tombeau.

XIXe.

(Pag. 368. Abjure des autels, etc.)

Voilà le plus rude assaut que Cymodocée ait eu

à soutenir. On doit tout lui pardonner, puisqu'elle ne succombe pas aux prières de son père ; elle est assez forte. Sainte Perpétue passa par la même épreuve. Voyez l'Examen.

XXe.

(Pag. 370. Il tient à la main son sceptre d'or, etc.)

Comme mon jugement particulier n'oblige personne à trouver bon ce que j'écris, je dirai que cet Ange du sommeil est, de toutes les fictions des Martyrs, celle que je préfère, et celle que j'ai composée avec le plus de plaisir. Je ne puis m'empêcher de croire qu'un homme, avec plus de talent que moi, pourroit tirer, de l'action des Anges et des Saints, un genre de beautés qui balanceroit pour le moins les créations mythologiques. Ce n'est point condamner celles-ci, c'est seulement ajouter aux richesses des poëtes.

FIN DES REMARQUES DU LIVRE VINGT-TROISIÈME.

SOMMAIRE DU LIVRE VINGT-QUATRIÈME.

Adieux à la Muse. Maladie de Galérius. L'amphithéâtre de Vespasien. Eudore est conduit au martyre. Michel plonge Satan dans l'abîme. Cymodocée s'échappe d'auprès de son père, et vient trouver Eudore à l'amphithéâtre. Galérius apprend que Constantin a été proclamé César. Martyre des deux époux. Triomphe de la religion chrétienne.

LIVRE XXIV.

O Muse, qui daignas me soutenir dans une carrière aussi longue que périlleuse, retourne maintenant aux célestes demeures! J'aperçois les bornes de la course; je vais descendre du char, et pour chanter l'hymne des morts, je n'ai plus besoin de ton secours. Quel Français ignore aujourd'hui les cantiques funèbres? Qui de nous n'a mené le deuil autour d'un tombeau, n'a fait retentir le cri des funérailles? C'en est fait, ô Muse, encore un moment, et pour toujours j'abandonne tes autels! Je ne dirai plus les amours et les songes séduisans des hommes : il faut quitter la lyre avec la jeunesse. Adieu, consolatrice de mes jours, toi qui partageas mes plaisirs, et bien plus souvent mes douleurs! Puis-je me séparer de toi sans répandre des larmes! J'étois à peine sorti de l'enfance, tu montas sur mon vaisseau rapide, et tu chantas les tempêtes qui déchiroient ma voile; tu me suivis sous le toit d'écorce du Sauvage, et tu me fis trouver dans les solitudes américaines les bois du Pinde. A quel bord n'as-tu pas conduit mes rêveries ou mes malheurs? Porté sur ton aile, j'ai découvert au milieu des nuages les montagnes désolées de Morven, j'ai pénétré les forêts d'Erminsul, j'ai vu couler les flots du Tibre, j'ai salué les oliviers du Céphise et les lauriers de l'Eurotas. Tu me montras les hauts cyprès du Bosphore, et les sépulcres déserts du Simoïs. Avec toi je traversai l'Hermus rival du Pactole; avec toi j'adorai les eaux du Jourdain, et je priai sur la montagne de Sion. Memphis et Carthage nous ont vu méditer sur leurs ruines; et dans les débris des palais de Grenade, nous évoquâmes les souvenirs de l'honneur et de l'amour. Tu me disois alors :

« Sache apprécier cette gloire dont un » obscur et foible voyageur peut parcourir » le théâtre en quelques jours. »

O Muse, je n'oublierai point tes leçons! Je ne laisserai point tomber mon cœur des régions élevées où tu l'as placé. Les talens de l'esprit que tu dispenses, s'affoiblissent par le cours des ans; la voix perd sa fraîcheur, les doigts se glacent sur le luth; mais les nobles sentimens que tu inspires peuvent rester quand tes autres dons ont disparu. Fidèle compagne de ma vie, en remontant dans les cieux laisse-moi l'indépendance et la vertu. Qu'elles viennent ces Vierges austères, qu'elles viennent fermer pour moi le livre de la Poésie, et m'ouvrir les pages de l'Histoire. J'ai consacré l'âge des illusions à la riante peinture du mensonge : j'emploirai l'âge des regrets au tableau sévère de la vérité.

Mais que dis-je? Ne l'ai-je point déjà quitté le doux pays du mensonge? Ah, les maux que Galérius a fait souffrir aux Chrétiens ne sont pas de vaines fictions!

Il est temps que le ciel venge sur l'oppresseur la cause de l'innocence opprimée. L'Ange du sommeil n'a point voulu prêter l'oreille aux prières de Galérius : il l'a laissé en proie à l'Ange Exterminateur. Le vin de la colère de Dieu, en pénétrant dans les entrailles du persécuteur des Fidèles, a fait éclater un mal caché, fruit de l'intempérance et de la débauche. Depuis la ceinture jusqu'à la tête, Galérius n'est plus qu'un squelette recouvert d'une peau livide, enfoncée entre des ossemens; le bas de son corps est enflé comme une outre, et ses pieds n'ont plus de forme. Lorsqu'au bord d'un vivier couvert de roseaux et de glaïeuls, un serpent s'est attaché aux flancs d'un taureau, l'animal se débat dans les nœuds du reptile; il frappe l'air de sa corne; mais bientôt, dompté par le venin, il tombe et se roule en mugissant : ainsi s'agite et rugit Galérius. La gangrène dévore ses intestins. Pour attirer au-dehors les vers qui rongent ce maître du monde, on livre à ses plaies affamées des animaux nouvellement égorgés. On invoque Apollon, Esculape, Hygie : vaines idoles qui ne peuvent se défendre elles-mêmes des vers qui leur perçent le cœur ! Galérius fait trancher la tête aux médecins qui ne trouvent point de remèdes à ses souffrances.

« Prince, lui dit l'un d'entr'eux, élevé secrètement dans la foi des Chrétiens, cette maladie est au-dessus de notre art : il faut remonter plus haut. Souvenez-vous de ce que vous avez fait contre les serviteurs de Dieu, et vous saurez à qui vous devez avoir recours. Je suis prêt à mourir comme mes frères; mais les médecins ne vous guériront pas. »

Cette franchise plonge Galérius dans des transports de rage. Il ne peut se résoudre à reconnoître l'impiété de ce titre d'Eternel dont il a surchargé une vie d'un moment. Sa fureur contre les Chrétiens redouble : loin de vouloir suspendre leurs supplices, il confirme sa première sentence, et n'attend lui-même que le jour pour montrer à l'amphithéâtre le spectacle d'un prince mourant qui vient voir mourir ses sujets.

Son impatience ne fut pas long-temps éprouvée : déjà les flots jaunissans du Tibre, les coteaux d'Albe, les bois de Lucrétile et de Tibur, sourioient aux feux naissans de l'aurore. La rosée brilloit suspendue aux plantes comme une manne : la campagne romaine se montroit tout éclatante de la fraîcheur, et pour ainsi dire de la jeunesse de la lumière. Les monts lointains de la Sabine qu'enveloppoit une vapeur diaphane, se peignoient de la couleur du fruit du prunier, quand sa pourpre violette est légèrement blanchie par sa fleur. On voyoit la fumée s'élever des hameaux, les brouillards fuir le long des collines, et la cime des arbres se découvrir : jamais plus beau jour n'étoit sorti de l'orient pour contempler les crimes des hommes. O soleil, sur le trône élevé d'où tu jettes un regard ici-bas, que te font nos larmes et nos malheurs ? Ton levant et ton coucher ne peuvent être troublés par le souffle de nos misères ; tu éclaires des mêmes rayons le crime et la vertu ; les générations passent, et tu poursuis ta course !

Cependant le peuple s'assembloit à l'amphithéâtre de Vespasien : Rome entière étoit accourue pour boire le sang des martyrs. Cent mille spectateurs, les uns voilés d'un pan de leur robe, les autres portant sur la tête une ombelle, étoient répandus sur les gradins. La foule vomie par les portiques, descendoit et montoit le long des escaliers extérieurs, et prenoit son rang sur les marches revêtues de marbre. Des grilles d'or défendoient le banc des sénateurs de l'attaque des bêtes féroces. Pour rafraîchir l'air, des machines ingénieuses faisoient monter des sources de vin et d'eau safranée, qui retomboient en rosée odoriférante. Trois mille statues de bronze, une multitude infinie de tableaux, des colonnes de jaspe et de porphyre, des balustres de cristal, des vases d'un travail précieux, décoroient la scène. Dans un canal creusé autour de l'arène, nageoient un hippopotame et des crocodiles; cinq cents lions, quarante éléphans, des tigres, des panthères, des taureaux, des ours accoutumés à déchirer des hommes, rugissoient dans les cavernes de l'amphithéâtre. Des gladiateurs non moins féroces essayoient çà et là leurs bras ensanglantés. Auprès des antres du trépas s'élevoient des lieux de prostitution publique: des courtisanes nues et des femmes romaines du premier rang, augmentoient, comme aux jours de Néron, l'horreur du spectacle, et venoient, rivales de la mort, se disputer les faveurs d'un prince mourant. Ajoutez les derniers hurlemens des Ménades couchées dans les rues, et expirant sous l'effort de leur dieu, et vous connoîtrez toutes les pompes, et tout le déshonneur de l'esclavage.

Les Prétoriens chargés de conduire les confesseurs au martyre, assiégeoient déjà les portes de la prison de Saint-Pierre. Eudore, selon les ordres de Galérius, devoit être séparé de ses frères, et choisi pour combattre le premier ainsi dans une troupe valeureuse, on cherche à terrasser d'abord le héros qui la guide. Le gardien de la prison s'avance à la porte du cachot, et appelle le fils de Lasthénès.

« Me voici, dit Eudore; que voulez-vous ? »

« Sors pour mourir, s'écria le gardien. »

« Pour vivre, répondit Eudore. »

Et il se lève de la pierre où il étoit couché. Cyrille, Gervais, Protais, Rogatien et son frère, Victor, Genès, Perséus, l'Hermite du Vésuve, ne peuvent retenir leurs larmes.

« Confesseurs, leur dit Eudore, nous allons bientôt nous retrouver. Un instant séparés sur la terre, nous nous rejoindrons dans le ciel. »

Eudore avoit réservé pour ce dernier moment une tunique blanche, destinée jadis à sa pompe nuptiale; il ajoute à cette tunique un manteau brodé par sa mère : il paroît plus beau qu'un chasseur d'Arcadie qui va disputer le prix des combats de l'arc ou de la lyre, dans les champs de Mantinée.

Le peuple et les Prétoriens impatiens appellent le fils de Lasthénès à grands cris.

« Allons, dit le martyr. »

Et surmontant les douleurs du corps par la force de l'ame, il franchit le seuil du cachot. Cyrille s'écrie :

« Fils de la femme, on vous a donné un » front de diamant : ne les craignez point, » et n'ayez pas de peur devant eux. »

Les évêques entonnent le Cantique des louanges, nouvellement composé à Carthage par Augustin, ami d'Eudore :

« O Dieu, nous te louons ! O Dieu, nous » te bénissons ! Les Cieux, les Anges, les » Trônes, les Chérubins te proclament trois » fois saint, Seigneur, Dieu des armées ! »

Les évêques chantoient encore l'hymne de la victoire, et Eudore, sorti de la prison, jouissoit déjà de son triomphe : il étoit livré aux outrages. Le centurion de la garde le poussa rudement et lui dit :

« Tu te fais bien attendre. »

« Compagnon, répondit Eudore en souriant, je marchois aussi vite que vous à l'ennemi ; mais aujourd'hui, vous le voyez, je suis blessé. »

On lui attacha sur la poitrine une feuille de papyrus, portant ces deux mots :

« Eudore, Chrétien. »

Le peuple le chargeoit d'opprobres.

« Où est maintenant son Dieu, disoient-ils ? Que lui a servi de préférer son culte à la vie ? Nous verrons s'il ressuscitera avec son Christ, ou si le Christ sera assez puissant pour l'arracher de nos mains. »

Et cette foule cruelle rendoit mille louanges à ses dieux, et elle se réjouissoit de la vengeance qu'elle tiroit des ennemis de leurs autels.

Le Prince des ténèbres et ses Anges répandus sur la terre et dans les airs, s'enivroient d'orgueil et de joie ; ils se croyoient prêts à triompher de la Croix ; et la Croix alloit les précipiter dans l'abîme. Ils excitoient les fureurs des Païens contre le nouvel apôtre : on lui lançoit des pierres, on jetoit sous ses pieds blessés des débris de vases, et des cailloux ; on le traitoit comme s'il eût été lui-même le Christ pour lequel ces infortunés avoient tant d'horreur. Il s'avançoit lentement du pied du Capitole à l'amphithéâtre, en suivant la voie Sacrée. Au temple de Jupiter Stator, aux Rostres, à l'arc de Titus, partout où se présentoit quelque simulacre des dieux, les hurlemens de la foule redoubloient : on vouloit contraindre le martyr à s'incliner devant les idoles.

« Est-ce au vainqueur à saluer le vaincu, disoit Eudore? Encore quelques instans, et vous jugerez de ma victoire. O Rome, j'aperçois un prince qui met son diadème aux pieds de Jésus-Christ. Le temple des Esprits de ténèbres est fermé, ses portes ne s'ouvriront plus, et des verroux d'airain en défendront l'entrée aux siècles à venir! »

« Il nous prédit des malheurs, s'écrie le peuple : écrasons, déchirons cet impie. »

Les Prétoriens peuvent à peine défendre le prophète martyr de la rage de ces idolâtres.

« Laissez-les faire, dit Eudore. C'est ainsi qu'ils ont souvent traité leurs empereurs ; mais vous ne serez point obligés d'employer la pointe de vos épées pour me forcer à lever la tête. »

On avoit brisé toutes les statues triomphales d'Eudore. Une seule étoit restée et elle se trouva sur le passage du martyr ; un soldat ému de ce singulier hasard baissa son casque pour cacher l'attendrissement de son visage. Eudore l'aperçut et lui dit :

« Ami, pourquoi pleurez vous ma gloire? C'est aujourd'hui que je triomphe ! Méritez les mêmes honneurs ! »

Ces paroles frappèrent le soldat ; et quelques jours après il embrassa la religion chrétienne.

Eudore parvient ainsi jusqu'à l'amphithéâtre, comme un noble coursier, percé d'un javelot sur le champ de bataille, s'avance encore au combat sans paroître sentir sa blessure mortelle.

Mais tous ceux qui pressoient le confesseur n'étoient pas des ennemis : un grand nombre étoient des Fidèles qui cherchoient à toucher le vêtement du martyr, des vieillards qui recueilloient ses paroles, des prêtres qui lui donnoient l'absolution du milieu de la foule, des jeunes gens, des femmes qui crioient :

« Nous demandons à mourir avec lui. »

Le confesseur calmoit d'un mot, d'un geste, d'un regard, ces élans de la vertu, et ne paroissoit occupé que du péril de ses frères.

L'Enfer l'attendoit à la porte de l'arène pour lui livrer un dernier assaut. Les gladiateurs, selon l'usage, voulurent revêtir le Chrétien d'une robe des prêtres de Saturne.

« Je ne mourrai point, s'écrie Eudore, dans le déguisement d'un lâche déserteur, et sous les couleurs de l'idolâtrie : je déchirerai plutôt de mes mains l'appareil de mes blessures. J'appartiens au peuple romain et à César : si vous les privez par ma mort du combat que je leur dois, vous en répondrez sur votre tête. »

Intimidés par cette menace, les gladiateurs ouvrirent les portes de l'amphithéâtre, et le martyr entra seul et triomphant dans l'arène.

Aussitôt, un cri universel, des applaudissemens furieux, prolongés depuis le faîte jusqu'à la base de l'édifice, en font mugir les échos. Les lions, et toutes les bêtes renfermées dans les cavernes, répondent dignement aux éclats de cette joie féroce : le peuple lui-même tremble d'épouvante; le martyr seul n'est point effrayé. Tout à coup il se souvient du pressentiment qu'il eut jadis dans ce même lieu. Il rougit de ses erreurs passées; il remercie Dieu qui l'a reçu dans sa miséricorde, et l'a conduit, par un merveilleux conseil, à une fin si glorieuse. Il songe avec attendrissement à son père, à ses sœurs, à sa patrie; il recommande à l'Eternel Démodocus et Cymodocée : ce fut sa dernière pensée de la terre; il tourne son esprit et son cœur uniquement vers le ciel.

L'Empereur n'étoit point encore arrivé, et l'Intendant des jeux n'avoit pas donné le signal. Le martyr blessé demande au peuple la permission de s'asseoir sur l'arène, afin de mieux conserver ses forces; le peuple y consent, dans l'espoir de voir un plus long combat. Le jeune homme enveloppé de son manteau, s'incline sur le sable qui va boire son sang, comme un pasteur se couche sur la mousse au fond d'un bois solitaire.

Cependant, dans les profondeurs de l'éternité, une plus vive lumière sortoit du Saint des Saints. Les Anges, les Trônes, les Dominations prosternés entendoient, saisis de joie, une voix qui disoit :

« Paix à l'Eglise! Paix aux hommes! »

L'hostie étoit acceptée, la dernière goutte

du sang du juste alloit faire triompher cette religion qui devoit changer la face de la terre. La cohorte des Martyrs s'ébranle : les divins guerriers s'assemblent au bruit d'une trompette sonnée par l'Ange des armées du Seigneur. Là brille Etienne, le premier des confesseurs ; là se montrent l'intrépide Laurent, l'éloquent Cyprien, et vous, honneur de cette pieuse et fidèle cité que le Rhône ravage, et que la Saône caresse. Tous portés sur une nuée lumineuse, il descendent pour recevoir l'heureux soldat à qui la grande victoire est réservée. Les cieux s'abaissent et s'entr'ouvrent : les chœurs des Patriarches, des Prophètes, des Apôtres, des Anges, viennent admirer le combat du juste. Les saintes Femmes, les Veuves, les Vierges, environnent et félicitent la mère d'Eudore, qui seule détourne ses yeux de la terre, et les tient attachés sur le trône de Dieu.

Alors Michel arme sa droite de ce glaive qui marche devant le Seigneur, et qui frappe des coups inattendus; il prend dans sa main gauche une chaîne forgée au feu des éclairs, dans les arsenaux de la colère céleste. Cent Archanges en formèrent les anneaux indestructibles, sous la direction d'un ardent Chérubin; par un travail admirable, l'airain fondu avec l'argent et l'or se façonne sous leurs marteaux pesans; ils y mêlèrent trois rayons de la Vengeance éternelle, le Désespoir, la Terreur, la Malédiction, un carreau de la foudre, et cette matière vivante qui composoit les roues du char d'Ezéchiel. Au signal du Dieu fort, Michel s'élance des cieux comme une comète. Les astres effrayés croient toucher à la borne de leur cours. L'Archange met un pied sur la mer et l'autre sur la terre. Il crie d'une voix terrible, et sept tonnerres parlent avec lui :

« Le règne du Christ est établi; l'idolâtrie
» est passée; la mort ne sera plus. Race
» perverse, délivrez le monde de votre pré-
» sence; et toi, Satan, rentre dans le puits
» de l'abîme où tu seras enchaîné pour mille
» ans. »

A ces accens formidables, les Anges rebelles sont saisis d'épouvante. Le prince des Enfers veut résister encore, et combattre l'envoyé du Très-Haut : il appelle à lui

Astarté et les Démons de la fausse sagesse et de l'homicide ; mais déjà précipités dans l'asile des douleurs, ils sont punis par de nouveaux tourmens des maux qu'ils viennent de faire aux hommes. Satan, demeuré seul, essaie en vain de résister au guerrier céleste : la force lui est subitement ôtée ; il sent que son sceptre est brisé et sa puissance détruite. Précédé de ses légions éperdues, il se plonge avec un affreux rugissement dans le puits de l'abîme. Les chaînes vivantes tombent avec lui, l'embrassent et le lient sur une roche enflammée au centre de l'Enfer.

Le fils de Lasthénès entend dans les airs des concerts ineffables, et les sons lointains de mille harpes d'or, mêlés à des voix mélodieuses. Il lève la tête et voit l'armée des Martyrs renversant dans Rome les autels des faux dieux, et sapant les fondemens de leurs temples parmi des tourbillons de poussière. Une échelle merveilleuse descend d'une nue jusqu'aux pieds d'Eudore. Cette échelle étoit de jaspe, d'hyacinthe, de saphirs et d'émeraudes, comme les fondemens de la Jérusalem céleste. Le martyr contemple la vision de splendeur, et appelle par ses soupirs l'instant où il pourra suivre ce chemin du ciel.

Et pourtant ce n'est pas là toute la gloire que le Dieu de Jacob réserve à son peuple. Il entretient encore dans le cœur d'une foible femme, les plus nobles et les plus généreux desseins. Quand l'alouette matinale attend sur des guérets nouveaux le retour de la lumière, aussitôt que le jour naissant a blanchi les bords des nuages, elle quitte la terre, et fait entendre en montant dans les airs, un hymne qui charme le voyageur : ainsi la vigilante Cymodocée veille attentivement à la première clarté de l'aube, pour aller chanter dans le ciel des cantiques qui raviront Israël. Un rayon de l'aurore parvient jusqu'à la jeune Chrétienne, à travers le laurier de Virgile. Aussitôt elle se lève en silence, et reprend le vêtement du martyre, qu'elle avoit eu soin de garder. Le prêtre d'Homère goûtoit encore le sommeil que l'Ange avoit répandu sur ses yeux. Cymodocée s'approche doucement, et se met à genoux au bord du lit de Démodocus. Elle contemple son père en versant des larmes muettes ; elle écoute la respiration paisible du vieillard ; elle songe à son affreux réveil ; elle peut à peine étouffer les sanglots de la piété filiale. Soudain elle rappelle son courage, ou plutôt son amour et sa foi : elle s'échappe furtivement, comme la nouvelle épouse à Sparte se déroboit aux regards de sa mère pour aller jouir des embrassemens de son époux.

Dorothé n'avoit point passé la nuit dans la maison de Virgile ; les Chrétiens ne s'endormoient point ainsi la veille de la mort de leurs frères : accompagné de tous ses serviteurs, il s'étoit rendu à l'amphithéâtre avec Zacharie. Déguisés, au milieu de la foule, ils attendoient le combat du martyr, afin de dérober ensuite le corps glorieux, et de lui donner la sépulture : ainsi une troupe de colombes, près d'une ferme où l'on bat le blé nouveau, attend que les moissonneurs se soient retirés, pour cueillir le grain resté sur l'aire.

Cymodocée ne rencontre donc point d'obstacles à sa fuite. Qui auroit pu deviner ses desseins ? Elle descend sous le péristyle, et ouvrant la porte extérieure, elle s'élance dans cette Rome qui lui étoit inconnue.

Elle erre d'abord par des rues désertes; tout le peuple s'étoit porté vers l'amphithéâtre. Elle ne sait où tourner ses pas; elle s'arrête et prête une oreille attentive, comme une sentinelle qui cherche à surprendre le bruit de l'ennemi. Il lui semble entendre un murmure lointain; elle court aussitôt de ce côté; plus elle approche, plus s'accroît le murmure. Bientôt elle aperçoit une longue file de soldats, d'esclaves, de femmes, d'enfans, de vieillards qui suivoient tous le même chemin; elle voit passer des litières, voler des chars et des cavaliers. Mille accens, mille voix, s'élèvent, et dans cette rumeur confuse, Cymodocée distingue ce cri répété:

« Les Chrétiens aux bêtes. »

« Me voici, dit-elle, avant qu'on pût l'entendre. »

Et elle s'avançoit sur une hauteur qui dominoit la foule répandue autour de l'amphithéâtre. Cymodocée descendant de la colline au lever de l'aurore, parut comme cette étoile du matin que la nuit prête un moment au jour. La Grèce, à genoux, l'eût prise pour l'amante de Zéphyre ou de Céphale ; Rome reconnut à l'instant une Chrétienne : sa robe d'azur, son voile blanc, son manteau noir, la trahirent encore moins que sa modestie.

« C'est une Chrétienne échappée, s'écria la foule : arrêtons-la. »

« Oui, répondit Cymodocée, en rougissant devant cette multitude, je suis Chrétienne, mais je ne suis point échappée; je ne suis qu'égarée. J'ai pu me tromper de chemin, moi qui suis jeune et née loin d'ici, sur le rivage de la Grèce, ma douce patrie. Puissans enfans de Romulus, voulez-vous me conduire à l'amphithéâtre ? »

Ce langage qui auroit désarmé des tigres, n'attira sur Cymodocée que des railleries et des outrages. Elle étoit tombée dans un groupe d'hommes et de femmes chancelans sous les fumées du vin. Une voix voulut dire que cette Grecque n'étoit peut-être pas condamnée aux bêtes.

« Je le suis, répondit la jeune Chrétienne avec timidité, on m'attend à l'amphithéâtre. »

La troupe aussitôt l'y conduit en poussant des hurlemens. Le gladiateur commis à l'introduction des martyrs, n'avoit point d'ordre pour cette victime, et refusoit de l'admettre au lieu du sacrifice; mais une des portes de l'arène venant à s'ouvrir, laisse voir Eudore dans l'enceinte : Cymodocée s'élance comme une flèche légère, et va tomber dans les bras de son époux.

Cent mille spectateurs se lèvent sur les gradins de l'amphithéâtre, et s'agitent en tumulte. On se penche en avant, on regarde dans l'arène, on se demande quelle est cette femme qui vient de se jeter dans les bras du Chrétien. Ceux-ci disoient :

« C'est son épouse, c'est une Chrétienne qui va mourir : elle porte la robe des condamnés. »

Ceux-là :

« C'est l'esclave d'Hiéroclès ; nous la reconnoissons ; c'est cette Grecque qui s'est déclarée ennemie des dieux, lorsque nous voulions la sauver. »

Quelques voix timides :

« Elle est si jeune et si belle ! »

Mais la multitude :

« Eh bien, qu'elle soit livrée aux bêtes, avant de multiplier dans l'Empire la race des impies ! »

L'horreur, le ravissement, une affreuse douleur, une joie inouïe, ôtoient la parole au martyr : il pressoit Cymodocée sur son cœur ; il auroit voulu la repousser ; il sentoit que chaque minute écoulée amenoit la fin d'une vie pour laquelle il eût donné un million de fois la sienne. A la fin il s'écrie, en versant des torrens de pleurs :

« O Cymodocée, que venez-vous faire ici ? Dieu, est-ce dans ce moment que je devois jamais vous voir ! Quel charme ou quel malheur vous a conduite sur ce champ de carnage ! Pourquoi venez-vous ébranler ma foi ? Comment pourrai-je vous voir mourir ? »

« Seigneur, dit Cymodocée avec des sanglots, pardonnez à votre servante. J'ai lu dans vos Livres Saints : « La femme quittera » son père et sa mère pour s'attacher à son » époux. » J'ai quitté mon père, je me suis dérobée à son amour pendant son sommeil ; je viens demander votre grâce à Galérius, ou partager votre mort. »

Cymodocée aperçoit le visage pâle du martyr, ses blessures couvertes d'un vain appareil : elle jette un cri, et, dans un saint transport, elle baise les pieds du martyr, et les plaies sacrées de ses bras et et de sa poitrine. Qui pourroit exprimer les sentimens d'Eudore, lorsqu'il sent ces lèvres pures presser son corps défiguré? Qui pourroit dire l'inconcevable charme de ces premières caresses d'une femme aimée, ressenties à travers les plaies du martyre? Tout à coup le ciel inspire le confesseur; sa tête paroît rayonnante, et son visage resplendissant de la gloire de Dieu; il tire de son doigt un anneau, et le trempant dans le sang de ses blessures:

« Je ne m'oppose plus à vos desseins, dit-il à Cymodocée : je ne puis vouloir vous ravir plus long-temps une couronne que vous recherchez avec tant de courage. Si j'en crois la voix secrète qui parle à mon cœur, votre mission sur cette terre est finie : votre père n'a plus besoin de vos secours; Dieu s'est chargé du soin de ce vieillard : il va connoître la vraie lumière, et bientôt il rejoindra ses enfans dans ces demeures où rien ne pourra plus les lui ravir. O Cymodocée, je vous l'avois prédit, nous serons unis; il faut que nous mourions époux. C'est ici l'autel, l'église, le lit nuptial. Voyez cette pompe qui nous environne, ces parfums qui tombent sur nos têtes. Levez les yeux, et contemplez au ciel avec les regards de la foi cette pompe bien autrement belle. Rendons légitimes les embrassemens éternels qui vont suivre notre martyre : prenez cet anneau et devenez mon épouse. »

Le couple angélique tombe à genoux au milieu de l'arène ; Eudore met l'anneau trempé de son sang au doigt de Cymodocée.

« Servante de Jésus-Christ, s'écrie-t-il, recevez ma foi. Vous êtes aimable comme Rachel, sage comme Rébecca, fidèle comme Sara, sans avoir eu sa longue vie. Croissons, multiplions pour l'éternité, remplissons le ciel de nos vertus. »

A l'instant le ciel ouvert célèbre ces noces sublimes : les Anges entonnent le Cantique de l'Epouse ; la mère d'Eudore présente à Dieu ses enfans unis, qui vont bientôt paroître au pied du trône éternel ; les Vierges martyres tressent la couronne nuptiale de Cymodocée ; Jésus-Christ bénit le couple bienheureux, et l'Esprit-Saint lui fait le don d'un intarissable amour.

Cependant la foule qui voyoit les deux Chrétiens à genoux, croyoit qu'ils lui demandoient la vie. Tournant aussitôt le pouce vers eux, comme dans les combats de gladiateurs, elle repoussoit leur prière par ce signe, et les condamnoit à mort! Le peuple Romain que ses nobles priviléges avoient fait surnommer le peuple-roi, avoit depuis long-temps perdu son indépendance : il n'étoit resté le maître absolu que dans la direction de ses plaisirs; et comme on se servoit de ces mêmes plaisirs pour l'enchaîner et le corrompre, il ne possédoit en effet que la souveraineté de son esclavage. Le gladiateur des portiques vint dans ce moment recevoir les ordres du peuple sur le sort de Cymodocée :

« Peuple libre et puissant, dit-il, cette Chrétienne est entrée hors de son rang dans l'arène; elle étoit condamnée à mourir avec le reste des impies, après le combat de leur chef; elle s'est échappée de la prison. Egarée dans Rome, son mauvais Génie, ou plutôt le Génie de l'Empire, l'a ramenée à l'amphithéâtre. »

Le peuple cria d'une commune voix:

« Les dieux l'ont voulu : qu'elle reste et qu'elle meure ! »

Un petit nombre intérieurement travaillé par le Dieu des miséricordes, paroissoit touché de la jeunesse de Cymodocée : il vouloit que l'on fît grâce à cette Chrétienne ; mais la foule répétoit :

« Qu'elle reste et qu'elle meure ! Plus la victime est belle, plus elle est agréable aux dieux. »

Ce n'étoit plus ces enfans de Brutus, qui maudissoient le grand Pompée pour avoir fait combattre de paisibles éléphans ! C'étoient des hommes abrutis par la servitude, aveuglés par l'idolâtrie, et chez qui toute humanité s'étoit éteinte avec le sentiment de la liberté.

Une voix s'échappe des combles de l'amphithéâtre. C'en est fait : Dorothé renonce à la vie.

« Romains, s'écrie-t-il, c'est moi qui ai tout fait, c'est moi qui cette nuit même avois enlevé cet Ange du ciel qui vient se remettre entre vos mains. Je suis Chrétien, je demande le combat. Puisse l'infâme Jupiter tomber bientôt avec son temple !

Puisse-t-il écraser dans sa chute ses horribles adorateurs ! Puisse l'éternité allumer ses flammes vengeresses, pour engloutir des barbares qui restent insensibles à tous les charmes du malheur, de la jeunesse, et de la vertu. »

En prononçant ces paroles, Dorothé renverse une statue de Mercure. Aussitôt l'attention et l'indignation du peuple se tournent de ce côté.

« Un Chrétien dans l'amphithéâtre! Qu'on le saisisse ; qu'on le livre aux gladiateurs. »

Dorothé est entraîné hors de l'édifice, et condamné à périr avec la foule des confesseurs.

Tout à coup retentit le bruit des armes : le pont qui conduisoit du palais de l'Empereur à l'amphithéâtre s'abaisse, et Galérius ne fait qu'un pas de son lit de douleur au carnage : il avoit surmonté son mal, pour se présenter une dernière fois au peuple. Il sentoit à la fois l'Empire et la vie lui échapper : un messager arrivé des Gaules venoit de lui apprendre la mort de Constance. Constantin proclamé César par les légions, s'étoit en même temps déclaré Chrétien, et se disposoit à marcher vers Rome. Ces nouvelles, en portant le trouble dans l'ame de Galérius, avoient rendu plus cuisante la plaie hideuse de son corps; mais renfermant ses douleurs dans son sein, soit qu'il cherchât à se tromper lui-même, soit qu'il voulût tromper les hommes, ce spectre vint s'asseoir au balcon impérial, comme la Mort couronnée. Quel contraste avec la beauté, la vie, la jeunesse, exposées dans l'arène à la fureur des léopards !

Lorsque l'Empereur parut, les spectateurs se levèrent, et lui donnèrent le salut accoutumé. Eudore s'incline respectueusement devant César. Cymodocée s'avance sous le balcon, pour demander à l'Empereur la grâce d'Eudore, et s'offrir elle-même en sacrifice. La foule tira Galérius de l'embarras de se montrer miséricordieux ou cruel : depuis long-temps elle attendoit le combat ; la soif du sang avoit redoublé à la vue des victimes. On crie de toutes parts :

« Les bêtes! Qu'on lâche les bêtes! Les impies aux bêtes! »

Eudore veut parler au peuple en faveur

de Cymodocée; mille voix étouffent sa voix :

« Qu'on donne le signal! Les bêtes, les Chrétiens aux bêtes! »

Le son de la trompette se fait entendre; c'est l'annonce de l'apparition des bêtes féroces. Le chef des Rétiaires (1) traverse l'arène, et vient ouvrir la loge d'un tigre, connu par sa férocité.

Alors s'élève entre Eudore et Cymodocée une contestation à jamais mémorable : chacun des deux époux vouloit mourir le dernier.

« Eudore, disoit Cymodocée, si vous n'étiez pas blessé, je vous demanderois à combattre la première; mais à présent j'ai plus de force que vous, et je puis vous voir mourir. »

« Cymodocée, répondit Eudore, il y a plus long-temps que vous que je suis Chrétien : je pourrai mieux supporter la douleur; laissez-moi quitter la terre le dernier. »

---

(1) Gladiateurs qui combattoient avec un filet.

En prononçant ces paroles, le martyr se dépouille de son manteau ; il en couvre Cymodocée, afin de mieux dérober aux yeux des spectateurs les charmes de la fille d'Homère, lorsqu'elle sera traînée sur l'arène par le tigre. Eudore craignoit qu'une mort aussi chaste ne fût souillée par l'ombre d'une pensée impure, même dans les autres. Peut-être aussi étoit-ce un dernier instinct de la nature, un mouvement de cette jalousie qui accompagne le véritable amour jusqu'au tombeau.

La trompette sonne pour la seconde fois.

On entend gémir la porte de fer de la caverne du tigre : le gladiateur qui l'avoit ouverte s'enfuit effrayé. Eudore place Cymodocée derrière lui. On le voyoit debout uniquement attentif à la prière, les bras étendus en forme de croix, et les yeux levés vers le ciel.

La trompette sonne pour la troisième fois.

Les chaînes du tigre tombent, et l'animal furieux s'élance en rugissant dans l'arène : un mouvement involontaire fait tressaillir les spectateurs. Cymodocée saisie d'effroi, s'écrie :

« Ah, sauvez-moi ! »

Et elle se jette dans les bras d'Eudore, qui se retourne vers elle. Il la serre contre sa poitrine, il auroit voulu la cacher dans son cœur. Le tigre arrive aux deux martyrs. Il se lève debout, et enfonçant ses ongles dans les flancs du fils de Lasthénès, il déchire avec ses dents les épaules du confesseur intrépide. Comme Cymodocée, toujours pressée dans le sein de son époux, ouvroit sur lui des yeux pleins d'amour et de frayeur, elle aperçoit la tête sanglante du tigre auprès de la tête d'Eudore. A l'instant la chaleur abandonne les membres de la vierge victorieuse ; ses paupières se ferment ; elle demeure suspendue aux bras de son époux, ainsi qu'un flocon de neige aux rameaux d'un pin du Ménale ou du Lycée. Les saintes martyres, Eulalie, Félicité, Perpétue, descendent pour chercher leur compagne : le tigre avoit brisé le cou d'ivoire de la fille d'Homère. L'Ange de la Mort coupe en souriant le fil des jours de Cymodocée. Elle exhale son dernier soupir sans effort et sans douleur ; elle rend au ciel un souffle divin qui sembloit tenir à peine à ce corps formé par les Grâces ; elle tombe comme une fleur que la faux du villageois vient d'abattre sur le gazon. Eudore la suit un moment après dans les éternelles demeures : on eût cru voir un de ces sacrifices de paix où les enfans d'Aaron offroient au Dieu d'Israël une colombe et un jeune taureau.

Les époux martyrs avoient à peine reçu la palme, que l'on aperçut au milieu des airs une croix de lumière, semblable à ce Labarum qui fit triompher Constantin ; la foudre gronda sur le Vatican, colline alors déserte, mais souvent visitée par un Esprit inconnu ; l'amphithéâtre fut ébranlé jusque dans ses fondemens ; toutes les statues des idoles tombèrent, et l'on entendit, comme autrefois à Jérusalem, une voix qui disoit :

« Les dieux s'en vont. »

La foule éperdue quitte les jeux. Galérius, rentré dans son palais, s'abandonne aux plus noires fureurs ; il ordonne qu'on livre au glaive les illustres compagnons d'Eudore. Constantin paroît aux portes de Rome. Galérius succombe aux horreurs de son mal: il expire en blasphémant l'Eternel. En vain un nouveau tyran s'empare du pouvoir suprême : Dieu tonne du haut du Ciel; le signe du salut brille; Constantin frappe; Maxence est précipité dans le Tibre. Le vainqueur entre dans la Cité reine du Monde : les ennemis des Chrétiens se dispersent. Le Prince, ami d'Eudore, s'empresse alors de recueillir les derniers soupirs de Démodocus que la douleur enlève à la terre, et qui demande le baptême pour aller rejoindre sa fille bien-aimée. Constantin vole aux lieux où l'on avoit entassé les corps des victimes : les deux époux conservoient toute leur beauté dans la mort. Par un miracle du Ciel, leurs plaies se trouvoient fermées, et l'expression de la paix et du bonheur étoit empreinte sur leur front. Une fosse est creusée pour eux dans ce cimetière où le fils de Lasthénès fut autrefois retranché du nombre des Fidèles. Les légions des Gaules, jadis conduites à la victoire par Eudore, entourent le monument funèbre de leur ancien général. L'aigle guerrière de Romulus est décorée de la Croix pacifique. Sur la tombe des jeunes martyrs, Constantin reçoit la couronne d'Auguste, et sur cette même tombe, il proclame la religion chrétienne, religion de l'Empire.

FIN DU LIVRE VINGT-QUATRIÈME.

REMARQUES

SUR LE VINGT-QUATRIÈME LIVRE.

PREMIÈRE REMARQUE.

(Pag. 381. O Muse, etc.)

J'ai parlé de ces adieux à la Muse dans l'Examen.

IIe.

(Pag. 383. Depuis la ceinture jusqu'à la tête, etc.)

Les détails de cette maladie de Galérius sont historiques, et je n'ai fait que traduire Lactance (*de Mort. Persecut.*). La réponse du médecin, rapportée dans mon texte un peu plus bas, est également vraie.

IIIe.

(Pag. 385. Cette franchise plonge Galérius dans des transports de rage.)

Il n'en fut pas toujours ainsi : Galérius, dompté par la colère céleste, donna des édits en faveur des Chrétiens ; mais il étoit trop tard, et la main de Dieu ne se retira point de dessus la tête du persécuteur.

IVe.

(Pag. 385. Les monts lointains de la Sabine, etc.)

Cette belle couleur des montagnes de la Sabine a pu être remarquée par tous ceux qui ont fait le voyage de Rome.

V^e.

(Pag. 386. Portant sur la tête une ombelle.)

Espèce de chapeau romain pour se garantir du soleil.

VIe.

(Pag. 386. La foule vomie par les portiques, etc.)

Les ouvertures par où la foule débouchoit sur le théâtre s'appeloient vomitoires. J'ai fait cette description d'après la connoissance que j'ai du Colysée à Rome, des Arènes à Nismes, et de l'Amphithéâtre à Vérone. Pour les grilles d'or, les eaux parfumées, les statues, les tableaux, les vases précieux, on peut consulter la plupart des historiens latins, et Gibbon (*Fall of the Roman Empire*) a réuni les autorités. On fit paroître quelquefois des hippopotames et des crocodiles dans des canaux creusés autour de l'arène. Je n'aurois pas osé fixer le nombre de cinq cents lions, si je ne l'avois trouvé rapporté dans une description des jeux. Les cavernes où l'on renfermoit les bêtes féroces avoient deux issues, l'une s'ouvrant en dehors, l'autre s'ouvrant en dedans de l'édifice. Certaines voûtes (*fornix*) servoient de lieux de prostitution. HORACE.

VIIe.

(Pag. 387. Comme aux jours de Néron, etc.)

Dans une fête donnée par Tigellin à Néron, les premières dames romaines parurent mêlées dans les loges avec les courtisanes toutes nues.

VIIIe.

(Pag. 389. On vous a donné un front de diamant, etc.)

Ecriture. Ce verset se lit encore aujourd'hui dans la Fête des Martyrs.

IXe.

(Pag. 389. Composé à Carthage par Augustin, ami d'Eudore.)

J'ai suivi une tradition qui attribue le *Te Deum* à saint Augustin. Ainsi, des deux amis de la jeunesse d'Eudore, l'un lui envoie son épouse Chrétienne pour mourir avec lui, et l'autre compose un hymne pour sa mort.

X^e.

(Pag. 390. Eudore, Chrétien.)

« On lui fit faire le tour de l'amphithéâtre, ayant » devant lui un écriteau où on lisoit ces paroles en » latin : Attale, Chrétien. » *Martyre de S. Pothin, Actes des Martyrs*, tom. I, pag. 88.

XIe.

(Pag. 391. O Rome, j'aperçois un prince, etc.)

Voilà, ce me semble, le règne de Constantin et

le triomphe de la Religion bien annoncés; et cette prophétie est convenablement placée dans la bouche d'Eudore.

XIIe.

(Pag. 391. Vous ne serez point obligés, etc.)

Allusion à la mort de Vitellius. Les soldats lui piquoient le menton avec la pointe de leur épée, pour le forcer à lever la tête.

XIIIe.

(Pag. 391. Une seule étoit restée.)

Petite circonstance préparée depuis long-temps dans le livre IXe.

XIVe.

(Pag. 393. Les gladiateurs, selon l'usage, etc.)

« Comme ils furent arrivés aux portes de l'amphithéâtre, on voulut leur faire prendre des habits » consacrés par les Païens à leurs cérémonies sacriléges : aux hommes, la robe des prêtres de Saturne, etc. » *Act. Mart.*, *in sanct. Perpet.*

XVe.

(Pag. 393. Il se souvient du pressentiment qu'il eut jadis dans ce même lieu.)

Voyez le IVe livre, à la fin.

XVIe.

(Pag. 394. L'Empereur n'étoit point encore arrivé.)

Ceci donne le temps de retourner à Cymodocée, et de montrer l'accomplissement de la scène dans le ciel, pendant qu'elle s'achève sur la terre.

XVIIe.

(Pag. 395. Et vous, honneur de cette pieuse et fidèle cité, etc.)

Saint Pothin et saint Irénée, à Lyon.

XVIIIe.

(Pag. 396. Ils y mêlèrent trois rayons de la Vengeance éternelle, etc.)

On voit qu'il n'y a point de beautés dans la mythologie des anciens qu'on ne puisse transporter dans le merveilleux chrétien. Voyez VIRGILE, sur les foudres de Jupiter.

XIXe.

(Pag. 396. L'Archange met un pied sur la mer et l'autre sur la terre.)

Et vidi alium Angelum fortem descendentem de cœlo.......... Et posuit pedem suum dextrum super mare, sinistrum autem super terram. Apocal., cap. X, v. 1 et 2.

XXe.

(Pag. 396. Rentre dans le puits de l'abîme où tu seras enchaîné pour mille ans.)

Et vidi Angelum descendentem de cœlo, habentem clavem abyssi et catenam magnam in manu suâ, et apprehendit draconem, serpentem antiquum, qui est diabolus et Satanas, et ligavit eum per annos mille (Apocal., cap. XX, v. et 2). Voilà l'action surnaturelle finie ; Satan, Astarté, le Démon de la fausse sagesse et de l'homicide, sont replongés dans l'abîme. Le lecteur connoît le sort de tous les personnages surnaturels et humains qu'il a vus figurer dans l'ouvrage.

XXIe.

(Pag. 397. Il lève la tête, et voit l'armée des Martyrs, etc.)

L'original de ce tableau est d'Homère, lorsqu'il peint les dieux détruisant la muraille des Grecs. Virgile l'a imité dans le IIe livre de l'Enéide : Enée voit les dieux sapant les fondemens de Troie et du palais de Priam. Le Tasse vient ensuite, et montre les milices célestes donnant le dernier assaut à Jérusalem, avec les Croisés vainqueurs. Enfin, je me suis servi de la même image pour représenter la chute des temples de l'idolâtrie.

XXIIe.

(Pag. 397. Une échelle merveilleuse, etc.)

« J'aperçus une échelle toute d'or, d'une prodi-
» gieuse hauteur, qui touchoit de la terre au ciel.....
» Asture y monta le premier....... Etant heureuse-
» ment arrivé au haut de l'échelle, il se tourna vers
» moi, et me dit : « Perpétue, je vous attends. »
Act. Martyr., in sanct. Perpetuâ.

XXIIIe.

(Pag. 399. Elle peut à peine étouffer les sanglots de la piété filiale.)

Une jeune fille de seize ans, mise à une pareille épreuve, et qui la surmonte, ne peut être accusée de foiblesse. J'avoue que je n'aurois pas une opinion bien grande du jugement ni même du courage des Chrétiens qui demanderoient plus d'héroïsme ; l'exagération en tout annonce la foiblesse :

Rien n'est beau que le vrai ; le vrai seul est aimable.

Il nous siéroit d'ailleurs assez mal à présent d'affecter le rigorisme en matière de religion : sondons bien nos cœurs, et voyons ce que nous sommes ; après cela nous ferons le procès à Cymodocée.

XXIVe.

(Pag. 403. J'ai lu dans vos Livres Saints, etc.)

Si la fille d'Homère ne connoît pas bien la religion chrétienne, du moins elle en a appris ce qu'il faut pour mourir.

XXVe.

(Pag. 404. Il tire de son doigt un anneau, etc.)

« Ensuite, tirant de son doigt une bague, il la » trempa dans son sang, et, la donnant à Pudens : » Recevez-la, lui dit-il, comme un gage de notre » amitié, et que le sang dont elle est rougie vous » fasse ressouvenir de celui que je répands aujour- » d'hui pour Jésus-Christ. » *Act. Martyr., in sanct. Perpet.*

XXVIe.

(Pag. 404. Votre père..... il va connoître la vraie lumière.)

Prophétie d'Eudore qui fait voir la fin de Démodocus, et laisse le lecteur tranquille sur la destinée de ce malheureux vieillard.

XXVIIe.

(Pag. 404. O Cymodocée, je vous l'avois prédit, etc.)

Dans le XVe livre, lors de la séparation des deux époux à Athènes.

XXVIIIe.

(Pag. 407. Je suis Chrétien, je demande le combat.)

Rien n'étoit plus commun que de voir des Chrétiens se dénoncer tout à coup eux-mêmes, à l'aspect des tourmens qu'on faisoit souffrir à leurs frères. Dorothé meurt ici comme Polyeucte, en renversant les idoles : l'ardeur de son zèle, ses imprécations contre les idoles et les idolâtres, forment contraste avec la patience, la résignation et la modération d'Eudore.

XXIXe.

(Pag. 408. Le pont qui conduisoit du palais, etc.)

On prétend que Titus se rendoit de son palais à l'amphithéâtre par un pont que l'on abaissoit. On montre à tous les voyageurs l'endroit où ce pont tomboit sur le mur du Colysée.

XXXe.

(Pag. 411. Eudore craignoit qu'une mort aussi chaste, etc.)

Quelques personnes auroient voulu qu'Eudore ne laissât pas échapper cette espèce de dernier soupir de la foiblesse humaine : il me semble, au contraire, que l'action d'Eudore est conforme à la nature, sans blesser en rien la religion. Lorsque sainte Perpétue marche au martyre, « elle tenoit les yeux » baissés, disent les Actes, de peur que leur grand » brillant ne fît, contre sa volonté, ces effets sur- » prenans qu'on sait que deux beaux yeux sont ca- » pables de faire. » (*Act. Martyr., in sanct. Perpet.*, traduct. de Maupertuy, tom. I, pag. 163.) Ceci, je pense, me justifie assez sous les rapports religieux; car c'est un sentiment tout semblable qu'éprouve Eudore, lorsqu'il ne veut pas que la mort de Cymodocée *soit souillée par l'ombre d'une pensée impure, même dans les autres*. J'espère aussi que ce n'est pas l'*expression* qu'on me reproche; l'expression des actes de sainte Perpétue est un peu plus franche et un peu plus naïve que la mienne. Seroit-ce le dernier mouvement d'un amour chaste qui brûle dans le cœur d'un époux pour son épouse, que l'on blâmeroit dans cette action? Que penserons-nous alors de l'Olinde du Tasse, qui, attaché sur le bûcher du martyre avec Sophronie, entretient, non *son épouse*, mais son amante, de la passion qu'il sent pour elle? Il faudroit bien, quand on se mêle de critiquer, savoir au moins ce que l'on dit, connoître les autorités, et ne pas courir les risques de montrer à la fois son défaut de jugement, son ignorance ou son manque de bonne foi.

XXXIe.

(Pag. 411. On le voyoit debout, etc.)

« On voyoit, dit Eusèbe, un jeune homme au-» dessous de vingt ans, qui se tenoit debout sans » être lié, qui avoit les mains étendues en forme de » croix, et qui prioit Dieu en la même place, pen-» dant que des ours et des léopards, qui ne respi-» roient que le sang, sautoient sur lui pour le » mordre. » EUSÈBE, *Hist. eccl.*, lib. VIII, cap. VII, traduct. du présid. Cousin.)

XXXIIe.

(Pag. 411. Ah, sauvez-moi!)

C'est le cri de la nature. Si, comme je l'ai remarqué dans l'Examen, on a vu de jeunes missionnaires pousser des cris au milieu des tourmens que leur faisoient endurer les sauvages, une pauvre jeune fille de seize ans ne pourra-t-elle avoir un instant peur d'un tigre qui accourt pour la dévorer? Disons plus: il y a quelque chose de révoltant à exiger plus de fermeté dans Cymodocée. Puissions-nous, en pareil cas, mourir avec autant de courage! Je me défie toujours de cet héroïsme qu'il est si aisé d'avoir au coin de son feu, quand on n'a point à combattre. Souvenons-nous de cette belle parole de l'Ecriture: *Nec glorietur accinctus æquè ut discinctus.* Reg. lib. III, cap. XX, v. 11.

XXXIIIe.

(Pag. 412. A l'instant la chaleur abandonne, etc.)

La rideau tombe. Il eût été aisé de développer les particularités du martyre; mais j'aurois présenté un spectacle affreux et dégoûtant. Toute la terreur, s'il y en a ici, se trouve placée avant l'apparition du tigre: le tigre une fois lâché dans l'arène, tout finit; et l'on ne voit rien de ce qu'on s'attendoit à voir. Cette tromperie est tout à fait commandée par l'art, et convient à mon sujet, qui doit montrer le martyre comme un triomphe, et non comme un malheur. Ajoutez que, dans les détails de la mort des deux jeunes époux, l'imagination du lecteur eût toujours été plus loin que la mienne.

XXXIVe.

(Pag. 413. Les dieux s'en vont.)

L'ouvrage finissoit ici; le paragraphe ajouté rend l'action plus complète. (Voyez l'Examen.)

Je ne puis dire avec quel plaisir je termine ces notes. Avoir à chaque phrase, et pour ainsi dire à chaque mot, à relever une erreur de la critique; être sans cesse obligé de citer les autorités, sur des points qui n'auroient pas souffert autrefois la plus légère difficulté; se rendre soi-même le juge de son livre; je ne crois pas qu'il y ait, pour un auteur, une tâche plus pénible. Quoi qu'il en soit, voilà mes ennemis à leur aise. Je n'attends d'eux aucune justice. Ils savent que je ne leur répondrai plus; qu'ils triomphent en sûreté; qu'ils redoublent leurs outrages; j'aime mieux être la victime que l'auteur de leurs écrits.

FIN DU TROISIÈME ET DERNIER VOLUME.

www.ingramcontent.com/pod-product-compliance
Lightning Source LLC
LaVergne TN
LVHW020553110826
845149LV00002B/249

9782019557737